French Classics in French and English

Guy de Maupassant

Pierre and Jean

Find us online:

French Classics in French and English page
on Facebook

Alexander Vassiliev's page
on Amazon.com and Amazon.co.uk

French Classics in French and English

PIERRE AND JEAN
by Guy de Maupassant — ISBN: 978-0956774989

BEL-AMI
by Guy de Maupassant — ISBN: 978-0956774958

SWANN'S WAY
by Marcel Proust — ISBN: 978-0956774972

THE RED AND THE BLACK
by Stendhal — ISBN: 978-0956774965

MADAME BOVARY
by Gustave Flaubert — ISBN: 978-0956401052

Find us online:

Russian Novels in Russian and English page
on Facebook

Alexander Vassiliev's page
on Amazon.com and Amazon.co.uk

Russian Classics in Russian and English

ANNA KARENINA (volume 1)
by Leo Tolstoy — ISBN: 978-0956774934

ANNA KARENINA (volume 2)
by Leo Tolstoy — ISBN: 978-0956774941

THE KREUTZER SONATA & THE DEATH OF IVAN ILYICH
by Leo Tolstoy — ISBN: 978-0956401069

CRIME AND PUNISHMENT
by Fyodor Dostoevsky — ISBN: 978-0956774927

NOTES FROM UNDERGROUND
by Fyodor Dostoevsky — ISBN: 978-0956401083

DEAD SOULS
by Nikolai Gogol — ISBN: 978-0956774910

THE LADY WITH THE DOG & OTHER STORIES
by Anton Chekhov — ISBN: 978-0956401076

PLAYS
by Anton Chekhov — ISBN: 978-0956401038

A HERO OF OUR TIME
by Mikhail Lermontov — ISBN: 978-0956401045

THE TORRENTS OF SPRING
by Ivan Turgenev — ISBN: 978-0956401090

FIRST LOVE & ASYA
by Ivan Turgenev — ISBN: 978-0956774903

Pierre and Jean

Contents

«Le roman»

Je n'ai point l'intention de plaider ici pour le petit roman qui suit. Tout au contraire les idées que je vais essayer de faire comprendre entraîneraient plutôt la critique du genre d'étude psychologique que j'ai entrepris dans *Pierre et Jean*.

Je veux m'occuper du Roman en général.

Je ne suis pas le seul à qui le même reproche soit adressé par les mêmes critiques, chaque fois que paraît un livre nouveau.

Au milieu de phrases élogieuses, je trouve régulièrement celle-ci, sous les mêmes plumes:

– Le plus grand défaut de cette œuvre, c'est qu'elle n'est pas un roman à proprement parler.

On pourrait répondre par le même argument:

– Le plus grand défaut de l'écrivain qui me fait l'honneur de me juger, c'est qu'il n'est pas un critique.

Quels sont en effet les caractères essentiels du critique?

Il faut que, sans parti pris, sans opinions préconçues, sans idées d'école, sans attaches avec aucune famille d'artistes, il comprenne, distingue et explique toutes les tendances les plus opposées, les tempéraments les plus contraires, et admette les recherches d'art les plus diverses.

Or, le critique qui, après *Manon Lescaut, Paul et Virginie, Don Quichotte, Les Liaisons dangereuses, Werther, Les Affinités électives, Clarisse Harlowe, Émile, Candide, Cinq-Mars, René, Les Trois Mousquetaires, Mauprat, Le Père Goriot, La Cousine Bette, Colomba, Le Rouge et le Noir, Mademoiselle de Maupin, Notre-Dame de Paris, Salammbô, Madame Bovary, Adolphe, M. de Camors, L'Assommoir, Sapho*, etc., ose encore écrire: «Ceci est un roman et cela n'en est pas un», me paraît doué d'une perspicacité qui ressemble fort à de l'incompétence.

Généralement ce critique entend par roman une aventure plus ou moins vraisemblable, arrangée à la façon d'une pièce de théâtre en trois actes dont le premier contient l'exposition, le second l'action et le troisième le dénouement.

Cette manière de composer est absolument admissible à la condition qu'on acceptera également toutes les autres.

Existe-t-il des règles pour faire un roman, en dehors desquelles une histoire écrite devrait porter un autre nom?

"The Novel"

I do not intend in these pages to put in a plea for this little novel. On the contrary, the ideas I shall try to set forth will rather involve a criticism of the class of psychological analysis which I have undertaken in *Pierre and Jean*.

I propose to treat of novels in general.

I am not the only writer who finds himself taken to task in the same terms each time he brings out a new book.

Among many laudatory phrases, I invariably meet with this observation, penned by the same critics:

"The greatest fault of this book is that it is not, strictly speaking, a novel."

The same form might be adopted in reply:

"The greatest fault of the writer who does me the honour to review me is that he is not a critic."

For what are, in fact, the essential characteristics of a critic?

It is necessary that, without preconceived notions, prejudices of "School," or partisanship for any class of artists, he should appreciate, distinguish, and explain the most antagonistic tendencies and the most dissimilar temperaments, recognising and accepting the most varied efforts of art.

Now the Critic who, after reading *Manon Lescaut, Paul et Virginie, Don Quixote, Les Liaisons dangereuses, Werther, Elective Affinities, Clarissa Harlowe, Émile, Candide, Cinq-Mars, René, The Three Musketeers, Mauprat, Le Père Goriot, La Cousine Bette, Colomba, Le Rouge et le Noir, Mademoiselle de Maupin, Notre-Dame de Paris, Salammbô, Madame Bovary, Adolphe, M. de Camors, L'Assommoir, Sapho*, etc., still can be so bold as to write "This or that is, or is not, a novel," seems to me to be gifted with a perspicacity strangely akin to incompetence.

Such a critic commonly understands by a novel a more or less plausible narrative of adventure, elaborated after the fashion of a piece for the stage, in three acts, of which the first contains the exposition, the second the action, and the third the denouement.

And this method of construction is perfectly admissible, but on condition that all others are accepted on equal terms.

Are there any rules for the making of a novel, which, if we neglect, the tale must be called by another name?

Si *Don Quichotte* est un roman, *Le Rouge et le Noir* en est-il un autre? Si *Monte-Cristo* est un roman, *L'Assommoir* en est-il un? Peut-on établir une comparaison entre *Les Affinités électives* de Goethe, *Les Trois Mousquetaires* de Dumas, *Madame Bovary* de Flaubert, *M. de Camors* de M.O. Feuillet et *Germinal* de M. Zola? Laquelle de ces œuvres est un roman? Quelles sont ces fameuses règles? D'où viennent-elles? Qui les a établies? En vertu de quel principe, de quelle autorité et de quels raisonnements?

Il semble cependant que ces critiques savent d'une façon certaine, indubitable, ce qui constitue un roman et ce qui le distingue d'un autre, qui n'en est pas un. Cela signifie tout simplement que, sans être des producteurs, ils sont enrégimentés dans une école, et qu'ils rejettent, à la façon des romanciers eux-mêmes, toutes les œuvres conçues et exécutées en dehors de leur esthétique.

Un critique intelligent devrait, au contraire, rechercher tout ce qui ressemble le moins aux romans déjà faits, et pousser autant que possible les jeunes gens à tenter des voies nouvelles.

Tous les écrivains, Victor Hugo comme M. Zola, ont réclamé avec persistance le droit absolu, droit indiscutable, de composer, c'est-à-dire d'imaginer ou d'observer, suivant leur conception personnelle de l'art. Le talent provient de l'originalité, qui est une manière spéciale de penser, de voir, de comprendre et de juger. Or, le critique qui prétend définir le Roman suivant l'idée qu'il s'en fait d'après les romans qu'il aime, et établir certaines règles invariables de composition, luttera toujours contre un tempérament d'artiste apportant une manière nouvelle. Un critique, qui mériterait absolument ce nom, ne devrait être qu'un analyste sans tendances, sans préférences, sans passions, et, comme un expert en tableaux, n'apprécier que la valeur artiste de l'objet d'art qu'on lui soumet. Sa compréhension, ouverte à tout, doit absorber assez complètement sa personnalité pour qu'il puisse découvrir et vanter les livres mêmes qu'il n'aime pas comme homme et qu'il doit comprendre comme juge.

Mais la plupart des critiques ne sont, en somme, que des lecteurs, d'où il résulte qu'ils nous gourmandent presque toujours à faux ou qu'ils nous complimentent sans réserve et sans mesure.

Le lecteur, qui cherche uniquement dans un livre à satisfaire la tendance naturelle de son esprit, demande à l'écrivain de répondre à son goût prédominant, et il qualifie invariablement de remarquable ou de *bien écrit* l'ouvrage ou le passage qui plaît à son imagination idéaliste, gaie, grivoise, triste, rêveuse ou positive.

En somme, le public est composé de groupes nombreux qui nous crient:

– Consolez-moi.
– Amusez-moi.
– Attristez-moi.
– Attendrissez-moi.
– Faites-moi rêver.
– Faites-moi rire.
– Faites-moi frémir.

If *Don Quixote* is a novel, then is *Le Rouge et le Noir* a novel? If *Monte-Cristo* is a novel, is *L'Assommoir* one? Can any comparison be drawn between Goethe's *Elective Affinities*, *The Three Musketeers* by Dumas, Flaubert's *Madame Bovary*, *M. de Camors* by M.O. Feuillet, and *Germinal* by Zola? Which of them all is a novel? What are these famous rules? Where did they originate? Who laid them down? And in virtue of what principle, of whose authority, and of what reasoning?

And yet, as it would appear, these critics know in some positive and indisputable way what constitutes a novel, and what distinguishes it from other tales which are not novels. What this amounts to is that without being producers themselves they are enrolled under a School, and that, like the writers of novels, they reject all work which is conceived and executed outside the pale of their aesthetics.

An intelligent critic ought, on the contrary, to seek out everything which least resembles the novels already written, and urge young authors as much as possible to try fresh paths.

All writers, Victor Hugo as much as M. Zola, have insistently claimed the absolute and incontrovertible right to compose—that is to say, to imagine or observe—in accordance with their individual conception of originality, and that is a special manner of thinking, seeing, understanding, and judging. Now the critic who assumes that "the novel" can be defined in conformity with the ideas he has based on the novels he prefers, and that certain immutable rules of construction can be laid down, will always find himself at war with the artistic temperament of a writer who introduces a new manner of work. A critic really worthy of the name ought to be an analyst, devoid of preferences or passions; like an expert in pictures, he should simply estimate the artistic value of the object of art submitted to him. His intelligence, open to everything, must so far supersede his individuality as to leave him free to discover and praise books which as a man he may not like, but which as a judge he must duly appreciate.

But critics, for the most part, are only readers; whence it comes that they almost always find fault with us on wrong grounds, or compliment us without reserve or measure.

The reader, who looks for no more in a book than that it should satisfy the natural tendencies of his own mind, wants the writer to respond to his predominant taste, and he invariably praises a work or a passage which appeals to his imagination, whether idealistic, gay, licentious, melancholy, dreamy or positive, as "striking" or *"well written."*

The public as a whole is composed of various groups, whose cry to us writers is:

"Console me."
"Amuse me."
"Make me sad."
"Make me feel sentimental."
"Make me dream."
"Make me laugh."
"Make me shudder."

– Faites-moi pleurer.

– Faites-moi penser.

Seuls, quelques esprits d'élite demandent à l'artiste:

– Faites-moi quelque chose de beau, dans la forme qui vous conviendra le mieux, suivant votre tempérament.

L'artiste essaie, réussit ou échoue.

Le critique ne doit apprécier le résultat que suivant la nature de l'effort; et il n'a pas le droit de se préoccuper des tendances.

Cela a été écrit déjà mille fois. Il faudra toujours le répéter.

Donc, après les écoles littéraires qui ont voulu nous donner une vision déformée, surhumaine, poétique, attendrissante, charmante ou superbe de la vie, est venue une école réaliste ou naturaliste qui a prétendu nous montrer la vérité, rien que la vérité et toute la vérité.

Il faut admettre avec un égal intérêt ces théories d'art si différentes et juger les œuvres qu'elles produisent, uniquement au point de vue de leur valeur artistique en acceptant *a priori* les idées générales d'où elles sont nées.

Contester le droit d'un écrivain de faire une œuvre poétique ou une œuvre réaliste, c'est vouloir le forcer à modifier son tempérament, récuser son originalité, ne pas lui permettre de se servir de l'œil et de l'intelligence que la nature lui a donnés.

Lui reprocher de voir les choses belles ou laides, petites ou épiques, gracieuses ou sinistres, c'est lui reprocher d'être conformé de telle ou telle façon et de ne pas avoir une vision concordant avec la nôtre.

Laissons-le libre de comprendre, d'observer, de concevoir comme il lui plaira, pourvu qu'il soit un artiste. Devenons poétiquement exaltés pour juger un idéaliste et prouvons-lui que son rêve est médiocre, banal, pas assez fou ou magnifique. Mais si nous jugeons un naturaliste, montrons-lui en quoi la vérité dans la vie diffère de la vérité dans son livre.

Il est évident que des écoles si différentes ont dû employer des procédés de composition absolument opposés.

Le romancier qui transforme la vérité constante, brutale et déplaisante, pour en tirer une aventure exceptionnelle et séduisante, doit, sans souci exagéré de la vraisemblance, manipuler les événements à son gré, les préparer et les arranger pour plaire au lecteur, l'émouvoir ou l'attendrir. Le plan de son roman n'est qu'une série de combinaisons ingénieuses conduisant avec adresse au dénouement. Les incidents sont disposés et gradués vers le point culminant et l'effet de la fin, qui est un événement capital et décisif, satisfaisant toutes les curiosités éveillées au début, mettant une barrière à l'intérêt, et terminant si complètement l'histoire racontée qu'on ne désire plus savoir ce que deviendront, le lendemain, les personnages les plus attachants.

Le romancier, au contraire, qui prétend nous donner une image exacte de la vie, doit éviter avec soin tout enchaînement d'événements qui paraîtrait exceptionnel. Son but n'est point de nous raconter une histoire, de nous amuser ou de nous attendrir, mais de nous forcer à penser, à comprendre le

"Make me weep."

"Make me think."

And only a few chosen spirits say to the artist:

"Give me something fine in any form which may suit you best, according to your own temperament."

The artist makes the attempt, succeeds or fails.

The critic ought to judge the result only in relation to the nature of the attempt; he has no right to concern himself about tendencies.

This has been said a thousand times already; it will always need repeating.

Thus, after a succession of literary schools which have given us deformed, superhuman, poetical, pathetic, charming or magnificent pictures of life, a realistic or naturalistic school has arisen, which asserts that it shows us the truth, the whole truth, and nothing but the truth.

All these theories of art must be recognised as of equal interest, and we must judge the works which are their outcome solely from the point of view of artistic value, with an *a priori* acceptance of the general notions which gave birth to each.

To dispute the author's right to produce a poetical work or a realistic work, is to endeavour to coerce his temperament, to take exception to his originality, to forbid his using the eyes and wits bestowed on him by Nature.

To blame him for seeing things as beautiful or ugly, as mean or epic, as gracious or sinister, is to reproach him for not being made on this or that pattern, and for having eyes which do not see exactly as ours see.

Let him be free by all means to conceive of things as he pleases, provided he is an artist. Let us rise to poetic heights to judge an idealist, and then prove to him that his dream is commonplace, ordinary, not mad or magnificent enough. But if we judge a materialistic writer, let us show him wherein the truth of life differs from the truth in his book.

It is self-evident that schools so widely different must have adopted diametrically opposite processes in composition.

The novelist who transforms truth—immutable, uncompromising, and displeasing as it is—to extract from it an exceptional and delightful plot, must necessarily manipulate events without an exaggerated respect for probability, moulding them to his will, dressing and arranging them so as to attract, excite, or affect the reader. The scheme of his romance is no more than a series of ingenious combinations, skilfully leading to the issue. The incidents are planned and graduated up to the culminating point and effect of the conclusion, which is the crowning and fatal result, satisfying the curiosity aroused from the first, closing the interest, and ending the story so completely that we have no further wish to know what happened on the morrow to the most engaging actors in it.

The novelist who, on the other hand, proposes to give us an accurate picture of life, must carefully eschew any concatenation of events which might seem exceptional. His aim is not to tell a story to amuse us, or to appeal to our feelings, but to compel us to reflect, and to understand the occult and

sens profond et caché des événements. A force d'avoir vu et médité il regarde l'univers, les choses, les faits et les hommes d'une certaine façon qui lui
est propre et qui résulte de l'ensemble de ses observations réfléchies. C'est
cette vision personnelle du monde qu'il cherche à nous communiquer en la
reproduisant dans un livre. Pour nous émouvoir, comme il l'a été lui-même
par le spectacle de la vie, il doit la reproduire devant nos yeux avec une scru-
puleuse ressemblance. Il devra donc composer son œuvre d'une manière
si adroite, si dissimulée, et d'apparence si simple, qu'il soit impossible d'en
apercevoir et d'en indiquer le plan, de découvrir ses intentions.

Au lieu de machiner une aventure et de la dérouler de façon à la rendre
intéressante jusqu'au dénouement, il prendra son ou ses personnages à une
certaine période de leur existence et les conduira, par des transitions naturelles, jusqu'à la période suivante. Il montrera de cette façon, tantôt comment les esprits se modifient sous l'influence des circonstances environnan-
tes, tantôt comment se développent les sentiments et les passions, comment
on s'aime, comment on se hait, comment on se combat dans tous les milieux
sociaux, comment luttent les intérêts bourgeois, les intérêts d'argent, les
intérêts de famille, les intérêts politiques.

L'habileté de son plan ne consistera donc point dans l'émotion ou dans
le charme, dans un début attachant ou dans une catastrophe émouvante,
mais dans le groupement adroit de petits faits constants d'où se dégagera le
sens définitif de l'œuvre. S'il fait tenir dans trois cents pages dix ans d'une
vie pour montrer quelle a été, au milieu de tous les êtres qui l'ont entourée,
sa signification particulière et bien caractéristique, il devra savoir éliminer,
parmi les menus événements innombrables et quotidiens, tous ceux qui lui
sont inutiles, et mettre en lumière, d'une façon spéciale, tous ceux qui se-
raient demeurés inaperçus pour des observateurs peu clairvoyants et qui
donnent au livre sa portée, sa valeur d'ensemble.

On comprend qu'une semblable manière de composer, si différente de
l'ancien procédé visible à tous les yeux, déroute souvent les critiques, et
qu'ils ne découvrent pas tous les fils si minces, si secrets, presque invisibles,
employés par certains artistes modernes à la place de la ficelle unique qui
avait nom: l'Intrigue.

En somme, si le Romancier d'hier choisissait et racontait les crises de
la vie, les états aigus de l'âme et du cœur, le Romancier d'aujourd'hui écrit
l'histoire du cœur, de l'âme et de l'intelligence à l'état normal. Pour produire
l'effet qu'il poursuit, c'est-à-dire l'émotion de la simple réalité, et pour dégager l'enseignement artistique qu'il en veut tirer, c'est-à-dire la révélation
de ce qu'est véritablement l'homme contemporain devant ses yeux, il devra
n'employer que des faits d'une vérité irrécusable et constante.

Mais en se plaçant au point de vue même de ces artistes réalistes, on doit
discuter et contester leur théorie qui semble pouvoir être résumée par ces
mots: «Rien que la vérité et toute la vérité.»

Leur intention étant de dégager la philosophie de certains faits constants
et courants, ils devront souvent corriger les événements au profit de la vraisemblance et au détriment de la vérité, car:

deeper meaning of events. By dint of seeing and meditating he has come to regard the world, facts, men, and things in a way peculiar to himself, which is the outcome of the sum total of his studious observations. It is this personal view of the world which he strives to communicate to us by reproducing it in a book. To make the spectacle of life as moving to us as it has been to him, he must bring it before our eyes with scrupulous exactitude. Hence he must construct his work with such skill, it must be so artful under so simple a guise, that it is impossible to detect and sketch the plan, or discern the writer's purpose.

Instead of manipulating an adventure and working it out in such a way as to make it interesting to the last, he will take his actor or actors at a certain period of their lives, and lead them by natural stages to the next. In this way he will show either how men's minds are modified by the influence of their environment, or how their passions and sentiments are evolved; how they love or hate, how they struggle in every sphere of society, and how their interests clash—social interests, pecuniary interests, family interests, political interests.

The skill of his plan will not consist in emotional power or charm, in an attractive opening or a stirring catastrophe, but in the happy grouping of small but constant facts from which the final purpose of the work may be discerned. If within three hundred pages he depicts ten years of a life so as to show what its individual and characteristic significance may have been in the midst of all the other human beings which surrounded it, he ought to know how to eliminate from among the numberless trivial incidents of daily life all which do not serve his end, and how to set in a special light all those which might have remained invisible to less clear-sighted observers, and which give his book calibre and value as a whole.

It is intelligible that this method of construction, so unlike the old manner which was patent to all, must often mislead the critics, and that they will not all detect the subtle and secret wires—almost invisibly fine—which certain modern artists use instead of the one string formerly known as the "plot."

In a word, while the Novelist of yesterday preferred to relate the crises of life, the acute phases of the soul and heart, the Novelist of to-day writes the history of the heart, soul, and intellect in their normal condition. To achieve the effect he aims at—that is to say, the sense of simple reality, and to point the artistic lesson he endeavours to draw from it—that is to say, a revelation of what his contemporary man is before his very eyes, he must bring forward no facts that are not irrefragable and invariable.

But even when we place ourselves at the same point of view as these realistic artists, we may discuss and dispute their theory, which seems to be comprehensively stated in these words: "The whole Truth and nothing but the Truth."

Since the end they have in view is to bring out the philosophy of certain constant and current facts, they must often correct events in favour of probability and to the detriment of truth, for:

Le vrai peut quelquefois n'être pas vraisemblable.

Le réaliste, s'il est un artiste, cherchera, non pas à nous montrer la photographie banale de la vie, mais à nous en donner la vision plus complète, plus saisissante, plus probante que la réalité même.

Raconter tout serait impossible, car il faudrait alors un volume au moins par journée, pour énumérer les multitudes d'incidents insignifiants qui emplissent notre existence. Un choix s'impose donc,—ce qui est une première atteinte à la théorie de toute la vérité.

La vie, en outre, est composée des choses les plus différentes, les plus imprévues, les plus contraires, les plus disparates; elle est brutale, sans suite, sans chaîne, pleine de catastrophes inexplicables, illogiques et contradictoires qui doivent être classées au chapitre *faits divers.*

Voilà pourquoi l'artiste, ayant choisi son thème, ne prendra dans cette vie encombrée de hasards et de futilités que les détails caractéristiques utiles à son sujet, et il rejettera tout le reste, tout l'à-côté.

Un exemple entre mille:

Le nombre des gens qui meurent chaque jour par accident est considérable sur la terre. Mais pouvons-nous faire tomber une tuile sur la tête d'un personnage principal, ou le jeter sous les roues d'une voiture, au milieu d'un récit, sous prétexte qu'il faut faire la part de l'accident?

La vie encore laisse tout au même plan, précipite les faits ou les traîne indéfiniment. L'art, au contraire, consiste à user de précautions et de préparations, à ménager des transitions savantes et dissimulées, à mettre en pleine lumière, par la seule adresse de la composition, les événements essentiels et à donner à tous les autres le degré de relief qui leur convient, suivant leur importance, pour produire la sensation profonde de la vérité spéciale qu'on veut montrer.

Faire vrai consiste donc à donner l'illusion complète du vrai, suivant la logique ordinaire des faits, et non à les transcrire servilement dans le pêle-mêle de leur succession.

J'en conclus que les Réalistes de talent devraient s'appeler plutôt des Illusionnistes.

Quel enfantillage, d'ailleurs, de croire à la réalité puisque nous portons chacun la nôtre dans notre pensée et dans nos organes. Nos yeux, nos oreilles, notre odorat, notre goût différents créent autant de vérités qu'il y a d'hommes sur la terre. Et nos esprits qui reçoivent les instructions de ces organes, diversement impressionnés, comprennent, analysent et jugent comme si chacun de nous appartenait à une autre race.

Chacun de nous se fait donc simplement une illusion du monde, illusion poétique, sentimentale, joyeuse, mélancolique, sale ou lugubre suivant sa nature. Et l'écrivain n'a d'autre mission que de reproduire fidèlement cette illusion avec tous les procédés d'art qu'il a appris et dont il peut disposer.

Illusion du beau qui est une convention humaine! Illusion du laid qui est une opinion changeante! Illusion du vrai jamais immuable! Illusion de

Truth may sometimes not seem probable.

The realist, if he is an artist, will endeavour not to show us a common-place photograph of life, but to give us a presentment of it which shall be more complete, more striking, more cogent than reality itself.

To tell everything is out of the question; it would require at least a volume for each day to enumerate the endless, insignificant incidents which crowd our existence. A choice must be made—and this is the first blow to the theory of "the whole truth."

Life, moreover, is composed of the most dissimilar things, the most unforeseen, the most contradictory, the most incongruous; it is merciless, without sequence or connection, full of inexplicable, illogical, and contradictory catastrophes, such as can only be classed as *miscellaneous facts*.

This is why the artist, having chosen his subject, can only select such characteristic, details as are of use to it, from this life overladen with chances and trifles, and reject everything else, everything by the way.

To give an example from among a thousand:

The number of persons who, every day, meet with an accidental death, all over the world, is considerable. But how can we bring a tile on to the head of an important character, or fling him under the wheels of a vehicle in the middle of a story, under the pretext that accident must have its due?

Again, in life there is no difference of foreground and distance, and events are sometimes hurried on, sometimes left to linger indefinitely. Art, on the contrary, consists in the employment of foresight, and elaboration in arranging skilful and ingenious transitions, in setting essential events in a strong light, simply by the craft of composition, and giving all else the degree of relief, in proportion to their importance, requisite to produce a convincing sense of the special truth to be conveyed.

"Truth" in such work consists in producing a complete illusion by following the common logic of facts and not by transcribing them pell-mell, as they succeed each other.

Whence I conclude that the higher order of Realists should rather call themselves Illusionists.

How childish it is, indeed, to believe in this reality, since to each of us the truth is in his own mind, his own organs! Our own eyes and ears, taste and smell, create as many different truths as there are human beings on earth. And our brains, duly and differently informed by those organs, apprehend, analyze, and decide as differently as if each of us were a being of an alien race.

Each of us, then, has simply his own illusion of the world—poetical, sentimental, cheerful, melancholy, foul, or gloomy, according to his nature. And the writer has no other mission than faithfully to reproduce this illusion, with all the elaborations of art which he may have learned and have at his command.

The illusion of beauty—which is merely a conventional term invented by man! The illusion of ugliness—which is a matter of varying opinion! The illusion of truth—never immutable! The illusion of depravity—which fas-

l'ignoble qui attire tant d'êtres! Les grands artistes sont ceux qui imposent à l'humanité leur illusion particulière.

Ne nous fâchons donc contre aucune théorie puisque chacune d'elles est simplement l'expression généralisée d'un tempérament qui s'analyse.

Il en est deux surtout qu'on a souvent discutées en les opposant l'une à l'autre au lieu de les admettre l'une et l'autre: celle du roman d'analyse pure et celle du roman objectif. Les partisans de l'analyse demandent que l'écrivain s'attache à indiquer les moindres évolutions d'un esprit et tous les mobiles les plus secrets qui déterminent nos actions, en n'accordant au fait lui-même qu'une importance très secondaire. Il est le point d'arrivée, une simple borne, le prétexte du roman. Il faudrait donc, d'après eux, écrire ces œuvres précises et rêvées où l'imagination se confond avec l'observation, à la manière d'un philosophe composant un livre de psychologie, exposer les causes en les prenant aux origines les plus lointaines, dire tous les pourquoi de tous les vouloirs et discerner toutes les réactions de l'âme agissant sous l'impulsion des intérêts, des passions ou des instincts.

Les partisans de l'objectivité (quel vilain mot!) prétendant, au contraire, nous donner la représentation exacte de ce qui a lieu dans la vie, évitent avec soin toute explication compliquée, toute dissertation sur les motifs, et se bornent à faire passer sous nos yeux les personnages et les événements.

Pour eux, la psychologie doit être cachée dans le livre comme elle est cachée en réalité sous les faits dans l'existence.

Le roman conçu de cette manière y gagne de l'intérêt, du mouvement dans le récit, de la couleur, de la vie remuante.

Donc, au lieu d'expliquer longuement l'état d'esprit d'un personnage, les écrivains objectifs cherchent l'action ou le geste que cet état d'âme doit faire accomplir fatalement à cet homme dans une situation déterminée. Et ils le font se conduire de telle manière, d'un bout à l'autre du volume, que tous ses actes, tous ses mouvements, soient le reflet de sa nature intime, de toutes ses pensées, de toutes ses volontés ou de toutes ses hésitations. Ils cachent donc la psychologie au lieu de l'étaler, ils en font la carcasse de l'œuvre, comme l'ossature invisible est la carcasse du corps humain. Le peintre qui fait notre portrait ne montre pas notre squelette.

Il me semble aussi que le roman exécuté de cette façon y gagne en sincérité. Il est d'abord plus vraisemblable, car les gens que nous voyons agir autour de nous ne nous racontent point les mobiles auxquels ils obéissent.

Il faut ensuite tenir compte de ce que, si, à force d'observer les hommes, nous pouvons déterminer leur nature assez exactement pour prévoir leur manière d'être dans presque toutes les circonstances, si nous pouvons dire avec précision: «Tel homme de tel tempérament, dans tel cas, fera ceci», il ne s'ensuit point que nous puissions déterminer, une à une, toutes les secrètes évolutions de sa pensée qui n'est pas la nôtre, toutes les mystérieuses sollicitations de ses instincts qui ne sont pas pareils aux nôtres, toutes les incitations confuses de sa nature dont les organes, les nerfs, le sang, la chair, sont différents des nôtres.

cinates so many minds! All the great artists are those who can make other men see their own particular illusion.

Then we must not be wroth with any theory, since each is simply the outcome, in generalizations, of a special temperament analyzing itself.

Two of these theories have more particularly been the subject of discussion, and set up in opposition to each other instead of being admitted on an equal footing: that of the purely analytical novel, and that of the objective novel. The partisans of analysis require the writer to devote himself to indicating the smallest evolutions of a mind, and all the most secret motives of our every action, giving but a quite secondary importance to the act and fact in itself. It is but the goal, a simple milestone, the excuse for the book. According to them, these works, at once exact and visionary, in which imagination merges into observation, are to be written after the fashion in which a philosopher composes a treatise on psychology, seeking out causes in their remotest origin, telling the why and wherefore of every impulse, and detecting every reaction of the soul's movements under the promptings of interest, passion, or instinct.

The partisans of objectivity—odious word!—aiming, on the contrary, at giving us an exact presentment of all that happens in life, carefully avoid all complicated explanations, all disquisitions on motive, and confine themselves to let persons and events pass before our eyes.

In their opinion, psychology should be concealed in the book, as it is in reality, under the facts of existence.

The novel as conceived of on these lines gains in interest; there is more movement in the narrative, more colour, more of the stir of life.

Hence, instead of giving long explanations of the state of mind of a personage, the objective writer tries to discover the action or gesture which that state of mind must inevitably lead to in that personage, under certain given circumstances. And he makes him so demean himself from one end of the volume to the other, that all his actions, all his movements shall be the expression of his inmost nature, of all his thoughts, and all his impulses or hesitancies. Thus they conceal psychology instead of flaunting it; they use it as the skeleton of the work, just as the invisible bony framework is the skeleton of the human body. The artist who paints our portrait does not display our bones.

To me it seems that the novel executed on this principle gains also in sincerity. It is, in the first place, more probable, for the persons we see moving about us do not divulge to us the motives from which they act.

We must also take into account the fact that, even if by close observation of men and women we can so exactly ascertain their characters as to predict their behaviour under almost any circumstances, if we can say decisively: "Such a man, of such a temperament, in such a case, will do this;" yet it does not follow that we could lay a finger, one by one, on all the secret evolutions of his mind—which is not our own; all the mysterious pleadings of his instincts—which are not the same as ours; all the mingled promptings of his nature—in which the organs, nerves, blood, and flesh are different from ours.

Quel que soit le génie d'un homme faible, doux, sans passions, aimant uniquement la science et le travail, jamais il ne pourra se transporter assez complètement dans l'âme et dans le corps d'un gaillard exubérant, sensuel, violent, soulevé par tous les désirs et même par tous les vices, pour comprendre et indiquer les impulsions et les sensations les plus intimes de cet être si différent, alors même qu'il peut fort bien prévoir et raconter tous les actes de sa vie.

En somme, celui qui fait de la psychologie pure ne peut que se substituer à tous ses personnages dans les différentes situations où il les place, car il lui est impossible de changer ses organes, qui sont les seuls intermédiaires entre la vie extérieure et nous, qui nous imposent leurs perceptions, déterminent notre sensibilité, créent en nous une âme essentiellement différente de toutes celles qui nous entourent. Notre vision, notre connaissance du monde acquise par le secours de nos sens, nos idées sur la vie, nous ne pouvons que les transporter en partie dans tous les personnages dont nous prétendons dévoiler l'être intime et inconnu. C'est donc toujours nous que nous montrons dans le corps d'un roi, d'un assassin, d'un voleur ou d'un honnête homme, d'une courtisane, d'une religieuse, d'une jeune fille ou d'une marchande aux halles, car nous sommes obligés de nous poser ainsi le problème: «Si j'étais roi, assassin, voleur, courtisane, religieuse, jeune fille ou marchande aux halles, qu'est-ce que *je* ferais, qu'est-ce que *je* penserais, comment est-ce que *j'*agirais?» Nous ne diversifions donc nos personnages qu'en changeant l'âge, le sexe, la situation sociale et toutes les circonstances de la vie de notre *moi* que la nature a entouré d'une barrière d'organes infranchissable.

L'adresse consiste à ne pas laisser reconnaître ce *moi* par le lecteur sous tous les masques divers qui nous servent à le cacher.

Mais si, au seul point de vue de la complète exactitude, la pure analyse psychologique est contestable, elle peut cependant nous donner des œuvres d'art aussi belles que toutes les autres méthodes de travail.

Voici, aujourd'hui, les symbolistes. Pourquoi pas? Leur rêve d'artistes est respectable; et ils ont cela de particulièrement intéressant qu'ils savent et qu'ils proclament l'extrême difficulté de l'art.

Il faut être, en effet, bien fou, bien audacieux, bien outrecuidant ou bien sot, pour écrire encore aujourd'hui! Après tant de maîtres aux natures si variées, au génie si multiple, que reste-t-il à faire qui n'ait été fait, que reste-t-il à dire qui n'ait été dit? Qui peut se vanter, parmi nous, d'avoir écrit une page, une phrase qui ne se trouve déjà, à peu près pareille, quelque part? Quand nous lisons, nous, si saturés d'écriture française que notre corps entier nous donne l'impression d'être une pâte faite avec des mots, trouvons-nous jamais une ligne, une pensée qui ne nous soit familière, dont nous n'ayons eu, au moins, le confus pressentiment?

L'homme qui cherche seulement à amuser son public par des moyens déjà connus, écrit avec confiance, dans la candeur de sa médiocrité, des œuvres destinées à la foule ignorante et désœuvrée. Mais ceux sur qui pèsent tous les siècles de la littérature passée, ceux que rien ne satisfait, que tout dégoûte, parce qu'ils rêvent mieux, à qui tout semble défloré déjà, à qui leur œuvre

However great the genius of the gentle, delicate man, guileless of passions and devoted to science and work, he never can so completely transfuse himself into the body of a dashing, sensual, and violent man, of exuberant vitality, torn by every desire or even by every vice, as to understand and delineate the inmost impulses and sensations of a being so unlike himself, even though he may very adequately foresee and relate all the actions of his life.

In short, the man who writes pure psychology can do no more than put himself in the place of all his personages in the various situations in which he places them. It is impossible that he should change his organs, which are the sole intermediary between external life and ourselves, which constrain us by their perceptions, circumscribe our sensibilities, and create in each of us a soul essentially dissimilar to all those about us. Our purview and knowledge of the world, and our ideas of life, are acquired by the aid of our senses, and we cannot help transferring them, in some degree, to all the personages whose secret and unknown nature we propose to reveal. Thus, it is always ourselves that we disclose in the body of a king or an assassin, a thief or an honest man, a courtesan, a nun, a young girl, or a market-woman; for we are compelled to put the problem in this personal form: "If *I* were a king, an assassin, a thief, a courtesan, a nun, a young girl or a market-woman, what should *I* do, what should *I* think, how should *I* act?" We can only vary our personages by altering the age, the sex, the social position, and all the circumstances of life, of that *ego* which nature has in fact inclosed in an insurmountable barrier of organs of sense.

Skill consists in not betraying this *ego* to the reader, under the various masks which we employ to cover it.

Still, though on the point of absolute exactitude, pure psychological analysis is impregnable, it can nevertheless produce works of art as fine as any other method of work.

Here, for instance, we have the Symbolists. And why not? Their artistic dream is a worthy one; and they have this especially interesting feature: that they know and proclaim the extreme difficulty of art.

And, indeed, a man must be very daring or foolish to write at all nowadays! After so many and such various masters of the craft, of such multifarious genius, what remains to be done that has not been done, or what to say that has not been said? Which of us all can boast of having written a page, a phrase, which is not to be found—or something very like it—in some other book? When we read, we who are so soaked in French literature that our whole body seems as it were a mere compound of words, do we ever light on a line, a thought, which is not familiar to us, or of which we have not had at least some vague forecast?

The man who only tries to amuse his public by familiar methods, writes confidently, in his candid mediocrity, works intended only for the ignorant and idle crowd. But those who are conscious of the weight of centuries of past literature, whom nothing satisfies, whom everything disgusts because they dream of something better, to whom the bloom is off everything, and

donne toujours l'impression d'un travail inutile et commun, en arrivent à juger l'art littéraire une chose insaisissable, mystérieuse, que nous dévoilent à peine quelques pages des plus grands maîtres.

Vingt vers, vingt phrases, lus tout à coup nous font tressaillir jusqu'au cœur comme une révélation surprenante; mais les vers suivants ressemblent à tous les vers, la prose qui coule ensuite ressemble à toutes les proses.

Les hommes de génie n'ont point, sans doute, ces angoisses et ces tourments, parce qu'ils portent en eux une force créatrice irrésistible. Ils ne se jugent pas eux-mêmes. Les autres, nous autres qui sommes simplement des travailleurs conscients et tenaces, nous ne pouvons lutter contre l'invincible découragement que par la continuité de l'effort.

Deux hommes par leurs enseignements simples et lumineux m'ont donné cette force de toujours tenter: Louis Bouilhet et Gustave Flaubert.

Si je parle ici d'eux et de moi c'est que leurs conseils, résumés en peu de lignes, seront peut-être utiles à quelques jeunes gens moins confiants en eux-mêmes qu'on ne l'est d'ordinaire quand on débute dans les lettres.

Bouilhet, que je connus le premier d'une façon un peu intime, deux ans environ avant de gagner l'amitié de Flaubert, à force de me répéter que cent vers, peut-être moins, suffisent à la réputation d'un artiste, s'ils sont irréprochables et s'ils contiennent l'essence du talent et de l'originalité d'un homme même de second ordre, me fît comprendre que le travail continuel et la connaissance profonde du métier peuvent, un jour de lucidité, de puissance et d'entraînement, par la rencontre heureuse d'un sujet concordant bien avec toutes les tendances de notre esprit, amener cette éclosion de l'œuvre courte, unique et aussi parfaite que nous la pouvons produire.

Je compris ensuite que les écrivains les plus connus n'ont presque jamais laissé plus d'un volume et qu'il faut, avant tout, avoir cette chance de trouver et de discerner, au milieu de la multitude des matières qui se présentent à notre choix, celle qui absorbera toutes nos facultés, toute notre valeur, toute notre puissance artiste.

Plus tard, Flaubert, que je voyais quelquefois, se prit d'affection pour moi. J'osai lui soumettre quelques essais. Il les lut avec bonté et me répondit: «Je ne sais pas si vous aurez du talent. Ce que vous m'avez apporté prouve une certaine intelligence, mais n'oubliez point ceci, jeune homme, que le talent—suivant le mot de Buffon—n'est qu'une longue patience. Travaillez.»

Je travaillai, et je revins souvent chez lui, comprenant que je lui plaisais, car il s'était mis à m'appeler, en riant, son disciple.

Pendant sept ans je fis des vers, je fis des contes, je fis des nouvelles, je fis même un drame détestable. Il n'en est rien resté. Le maître lisait tout, puis le dimanche suivant, en déjeunant, développait ses critiques et enfonçait en moi, peu à peu, deux ou trois principes qui sont le résumé de ses longs et patients enseignements. «Si on a une originalité, disait-il, il faut avant tout la dégager; si on n'en a pas, il faut en acquérir une.»

who always are impressed with the uselessness, the commonness of their own achievements—these come to regard literary art as a thing unattainable and mysterious, scarcely to be detected save in a few pages by the greatest masters.

A score of lines of poetry, a score of phrases suddenly discovered thrill us to the heart like a startling revelation; but the lines which follow are just like all other verse, the further flow of prose is like all other prose.

Men of genius, no doubt, escape this anguish and torment because they bear within themselves an irresistible creative power. They do not sit in judgment on themselves. The rest of us, who are no more than persevering and conscious workers, can only contend against invincible discouragement by unremitting effort.

Two men by their simple and lucid teaching gave me the strength to try again and again: Louis Bouilhet and Gustave Flaubert.

If I here speak of myself in connection with them, it is because their counsels, as summed up in a few lines, may prove useful to some young writers who may be less self-confident than most are when they make their debut in print.

Bouilhet, whom I first came to know somewhat intimately about two years before I gained the friendship of Flaubert, by dint of telling me that a hundred lines—or less—if they are without a flaw and contain the very essence of the talent and originality of even a second-rate man, are enough to establish an artist's reputation, made me understand that persistent toil and a thorough knowledge of the craft, might, in some happy hour of lucidity, power, and enthusiasm, by the fortunate occurrence of a subject in perfect concord with the tendency of our mind, lead to the production of a single work, short but as perfect as we can make it.

Then I learned to see that the best-known writers have hardly ever left us more than one such volume; and that needful above all else is the good fortune which leads us to hit upon and discern, amid the multifarious matter which offers itself for selection, the subject which will absorb all our faculties, all that is of worth in us, all our artistic power.

At a later date, Flaubert, whom I had occasionally met, took a fancy to me. I ventured to show him a few attempts. He read them kindly and replied: "I cannot tell whether you will have any talent. What you have brought me proves a certain intelligence; but never forget this, young man: talent—as Buffon says—is nothing but long patience. Work."

I worked; and I often went to see him, feeling that he liked me, for he had taken to calling me, in jest, his disciple.

For seven years I wrote verses, I wrote tales, I wrote short stories, I even wrote a villainous play. Nothing of all this remains. The master read it all; then, the next Sunday while we breakfasted together, he would give me his criticisms, driving into me by degrees two or three principles which sum up the drift of his long and patient exhortations: "If you have any originality," said he, "you must above all things bring it out; if you have not, you must acquire it."

– Le talent est une longue patience. – Il s'agit de regarder tout ce qu'on veut exprimer assez longtemps et avec assez d'attention pour en découvrir un aspect qui n'ait été vu et dit par personne. Il y a, dans tout, de l'inexploré, parce que nous sommes habitués à ne nous servir de nos yeux qu'avec le souvenir de ce qu'on a pensé avant nous sur ce que nous contemplons. La moindre chose contient un peu d'inconnu. Trouvons-le. Pour décrire un feu qui flambe et un arbre dans une plaine, demeurons en face de ce feu et de cet arbre jusqu'à ce qu'ils ne ressemblent plus, pour nous, à aucun autre arbre et à aucun autre feu.

C'est de cette façon qu'on devient original.

Ayant, en outre, posé cette vérité qu'il n'y a pas, de par le monde entier, deux grains de sable, deux mouches, deux mains ou deux nez absolument pareils, il me forçait à exprimer, en quelques phrases, un être ou un objet de manière à le particulariser nettement, à le distinguer de tous les autres êtres ou de tous les autres objets de même race ou de même espèce.

«Quand vous passez, me disait-il, devant un épicier assis sur sa porte, devant un concierge qui fume sa pipe, devant une station de fiacres, montrez-moi cet épicier et ce concierge, leur pose, toute leur apparence physique contenant aussi, indiquée par l'adresse de l'image, toute leur nature morale, de façon à ce que je ne les confonde avec aucun autre épicier ou avec aucun autre concierge, et faites-moi voir, par un seul mot, en quoi un cheval de fiacre ne ressemble pas aux cinquante autres qui le suivent et le précèdent.»

J'ai développé ailleurs ses idées sur le style. Elles ont de grands rapports avec la théorie de l'observation que je viens d'exposer.

Quelle que soit la chose qu'on veut dire, il n'y a qu'un mot pour l'exprimer, qu'un verbe pour l'animer et qu'un adjectif pour la qualifier. Il faut donc chercher, jusqu'à ce qu'on les ait découverts, ce mot, ce verbe et cet adjectif, et ne jamais se contenter de l'à-peu-près, ne jamais avoir recours à des supercheries, même heureuses, à des clowneries de langage pour éviter la difficulté.

On peut traduire et indiquer les choses les plus subtiles en appliquant ce vers de Boileau:

D'un mot mis en sa place enseigna le pouvoir.

Il n'est point besoin du vocabulaire bizarre, compliqué, nombreux et chinois qu'on nous impose aujourd'hui sous le nom d'écriture artiste, pour fixer toutes les nuances de la pensée; mais il faut discerner avec une extrême lucidité toutes les modifications de la valeur d'un mot suivant la place qu'il occupe. Ayons moins de noms, de verbes et d'adjectifs aux sens presque insaisissables, mais plus de phrases différentes, diversement construites, ingénieusement coupées, pleines de sonorités et de rythmes savants. Efforçons-nous d'être des stylistes excellents plutôt que des collectionneurs de termes rares.

Il est, en effet, plus difficile de manier la phrase à son gré, de lui faire tout dire, même ce qu'elle n'exprime pas, de l'emplir de sous-entendus, d'intentions secrètes et non formulées, que d'inventer des expressions nouvelles

Talent is long patience. Everything you want to express must be considered so long, and so attentively, as to enable you to find some aspect of it which no one has yet seen and expressed. There is an unexplored side to everything, because we are wont never to use our eyes but with the memory of what others before us have thought of the things we see. The smallest thing has something unknown in it; we must find it. To describe a blazing fire, a tree in a plain, we must stand face to face with that fire or that tree, till to us they are wholly unlike any other fire or tree.

Thus we may become original.

Then, having established the truth that there are not in the whole world two grains of sand, two flies, two hands, or two noses absolutely alike, he would make me describe in a few sentences some person or object, in such a way as to define it exactly, and distinguish it from every other of the same race or species.

"When you pass a grocer sitting in his doorway," he would say, "a porter smoking his pipe, or a cabstand, show me that grocer and that porter, their attitude and their whole physical aspect, including, as indicated by the skill of the portrait, their whole moral nature, in such a way that I could never mistake them for any other grocer or porter; and by a single word give me to understand wherein one cab-horse differs from fifty others before or behind it."

I have explained his notions of style at greater length in another place; they bear a marked relation to the theory of observation I have just laid down.

Whatever the thing we wish to say, there is but one word to express it, but one verb to give it movement, but one adjective to qualify it. We must seek till we find this noun, this verb and this adjective, and never be content with getting very near it, never allow ourselves to play tricks, even happy ones, or have recourse to sleights of language to avoid a difficulty.

The subtlest things may be rendered and suggested by applying the hint conveyed in Boileau's line:
He taught the power of a word put in the right place.
There is no need for an eccentric vocabulary to formulate every shade of thought—the complicated, multifarious, and outlandish words which are put upon us nowadays in the name of artistic writing; but every modification of the value of a word by the place it fills must be distinguished with extreme clearness. Give us fewer nouns, verbs, and adjectives, with almost inscrutable shades of meaning, and let us have a greater variety of phrases, more variously constructed, ingeniously divided, full of sonority and learned rhythm. Let us strive to be admirable in style, rather than curious in collecting rare words.

It is in fact more difficult to bend a sentence to one's will and make it express everything—even what it does not say, to fill it full of implications of covert and inexplicit suggestions, than to invent new expressions, or seek

ou de rechercher, au fond de vieux livres inconnus, toutes celles dont nous avons perdu l'usage et la signification, et qui sont pour nous comme des verbes morts.

La langue française, d'ailleurs, est une eau pure que les écrivains maniérés n'ont jamais pu et ne pourront jamais troubler. Chaque siècle a jeté dans ce courant limpide ses modes, ses archaïsmes prétentieux et ses préciosités, sans que rien surnage de ces tentatives inutiles, de ces efforts impuissants. La nature de cette langue est d'être claire, logique et nerveuse. Elle ne se laisse pas affaiblir, obscurcir ou corrompre.

Ceux qui font aujourd'hui des images, sans prendre garde aux termes abstraits, ceux qui font tomber la grêle ou la pluie sur la *propreté* des vitres, peuvent aussi jeter des pierres à la simplicité de leurs confrères! Elles frapperont peut-être les confrères qui ont un corps, mais n'atteindront jamais la simplicité qui n'en a pas.

GUY DE MAUPASSANT.

La Guillette, Étretat, septembre 1887.

out in old and forgotten books all those which have fallen into disuse and lost their meaning, so that to us they are as a dead language.

The French language, to be sure, is a pure stream, which affected writers never have and never can trouble. Each age has flung into the limpid waters its pretentious archaisms and euphuisms, but nothing has remained on the surface to perpetuate these futile attempts and impotent efforts. It is the nature of the language to be clear, logical, and vigorous. It does not lend itself to weakness, obscurity, or corruption.

Those who nowadays describe images without duly heeding abstract terms, those who make rain and hail fall on the *cleanliness* of the window-panes, may throw stones at the simplicity of their brothers of the pen! The stones may indeed hit their brothers, who have a body, but will never hurt simplicity, which has none.

GUY DE MAUPASSANT.

La Guillette, Étretat, September 1887.

Pierre et Jean

I

– Zut! s'écria tout à coup le père Roland qui depuis un quart d'heure demeurait immobile, les yeux fixés sur l'eau, et soulevant par moments, d'un mouvement très léger, sa ligne descendue au fond de la mer.

Mme Roland, assoupie à l'arrière du bateau, à côté de Mme Rosémilly invitée à cette partie de pêche, se réveilla, et tournant la tête vers son mari:

– Eh bien!... eh bien!... Gérôme!

Le bonhomme furieux répondit:

– Ça ne mord plus du tout. Depuis midi je n'ai rien pris. On ne devrait jamais pêcher qu'entre hommes; les femmes vous font embarquer toujours trop tard.

Ses deux fils, Pierre et Jean, qui tenaient, l'un à bâbord, l'autre à tribord, chacun une ligne enroulée à l'index, se mirent à rire en même temps et Jean répondit:

– Tu n'es pas galant pour notre invitée, papa.

M. Roland fut confus et s'excusa:

– Je vous demande pardon, madame Rosémilly, je suis comme ça. J'invite des dames parce que j'aime me trouver avec elles, et puis, dès que je sens de l'eau sous moi, je ne pense plus qu'au poisson.

Mme Roland s'était tout à fait réveillée et regardait d'un air attendri le large horizon de falaises et de mer. Elle murmura:

– Vous avez cependant fait une belle pêche.

Mais son mari remuait la tête pour dire non, tout en jetant un coup d'œil bienveillant sur le panier où le poisson capturé par les trois hommes palpitait vaguement encore, avec un bruit doux d'écailles gluantes et de nageoires soulevées, d'efforts impuissants et mous, et de bâillements dans l'air mortel.

Le père Roland saisit la manne entre ses genoux, la pencha, fit couler jusqu'au bord le flot d'argent des bêtes pour voir celles du fond, et leur palpitation d'agonie s'accentua, et l'odeur forte de leur corps, une saine puanteur de marée, monta du ventre plein de la corbeille.

Pierre and Jean

I

"Tschah!" exclaimed father Roland suddenly, after he had remained motionless for a quarter of an hour, his eyes fixed on the water, while now and again he very slightly lifted his line sunk in the sea.

Mme Roland, dozing in the stern by the side of Mme Rosémilly, who had been invited to join the fishing-party, woke up, and turning her head to look at her husband:

"Well, well!... Gérôme!"

The old fellow replied in a fury:

"They do not bite at all. I have taken nothing since noon. Only men should ever go fishing. Women always delay the start till it is too late."

His two sons, Pierre and Jean, who each held a line twisted round his forefinger, one to port and one to starboard, both began to laugh, and Jean replied:

"You are not very polite to our guest, father."

M. Roland was abashed, and apologized:

"I beg your pardon, Mme Rosémilly, but that is just like me. I invite ladies because I like to be with them, and then, as soon as I feel the water beneath me, I think of nothing but the fish."

Mme Roland was now quite awake, and gazing with a softened look at the wide horizon of cliff and sea.

"You have had good sport, all the same," she murmured.

But her husband shook his head in denial, though at the same time he glanced complacently at the basket where the fish caught by the three men were still breathing spasmodically, with a low rustle of clammy scales and struggling fins, and dull, ineffectual efforts, gasping in the fatal air.

Father Roland took the basket between his knees and tilted it up, making the silver heap of creatures slide to the edge that he might see those lying at the bottom, and their death-throes became more convulsive, while the strong smell of their bodies, a wholesome reek of brine, came up from the full depths of the creel.

Le vieux pêcheur la huma vivement, comme on sent des rosés, et déclara:

– Cristi! ils sont frais, ceux-là!

Puis il continua:

– Combien en as-tu pris, toi, docteur?

Son fils aîné, Pierre, un homme de trente ans à favoris noirs coupés comme ceux des magistrats, moustaches et menton rasés, répondit:

– Oh! pas grand-chose, trois ou quatre.

Le père se tourna vers le cadet:

– Et toi, Jean?

Jean, un grand garçon blond, très barbu, beaucoup plus jeune que son frère, sourit et murmura:

– A peu près comme Pierre, quatre ou cinq.

Ils faisaient, chaque fois, le même mensonge qui ravissait le père Roland.

Il avait enroulé son fil au tolet d'un aviron, et, croisant ses bras, il annonça:

– Je n'essayerai plus jamais de pêcher l'après-midi. Une fois dix heures passées, c'est fini. Il ne mord plus, le gredin, il fait la sieste au soleil.

Le bonhomme regardait la mer autour de lui avec un air satisfait de propriétaire.

C'était un ancien bijoutier parisien qu'un amour immodéré de la navigation et de la pêche avait arraché au comptoir dès qu'il eut assez d'aisance pour vivre modestement de ses rentes.

Il se retira donc au Havre, acheta une barque et devint matelot amateur. Ses deux fils, Pierre et Jean, restèrent à Paris pour continuer leurs études et vinrent en congé de temps en temps partager les plaisirs de leur père.

A la sortie du collège, l'aîné, Pierre, de cinq ans plus âgé que Jean, s'étant senti successivement de la vocation pour des professions variées, en avait essayé, l'une après l'autre, une demi-douzaine, et, vite dégoûté de chacune, se lançait aussitôt dans de nouvelles espérances.

En dernier lieu la médecine l'avait tenté, et il s'était mis au travail avec tant d'ardeur qu'il venait d'être reçu docteur après d'assez courtes études et des dispenses de temps obtenues du ministre. Il était exalté, intelligent, changeant et tenace, plein d'utopies et d'idées philosophiques.

Jean, aussi blond que son frère était noir, aussi calme que son frère était emporté, aussi doux que son frère était rancunier, avait fait tranquillement son droit et venait d'obtenir son diplôme de licencié en même temps que Pierre obtenait celui de docteur.

Tous les deux prenaient donc un peu de repos dans leur famille, et tous les deux formaient le projet de s'établir au Havre s'ils parvenaient à le faire dans des conditions satisfaisantes.

Mais une vague jalousie, une de ces jalousies dormantes qui grandissent presque invisibles entre frères ou entre sœurs jusqu'à la maturité et qui éclatent à l'occasion d'un mariage ou d'un bonheur tombant sur l'un, les tenait en éveil dans une fraternelle et inoffensive inimitié. Certes ils s'aimaient, mais ils s'épiaient. Pierre, âgé de cinq ans à la naissance de Jean,

The old fisherman sniffed it eagerly, as we smell at roses, and exclaimed:

"Cristi! But they are fresh enough!"

And he went on:

"How many did you pull out, doctor?"

His eldest son, Pierre, a man of thirty, with black whiskers trimmed square like a lawyer's, his moustache and beard shaved away, replied:

"Oh, not many; three or four."

The father turned to the younger:

"And you, Jean?"

Jean, a tall fellow, much younger than his brother, fair, with a full beard, smiled and murmured:

"Much the same as Pierre—four or five."

Every time they told the same fib, which delighted father Roland.

He had hitched his line round a row-lock, and folding his arms he announced:

"I will never again try to fish after noon. After ten in the morning it is all over. The lazy brutes will not bite; they are taking their siesta in the sun."

And he looked round at the sea on all sides, with the satisfied air of a proprietor.

He was a retired jeweller from Paris who had been led by an inordinate love of seafaring and fishing to fly from the shop as soon as he had made enough money to live in modest comfort on the interest of his savings.

He retired to Havre, bought a boat, and became an amateur skipper. His two sons, Pierre and Jean, had remained at Paris to continue their studies, and came for the holidays from time to time to share their father's amusements.

On leaving school, Pierre, the elder, five years older than Jean, had felt a vocation to various professions and had tried half a dozen in succession, but, soon disgusted with each in turn, he started afresh with new hopes.

Medicine had been his last fancy, and he had set to work with so much ardour that he had just qualified after an unusually short course of study, by a special remission of time from the minister. He was enthusiastic, intelligent, fickle, but obstinate, full of Utopias and philosophical notions.

Jean, who was as fair as his brother was dark, as deliberate as his brother was vehement, as gentle as his brother was unforgiving, had quietly gone through his studies for the law and had just taken his diploma as a licentiate, at the time when Pierre had taken his in medicine.

So they were now having a little rest at home, and both looked forward to settling in Havre if they could find a satisfactory opening.

But a vague jealousy one of those dormant jealousies which grow up almost invisibly between brothers or sisters, till they mature and burst forth, on the occasion of a marriage perhaps, or of some good fortune happening to one of them, kept them on the alert in a sort of brotherly and non-aggressive animosity. They were fond of each other, it is true, but they watched

avait regardé avec une hostilité de petite bête gâtée cette autre petite bête apparue tout à coup dans les bras de son père et de sa mère, et tant aimée, tant caressée par eux.

Jean, dès son enfance, avait été un modèle de douceur, de bonté et de caractère égal; et Pierre s'était énervé, peu à peu, à entendre vanter sans cesse ce gros garçon dont la douceur lui semblait être de la mollesse, la bonté de la niaiserie et la bienveillance de l'aveuglement. Ses parents, gens placides, qui rêvaient pour leurs fils des situations honorables et médiocres, lui reprochaient ses indécisions, ses enthousiasmes, ses tentatives avortées, tous ses élans impuissants vers des idées généreuses et vers des professions décoratives.

Depuis qu'il était homme, on ne lui disait plus: «Regarde Jean et imite-le!» mais chaque fois qu'il entendait répéter: «Jean a fait ceci, Jean a fait cela,» il comprenait bien le sens et l'allusion cachés sous ces paroles.

Leur mère, une femme d'ordre, une économe bourgeoise un peu senti-mentale, douée d'une âme tendre de caissière, apaisait sans cesse les petites rivalités nées chaque jour entre ses deux grands fils, de tous les menus faits de la vie commune. Un léger événement, d'ailleurs, troublait en ce moment sa quiétude, et elle craignait une complication, car elle avait fait la connais-sance pendant l'hiver, pendant que ses enfants achevaient l'un et l'autre leurs éludes spéciales, d'une voisine, Mme Rosémilly, veuve d'un capitaine au long cours, mort à la mer deux ans auparavant. La jeune veuve, toute jeune, vingt-trois trois ans, une maîtresse femme qui connaissait l'existence d'instinct, comme un animal libre, comme si elle eût vu, subi, compris et pesé tous les événements possibles, qu'elle jugeait avec un esprit sain, étroit et bienveillant, avait pris l'habitude de venir faire un bout de tapisserie et de causette, le soir, chez ces voisins aimables qui lui offraient une tasse de thé.

Le père Roland, que sa manie de pose marine aiguillonnait sans cesse, interrogeait leur nouvelle amie sur le défunt capitaine, et elle parlait de lui, de ses voyages, de ses anciens récits, sans embarras, en femme raisonnable et résignée qui aime la vie et respecte la mort.

Les deux fils, à leur retour, trouvant cette jolie veuve installée dans la maison, avaient aussitôt commencé à la courtiser, moins par désir de lui plaire que par envie de se supplanter.

Leur mère, prudente et pratique, espérait vivement qu'un des deux triom-pherait, car la jeune femme était riche, mais elle aurait aussi bien voulu que l'autre n'en eût point de chagrin.

Mme Rosémilly était blonde avec des yeux bleus, une couronne de che-veux follets envolés à la moindre brise et un petit air crâne, hardi, batailleur, qui ne concordait point du tout avec la sage méthode de son esprit.

Déjà elle semblait préférer Jean, portée vers lui par une similitude de nature. Cette préférence d'ailleurs ne se montrait que par une presque in-

each other. Pierre, five years old when Jean was born, had looked with the eyes of a little petted animal at that other little animal which had suddenly come to lie in his father's and mother's arms and to be loved and fondled by them.

Jean, from his birth, had always been a pattern of sweetness, gentleness, and good temper, and Pierre had by degrees begun to chafe at ever-lastingly hearing the praises of this great lad, whose sweetness in his eyes was indolence, whose gentleness was stupidity, and whose kindliness was blindness. His parents, whose dream for their sons was some respectable and undistinguished calling, blamed him for so often changing his mind, for his fits of enthusiasm, his abortive beginnings, and all his ineffectual impulses towards generous ideas and the liberal professions.

Since he had grown to manhood they no longer said in so many words: "Look at Jean and follow his example," but every time he heard them say "Jean did this—Jean did that," he understood their meaning and the hint the words conveyed.

Their mother, an orderly person, a thrifty and rather sentimental woman of the middle class, with the soul of a soft-hearted book-keeper, was constantly quenching the little rivalries between her two big sons to which the petty events of their life constantly gave rise. Another little circumstance, too, just now disturbed her peace of mind, and she was in fear of some complications; for in the course of the winter, while her boys were finishing their studies, each in his own line, she had made the acquaintance of a neighbour, Mme Rosémilly, the widow of a captain of a merchantman who had died at sea two years before. The young widow—quite young, only twenty-three—a woman of strong intellect who knew life by instinct as the free animals do, as though she had seen, gone through, understood, and weighted every conceivable contingency, and judged them with a wholesome, strict, and benevolent mind, had fallen into the habit of calling to work or chat for an hour in the evening with these friendly neighbours, who would give her a cup of tea.

Father Roland, always goaded on by his seafaring craze, would question their new friend about the departed captain; and she would talk of him, and his voyages, and his old-world tales, without hesitation, like a resigned and reasonable woman who loves life and respects death.

The two sons on their return, finding the pretty widow quite at home in the house, forthwith began to court her, less from any wish to charm her than from the desire to cut each other out.

Their mother, being practical and prudent, sincerely hoped that one of them might win the young widow, for she was rich; but then she would have liked that the other should not be grieved.

Mme Rosémilly was fair, with blue eyes, a mass of light waving hair, fluttering at the least breath of wind, and an alert, daring, pugnacious little way with her, which did not in the least answer to the sober method of her mind.

She already seemed to like Jean best, attracted, no doubt, by an affinity of nature. This preference, however, she betrayed only by an almost im-

sensible différence dans la voix et le regard, et en ceci encore qu'elle prenait quelquefois son avis.

Elle semblait deviner que l'opinion de Jean fortifierait la sienne propre, tandis que l'opinion de Pierre devait fatalement être différente. Quand elle parlait des idées du docteur, de ses idées politiques, artistiques, philosophiques, morales, elle disait par moments: «Vos billevesées.» Alors, il la regardait d'un regard froid de magistrat qui instruit le procès des femmes, de toutes les femmes, ces pauvres êtres!

Jamais, avant le retour de ses fils, le père Roland ne l'avait invitée à ses parties de pêche où il n'emmenait jamais non plus sa femme, car il aimait s'embarquer avant le jour, avec le capitaine Beausire, un long-courrier retraité, rencontré aux heures de marée sur le port et devenu intime ami, et le vieux matelot Papagris, surnommé Jean-Bart, chargé de la garde du bateau.

Or, un soir de la semaine précédente, comme Mme Rosémilly qui avait dîné chez lui disait: «Ça doit être très amusant, la pêche?» l'ancien bijoutier, flatté dans sa passion, et saisi de l'envie de la communiquer, de faire des croyants à la façon des prêtres, s'écria:

– Voulez-vous y venir?
– Mais oui.
– Mardi prochain?
– Oui, mardi prochain.
– Êtes-vous femme à partir à cinq heures du matin?
Elle poussa un cri de stupeur:
– Ah! mais non, par exemple.
Il fut désappointé, refroidi, et il douta tout à coup de cette vocation.
Il demanda cependant:
– A quelle heure pourriez-vous partir?
– Mais... à neuf heures!
– Pas avant?
– Non, pas avant, c'est déjà très tôt!
Le bonhomme hésitait. Assurément on ne prendrait rien, car si le soleil chauffe, le poisson ne mord plus; mais les deux frères s'étaient empressés d'arranger la partie, de tout organiser et de tout régler séance tenante.

Donc, le mardi suivant, la *Perle* avait été jeter l'ancre sous les rochers blancs du cap de la Hève; et on avait péché jusqu'à midi, puis sommeillé, puis repêché, sans rien prendre, et le père Roland, comprenant un peu tard que Mme Rosémilly n'aimait et n'appréciait en vérité que la promenade en mer, et voyant que ses lignes ne tressaillaient plus, avait jeté, dans un mouvement d'impatience irraisonnée, un *zut* énergique qui s'adressait autant à la veuve indifférente qu'aux bêtes insaisissables. Maintenant il regardait le poisson capturé, son poisson, avec une joie vibrante d'avare; puis il leva les yeux vers le ciel, remarqua que le soleil baissait:
– Eh bien! les enfants, dit-il, si nous revenions un peu?

perceptible difference of voice and look and also by occasionally asking his opinion.

She seemed to guess that Jean's views would support her own, while those of Pierre must inevitably be different. When she spoke of the doctor's ideas on politics, art, philosophy, or morals, she would sometimes say: "Your crotchets." Then he would look at her with the cold gleam of an accuser drawing up an indictment against women—all women, poor weak things!

Never till his sons came home had father Roland invited her to join his fishing expeditions, nor had he ever taken his wife; for he liked to put off before daybreak, with Captain Beausire, a master mariner retired, whom he had first met in the port at high tides and with whom he had struck up an intimacy, and the old sailor Papagris, known as Jean-Bart, in whose charge the boat was left.

But one evening of the week before, Mme Rosémilly, who had been dining with them, remarked, "It must be great fun to go out fishing." The retired jeweller, flattered in his passion and fired with the wish to share his favourite sport with her, and to make a convert after the manner of priests, exclaimed:

"Would you like to come?"

"To be sure I should."

"Next Tuesday?"

"Yes, next Tuesday."

"Are you the woman to be ready to start at five in the morning?"

She exclaimed in horror:

"No, indeed: that is too much!"

He was disappointed and chilled, suddenly doubting her true vocation. However, he asked:

"At what hour can you set off?"

"Well... at nine!"

"Not before?"

"No, not before. Even that is very early!"

The old fellow hesitated; he certainly would catch nothing, for when the sun has warmed the sea the fish bite no more; but the two brothers had eagerly pressed the scheme, and organized and arranged everything there and then.

So on the following Tuesday the *Pearl* had dropped anchor under the white rocks of Cape la Hève; they had fished till midday, then they had slept awhile, and then fished again without catching anything; and then it was that father Roland, perceiving, rather late, that all that Mme Rosémilly really enjoyed and cared for was the sail on the sea, and seeing that his lines hung motionless, had uttered in a spirit of unreasonable annoyance, that vehement "Tschah!" which applied as much to the uninterested widow as to the creatures he could not catch. Now he contemplated the spoil—his fish—with the joyful thrill of a miser; seeing as he looked up at the sky that the sun was getting low:

"Well, boys," he said, "suppose we turn homeward."

Tous deux tirèrent leurs fils, les roulèrent, accrochèrent dans les bouchons de liège les hameçons nettoyés et attendirent.

Roland s'était levé pour interroger l'horizon à la façon d'un capitaine:

– Plus de vent, dit-il, on va ramer, les gars!

Et soudain, le bras allongé vers le nord, il ajouta:

– Tiens, tiens, le bateau de Southampton.

Sur la mer plate, tendue comme une étoffe bleue, immense, luisante, aux reflets d'or et de feu, s'élevait là-bas, dans la direction indiquée, un nuage noirâtre sur le ciel rose. Et on apercevait, au-dessous, le navire qui semblait tout petit de si loin.

Vers le sud on voyait encore d'autres fumées, nombreuses, venant toutes vers la jetée du Havre dont on distinguait à peine la ligne blanche et le phare, droit comme une corne sur le bout.

Roland demanda:

– N'est-ce pas aujourd'hui que doit entrer la *Normandie*?

Jean répondit:

– Oui, papa.

– Donne-moi ma longue-vue, je crois que c'est elle, là-bas.

Le père déploya le tube de cuivre, l'ajusta contre son œil, chercha le point, et soudain, ravi d'avoir vu:

– Oui, oui, c'est elle, je reconnais ses deux cheminées. Voulez-vous regarder, madame Rosémilly?

Elle prit l'objet qu'elle dirigea vers le transatlantique lointain, sans parvenir sans doute à le mettre en face de lui, car elle ne distinguait rien, rien que du bleu, avec un cercle de couleur, un arc-en-ciel tout rond, et puis des choses bizarres, des espèces d'éclipses, qui lui faisaient tourner le cœur.

Elle dit en rendant la longue-vue:

– D'ailleurs je n'ai jamais su me servir de cet instrument-là. Ça mettait même en colère mon mari qui restait des heures à la fenêtre à regarder passer les navires.

Le père Roland, vexé, reprit:

– Ça doit tenir à un défaut de votre œil, car ma lunette est excellente.

Puis il l'offrit à sa femme:

– Veux-tu voir?

– Non, merci, je sais d'avance que je ne pourrais pas.

Mme Roland, une femme de quarante-huit ans et qui ne les portait pas, semblait jouir, plus que tout le monde, de cette promenade et de cette fin de jour.

Ses cheveux châtains commençaient seulement à blanchir. Elle avait un air calme et raisonnable, un air heureux et bon qui plaisait à voir. Selon le mot de son fils Pierre, elle savait le prix de l'argent, ce qui ne l'empêchait point de goûter le charme du rêve. Elle aimait les lectures, les romans et les poésies, non pour leur valeur d'art, mais pour la songerie mélancolique et tendre qu'ils éveillaient en elle. Un vers, souvent banal, souvent mauvais, faisait vibrer la petite corde, comme elle disait, lui donnait la sensation d'un

The young men hauled in their lines, coiled them up, cleaned the hooks and stuck them into corks, and sat waiting.

Roland stood up to look at the horizon like a captain:

"No wind," he said. "You will have to pull, lads!"

And suddenly extending his arm to the north, he added:

"Here comes the packet from Southampton."

Away over the level sea, spread out like a blue sheet, vast and shiny and shot with flame and gold, an inky cloud was visible against the rosy sky in the quarter to which he pointed, and below it they could make out the hull of the steamer, which looked tiny at such a distance.

And to southward other wreaths of smoke, numbers of them, could be seen, all converging towards the Havre pier, now scarcely visible as a white streak with the lighthouse, upright, like a horn, at the end of it.

Roland asked:

"Is not the *Normandie* due today?"

Jean replied:

"Yes, papa."

"Give me my glass. I fancy I see her out there."

The father pulled out the copper tube, adjusted it to his eye, sought the speck, and then, delighted to have seen it:

"Yes, yes, there she is. I know her two funnels. Would you like to look, Mme Rosémilly?"

She took the thing and directed it towards the distant Atlantic liner, without being able, however, to find the vessel, for she could distinguish nothing—nothing but blue, with a coloured halo round it, a circular rainbow—and then all manner of queer things, winking eclipses which made her feel sick.

She said as she returned the glass:

"I never could use that instrument. It used to put my husband in quite a rage; he would stand for hours at the windows watching the ships pass."

Father Roland, much put out, retorted:

"Then it must be some defect in your eye, for my glass is excellent."

Then he offered it to his wife:

"Would you like to look?"

"No, thank you. I know beforehand that I could not see through it."

Mme Roland, a woman of forty-eight but who did not look it, seemed to be enjoying this excursion and this waning day more than any of the party.

Her chestnut hair was only just beginning to show streaks of white. She had a calm, reasonable face, a kind and happy way with her which it was a pleasure to see. Her son Pierre was wont to say that she knew the value of money, but this did not hinder her from enjoying the delights of dreaming. She was fond of reading, of novels, and poetry, not for their value as works of art, but for the sake of the tender melancholy mood they would induce in her. A line of poetry, often but a poor one, often a bad one, would touch the little chord, as she expressed it, and give her the sense of some mysteri-

désir mystérieux presque réalisé. Et elle se complaisait à ces émotions légères qui troublaient un peu son âme bien tenue comme un livre de comptes.

Elle prenait, depuis son arrivée au Havre, un embonpoint assez visible qui alourdissait sa taille autrefois très souple et très mince.

Cette sortie en mer l'avait ravie. Son mari, sans être méchant, la rudoyait comme rudoient sans colère et sans haine les despotes en boutique pour qui commander équivaut à jurer. Devant tout étranger il se tenait, mais dans sa famille il s'abandonnait et se donnait des airs terribles, bien qu'il eût peur de tout le monde. Elle, par horreur du bruit, des scènes, des explications inutiles, cédait toujours et ne demandait jamais rien; aussi n'osait-elle plus, depuis bien longtemps, prier Roland de la promener en mer. Elle avait donc saisi avec joie cette occasion, et elle savourait ce plaisir rare et nouveau.

Depuis le départ elle s'abandonnait tout entière, tout son esprit et toute sa chair, à ce doux glissement sur l'eau. Elle ne pensait point, elle ne vagabondait ni dans les souvenirs ni dans les espérances, il lui semblait que son cœur flottait comme son corps sur quelque chose de moelleux, de fluide, de délicieux, qui la berçait et l'engourdissait.

Quand le père commanda le retour: «Allons, en place pour la nage!» elle sourit en voyant ses fils, ses deux grands fils, ôter leurs jaquettes et relever sur leurs bras nus les manches de leur chemise.

Pierre, le plus rapproché des deux femmes, prit l'aviron de tribord, Jean l'aviron de bâbord, et ils attendirent que le patron criât: «Avant partout!» car il tenait à ce que les manœuvres fussent exécutées régulièrement.

Ensemble, d'un même effort, ils laissèrent tomber les rames, puis se couchèrent en arrière en tirant de toutes leurs forces; et une lutte commença pour montrer leur vigueur. Ils étaient venus à la voile tout doucement, mais la brise était tombée et l'orgueil de mâles des deux frères s'éveilla tout à coup à la perspective de se mesurer l'un contre l'autre.

Quand ils allaient pêcher seuls avec le père, ils ramaient ainsi sans que personne gouvernât, car Roland préparait les lignes tout en surveillant la marche de l'embarcation, qu'il dirigeait d'un geste ou d'un mot: «Jean, mollis!»–«A toi, Pierre, souque.» Ou bien il disait: «Allons le *un*, allons le *deux*, un peu d'huile de bras.» Celui qui rêvassait tirait plus fort, celui qui s'emballait devenait moins ardent, et le bateau se redressait.

Aujourd'hui ils allaient montrer leurs biceps. Les bras de Pierre étaient velus, un peu maigres, mais nerveux; ceux de Jean gras et blancs, un peu roses, avec une bosse de muscles qui roulait sous la peau.

Pierre eut d'abord l'avantage. Les dents serrées, le front plissé, les jambes tendues, les mains crispées sur l'aviron, il le faisait plier dans toute sa longueur à chacun de ses efforts; et la *Perle* s'en venait vers la côte. Le père Roland, assis à l'avant afin de laisser tout le banc d'arrière aux deux femmes, s'époumonait à commander: «Doucement, le *un*–souque le *deux*.» Le *un* redoublait de rage et le *deux* ne pouvait répondre à cette nage désordonnée.

ous desire almost realized. And she delighted in these faint emotions which brought a little flutter to her soul, otherwise as strictly kept as a ledger.

Since settling at Havre she had become perceptibly stouter, and her figure, which had been very supple and slight, had grown heavier.

This day on the sea had been delightful to her. Her husband, without being brutal, was rough with her, as a man who is the despot of his shop is apt to be rough, without anger or hatred; to such men to give an order is to swear. He controlled himself in the presence of strangers, but in private he let loose and gave himself terrible vent, though he was himself afraid of every one. She, in sheer horror of the turmoil, of scenes, of useless explanations, always gave way and never asked for anything; for a very long time she had not ventured to ask Roland to take her out in the boat. So she had joyfully hailed this opportunity, and was keenly enjoying the rare and new pleasure.

From the moment when they started she surrendered herself completely, body and soul, to the soft, gliding motion over the waves. She was not thinking; her mind was not wandering through either memories or hopes; it seemed to her as though her heart, like her body, was floating on something soft and liquid and delicious which rocked and lulled it.

When their father gave the word to return, "Come, take your places at the oars!" she smiled to see her sons, her two great boys, take off their jackets and roll up their shirt-sleeves on their bare arms.

Pierre, who was nearest to the two women, took the stroke oar, Jean the other, and they sat waiting till the skipper should say: "Give way!" For he insisted on everything being done according to strict rule.

Simultaneously, as if by a single effort, they dipped the oars, and lying back, pulling with all their might, began a struggle to display their strength. They had come out easily, under sail, but the breeze had died away, and the masculine pride of the two brothers was suddenly aroused by the prospect of measuring their powers.

When they went out alone with their father, they plied the oars without any steering, for Roland would be busy getting the lines ready, while he kept a lookout in the boat's course, guiding it by a sign or a word: "Easy, Jean, and you, Pierre, put your back into it." Or he would say, "Now, then, *number one*; come, *number two*—a little elbow grease." Then the one who had been dreaming pulled harder, the one who had got excited eased down, and the boat's head came round.

Today they meant to display their biceps. Pierre's arms were hairy, somewhat lean but sinewy; Jean's were round and white and rosy, and the knot of muscles moved under the skin.

At first Pierre had the advantage. With his teeth set, his brow knit, his legs rigid, his hands clinched on the oar, he made it bend from end to end at every stroke, and the *Pearl* was veering landward. Father Roland, sitting in the bows, so as to leave the stern seat to the two women, wasted his breath shouting, "Easy, *number one*; pull harder, *number two*." *Number one* pulled harder in his frenzy, and *number two* could not keep time with his wild stroke.

Le patron, enfin, ordonna: «Stop!» Les deux rames se levèrent ensemble, et Jean, sur l'ordre de son père, tira seul quelques instants. Mais à partir de ce moment l'avantage lui resta; il s'animait, s'échauffait, tandis que Pierre, essoufflé, épuisé par sa crise de vigueur, faiblissait et haletait. Quatre fois de suite, le père Roland fit stopper pour permettre à l'aîné de reprendre haleine et de redresser la barque dérivant. Le docteur alors, le front en sueur, les joues pâles, humilié et rageur, balbutiait:

– Je ne sais pas ce qui me prend, j'ai un spasme au cœur. J'étais très bien parti, et cela m'a coupé les bras.

Jean demandait:

– Veux-tu que je tire seul avec les avirons de couple?

– Non, merci, cela passera.

La mère, ennuyée, disait:

– Voyons, Pierre, à quoi cela rime-t-il de se mettre dans un état pareil, tu n'es pourtant pas un enfant.

Il haussait les épaules et recommençait à ramer.

Mme Rosémilly semblait ne pas voir, ne pas comprendre, ne pas entendre. Sa petite tête blonde, à chaque mouvement du bateau, faisait en arrière un mouvement brusque et joli qui soulevait sur les tempes ses fins cheveux.

Mais le père Roland cria: «Tenez, voici le *Prince-Albert* qui nous rattrape.» Et tout le monde regarda. Long, bas, avec ses deux cheminées inclinées en arrière et ses deux tambours jaunes, ronds comme des joues, le bateau de Southampton arrivait à toute vapeur, chargé de passagers et d'ombrelles ouvertes. Ses roues rapides, bruyantes, battant l'eau qui retombait en écume, lui donnaient un air de hâte, un air de courrier pressé; et l'avant tout droit coupait la mer en soulevant deux lames minces et transparentes qui glissaient le long des bords.

Quand il fut tout près de la *Perle*, le père Roland leva son chapeau, les deux femmes agitèrent leurs mouchoirs, et une demi-douzaine d'ombrelles répondirent à ces saluts en se balançant vivement sur le paquebot qui s'éloigna, laissant derrière lui, sur la surface paisible et luisante de la mer, quelques lentes ondulations.

Et on voyait d'autres navires, coiffés aussi de fumée, accourant de tous les points de l'horizon vers la jetée courte et blanche qui les avalait comme une bouche, l'un après l'autre. Et les barques de pêche et les grands voiliers aux mâtures légères glissant sur le ciel, traînés par d'imperceptibles remorqueurs, arrivaient tous, vite ou lentement, vers cet ogre dévorant, qui de temps en temps, semblait repu, et rejetait vers la pleine mer une autre flotte de paquebots, de bricks, de goélettes, de trois-mâts chargés de ramures emmêlées. Les steamers hâtifs s'enfuyaient à droite, à gauche, sur le ventre plat de l'Océan, tandis que les bâtiments à voile, abandonnés par les mouches qui les avaient halés, demeuraient immobiles, tout en s'habillant, de la grande hune au petit perroquet, de toile blanche ou de toile brune qui semblait rouge au soleil couchant.

Mme Roland, les yeux mi-clos, murmura:

– Dieu! que c'est beau, cette mer!

At last the skipper cried: "Stop!" The two oars were lifted simultaneously, and then by his father's orders Jean pulled alone for a few minutes. But from that moment he had it all his own way; he grew eager and warmed to his work, while Pierre, out of breath and exhausted by his first vigorous spurt, was lax and panting. Four times running father Roland made them stop while the elder took breath, so as to get the boat into her right course again. Then the doctor, humiliated and fuming, his forehead dropping with sweat, his cheeks white, stammered out:

"I cannot think what has come over me; I have a stitch in my side. I started very well, but it has pulled me up."

Jean asked:

"Shall I pull alone with both oars for a time?"

"No, thanks, it will go off."

Their mother, somewhat vexed, said:

"Why, Pierre, what rhyme or reason is there in getting into such a state. You are not a child."

He shrugged his shoulders and resumed his rowing.

Mme Rosémilly pretended not to see, not to understand, not to hear. Her little fair head went back with an engaging little jerk every time the boat moved forward, making the fine wayward hairs flutter about her temples.

But father Roland called out: "Look, the *Prince Albert* is catching us up." They all looked round. Long and low in the water, with her two raking funnels and two yellow paddle-boxes like two round cheeks, the Southampton packet came ploughing on at full steam, crowded with passengers under open parasols. Its hurrying, noisy paddle-wheels beating up the water which fell again in foam, gave it an appearance of haste as of a courier pressed for time, and the upright stem cut through the water, throwing up two thin translucent waves which glided off along the hull.

When it had come quite near the *Pearl*, father Roland lifted his hat, the two ladies shook their handkerchiefs, and half a dozen parasols eagerly waved on board the steamboat responded to this salute as she went on her way, leaving behind her a few broad undulations on the still and glassy surface of the sea.

There were other vessels, each with its smoky cap, coming in from every part of the horizon towards the short white jetty, which swallowed them up, one after another, like a mouth. And the fishing barks and lighter craft with broad sails and slender masts, stealing across the sky in tow of inconspicuous tugs, were coming in, faster and slower, towards the devouring ogre, who from time to time seemed to have had a surfeit, and spewed out to the open sea another fleet of steamers, brigs, schooners, and three-masted vessels with their tangled mass of rigging. The hurrying steamships flew off to the right and left over the smooth bosom of the ocean, while sailing vessels, cast off by the pilot-tugs which had hauled them out, lay motionless, dressing themselves from the main-mast to the fore-tops in canvas, white or brown, and ruddy in the setting sun.

Mme Roland, with her eyes half-shut, murmured:

"Good heavens, how beautiful the sea is!"

Mme Rosémilly répondit, avec un soupir prolongé, qui n'avait cependant rien de triste:

– Oui, mais elle fait bien du mal quelquefois.

Roland s'écria:

– Tenez, voici la *Normandie* qui se présente à l'entrée. Est-elle grande, hein?

Puis il expliqua la côte en face, là-bas, là-bas, de l'autre côté de l'embouchure de la Seine–vingt kilomètres, cette embouchure–disait-il. Il montra Villerville, Trouville, Houlgate, Luc, Arromanches, la rivière de Caen et les roches du Calvados qui rendent la navigation dangereuse jusqu'à Cherbourg. Puis il traita la question des bancs de sable de la Seine, qui se déplacent à chaque marée et mettent en défaut les pilotes de Quillebœuf eux-mêmes, s'ils ne font pas tous les jours le parcours du chenal. Il fit remarquer comment le Havre séparait la basse de la haute Normandie. En basse Normandie, la côte plate descendait en pâturages, en prairies et en champs jusqu'à la mer. Le rivage de la haute Normandie, au contraire, était droit, une grande falaise, découpée, dentelée, superbe, faisant jusqu'à Dunkerque une immense muraille blanche dont toutes les échancrures cachaient un village ou un port: Etretat, Fécamp, Saint-Valery, Le Tréport, Dieppe, etc.

Les deux femmes ne l'écoutaient point, engourdies par le bien-être, émues par la vue de cet Océan couvert de navires qui couraient comme des bêtes autour de leur tanière; et elles se taisaient, un peu écrasées par ce vaste horizon d'air et d'eau, rendues silencieuses par ce coucher de soleil apaisant et magnifique. Seul, Roland parlait sans fin; il était de ceux que rien ne trouble. Les femmes, plus nerveuses, sentent parfois, sans comprendre pourquoi, que le bruit d'une voix inutile est irritant comme une grossièreté.

Pierre et Jean, calmés, ramaient avec lenteur; et la *Perle* s'en allait vers le port, toute petite à côté des gros navires.

Quand elle toucha le quai, le matelot Papagris, qui l'attendait, prit la main des dames pour les faire descendre; et on pénétra dans la ville. Une foule nombreuse, tranquille, la foule qui va chaque jour aux jetées à l'heure de la pleine mer, rentrait aussi.

Mmes Roland et Rosémilly marchaient devant, suivies des trois hommes. En montant la rue de Paris elles s'arrêtaient parfois devant un magasin de modes ou d'orfèvrerie pour contempler un chapeau ou bien un bijou; puis elles repartaient après avoir échangé leurs idées.

Devant la place de la Bourse, Roland contempla, comme il le faisait chaque jour, le bassin du Commerce plein de navires, prolongé par d'autres bassins, où les grosses coques, ventre à ventre, se touchaient sur quatre ou cinq rangs. Tous les mâts innombrables, sur une étendue de plusieurs kilomètres de quais, tous les mâts avec les vergues, les flèches, les cordages, donnaient à cette ouverture au milieu de la ville l'aspect d'un grand bois mort. Au-dessus de cette forêt sans feuilles, les goélands tournoyaient, épiant pour s'abattre, comme une pierre qui tombe, tous les débris jetés à l'eau; et un mousse, qui rattachait une poulie à l'extrémité d'un cacatois, semblait monté là pour chercher des nids.

Mme Rosémilly replied with a long sigh, which, however, had no sadness in it:

"Yes, but it is sometimes very cruel, all the same."

Roland exclaimed:

"Look, there is the *Normandie* just going in. A big ship, isn't she?"

Then he described the coast opposite, far, far away, on the other side of the mouth of the Seine—that mouth extended over twenty kilometres, he said. He pointed out Villerville, Trouville, Houlgate, Luc, Arromanches, the little river of Caen, and the rocks of Calvados which make the coast unsafe as far as Cherbourg. Then he enlarged on the question of the sand-banks in the Seine, which shift at every tide so that even the pilots of Quilleboeuf are at fault if they do not survey the channel every day. He bid them notice how the town of Havre divided Upper from Lower Normandy. In Lower Normandy the shore sloped down to the sea in pasture-lands, fields, and meadows. The coast of Upper Normandy, on the contrary, was steep, a high cliff, ravined, cleft and towering, forming an immense white rampart all the way to Dunkirk, while in each hollow a village or a port lay hidden: Etretat, Fécamp, Saint-Valery, Tréport, Dieppe and so on.

The two women did not listen. Torpid with comfort and impressed by the sight of the ocean covered with vessels rushing to and fro like wild beasts about their den, they sat speechless, for they were somewhat overpowered by the vast expanse of air and water, and by the calm magnificence of the sunset. Roland alone talked on without end; he was one of those whom nothing can disturb. Women, whose nerves are more sensitive, sometimes feel, without knowing why, that the sound of useless speech is as irritating as an insult.

Pierre and Jean, who had calmed down, were rowing slowly, and the *Pearl* was making for the port, a tiny thing among those huge vessels.

When they came alongside of the quay, Papagris, who was waiting there, gave his hand to the ladies to help them out, and they took the way into the town. A large crowd, the crowd which haunts the pier every day at high tide—was also drifting homeward.

Mme Roland and Mme Rosémilly led the way, followed by the three men. As they went up the Rue de Paris, they stopped now and then in front of a milliner's or a jeweller's shop, to look at a bonnet or an ornament; then after making their comments they went on again.

In front of the Place de la Bourse Roland paused, as he did every day, to gaze at the docks full of vessels—the Bassin du Commerce, with other docks beyond, where the huge hulls lay side by side, closely packed in rows, four or five deep. And masts innumerable; along several kilometres of quays the endless masts, with their yards, poles, and rigging, gave this great gap in the heart of the town the look of a dead forest. Above this leafless forest the gulls were wheeling, and watching to pounce, like a falling stone, on any scraps flung overboard; a sailor boy, fixing a pulley to a cross-beam, looked as if he had gone up there bird's-nesting.

– Voulez-vous dîner avec nous sans cérémonie aucune, afin de finir ensemble la journée? demanda Mme Roland à Mme Rosémilly.

– Mais oui, avec plaisir; j'accepte aussi sans cérémonie. Ce serait triste de rentrer toute seule ce soir.

Pierre, qui avait entendu et que l'indifférence de la jeune femme commençait à froisser, murmura: «Bon, voici la veuve qui s'incruste, maintenant.» Depuis quelques jours il l'appelait «la veuve». Ce mot, sans rien exprimer, agaçait Jean rien que par l'intonation, qui lui paraissait méchante et blessante.

Et les trois hommes ne prononcèrent plus un mot jusqu'au seuil de leur logis. C'était une maison étroite, composée d'un rez-de-chaussée et de deux petits étages, rue Belle-Normande. La bonne, Joséphine, une fillette de dix-neuf ans, servante campagnarde à bon marché, qui possédait à l'excès l'air étonné et bestial des paysans, vint ouvrir, referma la porte, monta derrière ses maîtres jusqu'au salon qui était au premier, puis elle dit:

– Il est v'nu un m'sieu trois fois.

Le père Roland, qui ne lui parlait pas sans hurler et sans sacrer, cria:

– Qui ça est venu, nom d'un chien?

Elle ne se troublait jamais des éclats de voix de son maître, et elle reprit:

– Un m'sieu d'chez l'notaire.

– Quel notaire?

– D'chez m'sieu Canu, donc.

– Et qu'est-ce qu'il a dit, ce monsieur?

– Qu'm'sieu Canu y viendrait en personne dans la soirée.

Maître Lecanu était le notaire et un peu l'ami du père Roland, dont il faisait les affaires. Pour qu'il eût annoncé sa visite dans la soirée, il fallait qu'il s'agît d'une chose urgente et importante; et les quatre Roland se regardèrent, troublés par cette nouvelle comme le sont les gens de fortune modeste à toute intervention d'un notaire, qui éveille une foule d'idées de contrats, d'héritages, de procès, de choses désirables ou redoutables. Le père, après quelques secondes de silence, murmura:

– Qu'est-ce que cela peut vouloir dire?

Mme Rosémilly se mit à rire:

– Allez, c'est un héritage. J'en suis sûre. Je porte bonheur.

Mais ils n'espéraient la mort de personne qui pût leur laisser quelque chose.

Mme Roland, douée d'une excellente mémoire pour les parentés, se mit aussitôt à rechercher toutes les alliances du côté de son mari et du sien, à remonter les filiations, à suivre les branches des cousinages.

Elle demandait, sans avoir même ôté son chapeau:

– Dis donc, père (elle appelait son mari «père» dans la maison, et quelquefois «monsieur Roland» devant les étrangers), dis donc, père, te rappelles-tu qui a épousé Joseph Lebru, en secondes noces?

– Oui, une petite Duménil, la fille d'un papetier.

– En a-t-il eu des enfants?

"Will you dine with us without any sort of ceremony, just that we may end the day together?" Mme Roland asked Mme Rosémilly.

"To be sure I will, with pleasure; I accept equally without ceremony. It would be dismal to go home and be alone this evening."

Pierre, who had heard, and who was beginning to be restless under the young woman's indifference, muttered to himself: "Well, the widow is taking root now, it would seem." For some days past he had spoken of her as "the widow." The word, harmless in itself, irritated Jean merely by the tone given to it, which to him seemed spiteful and offensive.

The three men spoke not another word till they reached the threshold of their own house. It was a narrow one, consisting of a ground-floor and two floors above, in the Rue Belle-Normande. The maid, Josephine, a girl of nineteen, a rustic servant-of-all-work at low wages, gifted to excess with the startled animal expression of a peasant, opened the door, went up stairs at her masters' heels to the drawing-room, which was on the first floor, and then said:

"A gentleman called—three times."

Father Roland, who never spoke to her without shouting and swearing, cried out:

"Who do you say called, in the devil's name?"

She never winced at her master's roaring voice, and replied:

"A gentleman from the lawyer's."

"What lawyer?"

"Why, M'sieu 'Canu—who else?"

"And what did this gentleman say?"

"That M'sieu 'Canu will call in himself in the course of the evening."

Maitre Lecanu was M. Roland's lawyer, and in a way his friend, managing his business for him. For him to send word that he would call in the evening, something urgent and important must be in the wind; and the four Rolands looked at each other, disturbed by the announcement as folks of small fortune are wont to be at any intervention of a lawyer, with its suggestions of contracts, inheritance, lawsuits—all sorts of desirable or formidable contingencies. The father, after a few moments of silence, muttered:

"What on earth can it mean?"

Mme Rosémilly began to laugh:

"Why, a legacy, of course. I am sure of it. I bring good luck."

But they did not expect the death of any one who might leave them anything.

Mme Roland, blessed with an excellent memory for pedigrees, began to think over all their connections on her husband's side and on her own, to trace up connections and the ramifications of cousinship.

Before even taking off her bonnet she asked:

"I say, father" (she called her husband "father" at home, and sometimes "Monsieur Roland" before strangers), "tell me, father, do you remember who it was that Joseph Lebru married for the second time?"

"Yes—a little girl named Duménil, a stationer's daughter."

"Had they any children?"

– Je crois bien, quatre ou cinq, au moins.

– Non. Alors il n'y a rien par là.

Déjà elle s'animait à cette recherche, elle s'attachait à cette espérance d'un peu d'aisance leur tombant du ciel. Mais Pierre, qui aimait beaucoup sa mère, qui la savait un peu rêveuse, et qui craignait une désillusion, un petit chagrin, une petite tristesse, si la nouvelle, au lieu d'être bonne, était mauvaise, l'arrêta.

– Ne t'emballe pas, maman, il n'y a plus d'oncle d'Amérique! Moi, je croirais bien plutôt qu'il s'agit d'un mariage pour Jean.

Tout le monde fut surpris à cette idée, et Jean demeura un peu froissé que son frère eût parlé de cela devant Mme Rosémilly.

– Pourquoi pour moi plutôt que pour toi? La supposition est très contestable. Tu es l'aîné; c'est donc à toi qu'on aurait songé d'abord. Et puis, moi, je ne veux pas me marier.

Pierre ricana:

– Tu es donc amoureux?

L'autre, mécontent, répondit:

– Est-il nécessaire d'être amoureux pour dire qu'on ne veut pas encore se marier?

– Ah! bon, le «encore» corrige tout; tu attends.

– Admets que j'attends, si tu veux.

Mais le père Roland, qui avait écouté et réfléchi, trouva tout à coup la solution la plus vraisemblable.

– Parbleu! nous sommes bien bêtes de nous creuser la tête. Maître Lecanu est notre ami, il sait que Pierre cherche un cabinet de médecin, et Jean un cabinet d'avocat, il a trouvé à caser l'un de vous deux.

C'était tellement simple et probable que tout le monde en fut d'accord.

– C'est servi, dit la bonne.

Et chacun gagna sa chambre afin de se laver les mains avant de se mettre à table.

Dix minutes plus tard, ils dînaient dans la petite salle à manger, au rez-de-chaussée.

On ne parla guère tout d'abord; mais, au bout de quelques instants, Roland s'étonna de nouveau de cette visite du notaire.

– En somme, pourquoi n'a-t-il pas écrit, pourquoi a-t-il envoyé trois fois son clerc, pourquoi vient-il lui-même?

Pierre trouvait cela naturel.

– Il faut sans doute une réponse immédiate; et il a peut-être à nous communiquer des clauses confidentielles qu'on n'aime pas beaucoup écrire.

Mais ils demeuraient préoccupés et un peu ennuyés tous les quatre d'avoir invité cette étrangère qui gênerait leur discussion et les résolutions à prendre.

Ils venaient de remonter au salon quand le notaire fut annoncé.

Roland s'élança.

– Bonjour, cher maître.

Il donnait comme titre à M. Lecanu le «maître» qui précède le nom de tous les notaires.

"I should think so! four or five at least."

"No, nothing from that quarter then."

She was quite eager already in her search; she caught at the hope of some added ease dropping from the sky. But Pierre, who was very fond of his mother, who knew her to be somewhat visionary and feared she might be disappointed, a little grieved, a little saddened if the news were bad instead of good, checked her.

"Do not get excited, mother; there is no rich American uncle! For my part, I should sooner fancy that it is about a marriage for Jean."

Every one was surprised at the suggestion, and Jean was a little ruffled by his brother's having spoken of it before Mme Rosémilly.

"And why for me rather than for you? The hypothesis is very disputable. You are the elder; you, therefore, would be the first to be thought of. Besides, I do not wish to marry."

Pierre scoffed:

"Are you in love, then?"

And the other, much put out, replied:

"Is it necessary that a man should be in love because he does not care to marry yet?"

"Ah, there you are! That 'yet' sets it right; you are waiting."

"Granted that I am waiting, if you will have it so."

But father Roland, who had been listening and cogitating, suddenly hit upon the most probable solution.

"Bless me! what fools we are to be racking our brains. Maitre Lecanu is our friend; he knows that Pierre is looking out for a medical office and Jean for a lawyer's office, and he has found something to suit one of you."

This was so obvious and likely that every one accepted it.

"Dinner is ready," said the maid.

And they all hurried off to their rooms to wash their hands before sitting down to table.

Ten minutes later they were at dinner in the little dining-room on the ground-floor.

At first they were silent; but presently Roland began again in amazement at this lawyer's visit.

"For after all, why did he not write? Why should he have sent his clerk three times? Why is he coming himself?"

Pierre thought it quite natural.

"An immediate decision is required, no doubt; and perhaps there are certain confidential conditions which it does not do to put into writing."

Still, they were all puzzled, and all four a little annoyed at having invited a stranger, who would be in the way of their discussing and deciding on what should be done.

They had just gone upstairs again when the lawyer was announced.

Roland flew to meet him.

"Good-evening, my dear Maitre."

He gave M. Lecanu the title "maitre" which is the official prefix to the name of every lawyer.

Mme Rosémilly se leva:

– Je m'en vais, je suis très fatiguée.

On tenta faiblement de la retenir; mais elle n'y consentit point et elle s'en alla sans qu'un des trois hommes la reconduisît, comme on le faisait toujours.

Mme Roland s'empressa près du nouveau venu:

– Une tasse de café, Monsieur?

– Non, merci, je sors de table.

– Une tasse de thé, alors?

– Je ne dis pas non, mais un peu plus tard, nous allons d'abord parler affaires.

Dans le profond silence qui suivit ces mots on n'entendit plus que le mouvement rythmé de la pendule et, à l'étage au-dessous, le bruit des casseroles lavées par la bonne trop bête même pour écouter aux portes.

Le notaire reprit:

– Avez-vous connu à Paris un certain M. Maréchal, Léon Maréchal?

M. et Mme Roland poussèrent la même exclamation:

– Je crois bien!

– C'était un de vos amis?

Roland déclara:

– Le meilleur, Monsieur, mais un Parisien enragé; il ne quitte pas le Boulevard. Il est chef de bureau aux Finances. Je ne l'ai plus revu depuis mon départ de la capitale. Et puis nous avons cessé de nous écrire. Vous savez, quand on vit loin l'un de l'autre...

Le notaire reprit gravement:

– M. Maréchal est décédé.

L'homme et la femme eurent ensemble ce petit mouvement de surprise triste, feint ou vrai, mais toujours prompt, dont on accueille ces nouvelles.

M. Lecanu continua:

– Mon confrère de Paris vient de me communiquer la principale disposition de son testament par laquelle il institue votre fils Jean, M. Jean Roland, son légataire universel.

L'étonnement fut si grand qu'on ne trouvait pas un mot à dire.

Mme Roland, la première, dominant son émotion, balbutia:

– Mon Dieu, ce pauvre Léon... notre pauvre ami... mon Dieu... mon Dieu... mort!...

Des larmes apparurent dans ses yeux, ces larmes silencieuses des femmes, gouttes de chagrin venues de l'âme qui coulent sur les joues et semblent si douloureuses, étant si claires.

Mais Roland songeait moins à la tristesse de cette perte qu'à l'espérance annoncée. Il n'osait cependant interroger tout de suite sur les clauses de ce testament, et sur le chiffre de la fortune; et il demanda, pour arriver à la question intéressante:

– De quoi est-il mort, ce pauvre Maréchal?

M. Lecanu l'ignorait parfaitement.

– Je sais seulement, disait-il, que, décédé sans héritiers directs, il laisse toute sa fortune, une vingtaine de mille francs de rentes en obligations trois

Mme Rosémilly rose:

"I am going, I am very tired."

A faint attempt was made to detain her; but she would not consent, and went home without either of the three men offering to escort her, as they always had done.

Mme Roland did the honours eagerly to their visitor:

"A cup of coffee, monsieur?"

"No, thank you. I have just had dinner."

"A cup of tea, then?"

"Thank you, I will accept one later. First we must attend to business."

The deep silence which succeeded this remark was broken only by the regular ticking of the clock, and below stairs the clatter of saucepans which the girl was cleaning—too stupid even to listen at the door.

The lawyer went on:

"Did you, in Paris, know a certain M. Maréchal—Leon Maréchal?"

M. and Mme Roland both exclaimed at once:

"I should think so!"

"He was a friend of yours?"

Roland replied:

"Our best friend, monsieur, but a fanatic for Paris; never to be got away from the Boulevard. He was a head clerk in the exchequer office. I have never seen him since I left the capital, and latterly we had ceased writing to each other. When people are far apart, you know..."

The lawyer gravely put in:

"M. Maréchal is deceased."

Both man and wife responded with the little movement of pained surprise, genuine or false, but always ready, with which such news is received.

Maitre Lecanu went on:

"My colleague in Paris has just communicated to me the main item of his will, by which he makes your son Jean—M. Jean Roland—his sole legatee."

They were all too much amazed to utter a single word.

Mme Roland was the first to control her emotion and stammered out:

"Good heavens, poor Leon... our poor friend... good heavens... good heavens... dead!..."

The tears started to her eyes, a woman's silent tears, drops of grief from her very soul, which trickle down her cheeks and seem so very sad, being so clear.

But Roland was thinking less of the loss than of the prospect announced. Still, he dared not at once inquire into the clauses of the will and the amount of the fortune, so to work round to these interesting facts he asked:

"And what did he die of, poor Maréchal?"

Maitre Lecanu did not know in the least.

"All I know is," he said, "that dying without any direct heirs, he has left the whole of his fortune—about twenty thousand francs a year in three per

pour cent, à votre second fils, qu'il a vu naître, grandir, et qu'il juge digne de ce legs. A défaut d'acceptation de la part de M. Jean, l'héritage irait aux enfants abandonnés.

Le père Roland déjà ne pouvait plus dissimuler sa joie et il s'écria:

– Sacristi! voilà une bonne pensée du cœur. Moi, si je n'avais pas eu de descendant, je ne l'aurais certainement point oublié non plus, ce brave ami!

Le notaire souriait:

– J'ai été bien aise, dit-il, de vous annoncer moi-même la chose. Ça fait toujours plaisir d'apporter aux gens une bonne nouvelle.

Il n'avait point du tout songé que cette bonne nouvelle était la mort d'un ami, du meilleur ami du père Roland, qui venait lui-même d'oublier subitement cette intimité annoncée tout à l'heure avec conviction.

Seuls, Mme Roland et ses fils gardaient une physionomie triste. Elle pleurait toujours un peu, essuyant ses yeux avec un mouchoir qu'elle appuyait ensuite sur sa bouche pour comprimer de gros soupirs.

Le docteur murmura:

– C'était un brave homme, bien affectueux. Il nous invitait souvent à dîner, mon frère et moi.

Jean, les yeux grands ouverts et brillants, prenait d'un geste familier sa belle barbe blonde dans sa main droite, et l'y faisait glisser, jusqu'aux derniers poils, comme pour l'allonger et l'amincir.

Il remua deux fois les lèvres pour prononcer aussi une phrase convenable, et, après avoir longtemps cherché, il ne trouva que ceci:

– Il m'aimait bien, en effet, il m'embrassait toujours quand j'allais le voir.

Mais la pensée du père galopait; elle galopait autour de cet héritage annoncé, acquis déjà, de cet argent caché derrière la porte et qui allait entrer tout à l'heure, demain, sur un mot d'acceptation.

Il demanda:

– Il n'y a pas de difficultés possibles?... pas de procès?... pas de contestations?...

Maître Lecanu semblait tranquille:

– Non, mon confrère de Paris me signale la situation comme très nette. Il ne nous faut que l'acceptation de M. Jean.

– Parfait, alors... et la fortune est bien claire?

– Très claire.

– Toutes les formalités ont été remplies?

– Toutes.

Soudain, l'ancien bijoutier eut un peu honte, une honte vague, instinctive et passagère de sa hâte à se renseigner, et il reprit:

– Vous comprenez bien que si je vous demande immédiatement toutes ces choses, c'est pour éviter à mon fils des désagréments qu'il pourrait ne pas prévoir. Quelquefois il y a des dettes, une situation embarrassée, est-ce que je sais, moi? et on se fourre dans un roncier inextricable. En somme, ce n'est pas moi qui hérite, mais je pense au petit avant tout.

Dans la famille on appelait toujours Jean «le petit», bien qu'il fût beaucoup plus grand que Pierre.

cents—to your second son, whom he has known from his birth up, and judges worthy of the legacy. If M. Jean should refuse the money, it is to go to the foundling hospitals."

Father Roland could not conceal his delight and exclaimed:

"Sacristi! It is the thought of a kind heart. And if I had had no heir I would not have forgotten him; he was a true friend!"

The lawyer smiled:

"I was very glad," he said, "to announce the event to you myself. It is always a pleasure to be the bearer of good news."

It had not struck him that this good news was that of the death of a friend, of Roland's best friend; and the old man himself had suddenly forgotten the intimacy he had but just spoken of with so much conviction.

Only Mme Roland and her sons still looked mournful. She, indeed, was still shedding a few tears, wiping her eyes with her handkerchief, which she then pressed to her lips to smother her deep sobs.

The doctor murmured:

"He was a good fellow, very affectionate. He often invited us to dine with him—my brother and me."

Jean, with wide-open, glittering eyes, laid his right hand on his handsome fair beard, a familiar gesture with him, and drew his fingers down it to the tip of the last hairs, as if to pull it longer and thinner.

Twice his lips parted to utter some decent remark, but after long meditation he could only say this:

"Yes, he was certainly fond of me. He would always embrace me when I went to see him."

But his father's thoughts had set off at a gallop—galloping round this inheritance to come; nay, already in hand; this money lurking behind the door, which would walk in quite soon, tomorrow, at a word of consent.

"And there is no possible difficulty in the way?..." he asked. "No lawsuit... no one to dispute it?..."

Maitre Lecanu seemed quite easy:

"No; my colleague in Paris states that everything is quite clear. M. Jean has only to sign his acceptance."

"Good. Then... then the fortune is quite clear?"

"Perfectly clear."

"All the necessary formalities have been gone through?"

"All."

Suddenly the ex-jeweller had an impulse of shame—obscure, instinctive, and fleeting; shame of his eagerness to be informed, and he added:

"You understand that I ask all these questions immediately so as to save my son unpleasant consequences which he might not foresee. Sometimes there are debts, embarrassing liabilities, what not! And a legatee finds himself in an inextricable thorn-bush. After all, I am not the heir—but I think first of the little one."

They were accustomed to speak of Jean among themselves as the "little one," though he was much bigger than Pierre.

Mme Roland, tout à coup, parut sortir d'un rêve, se rappeler une chose lointaine, presque oubliée, qu'elle avait entendue autrefois, dont elle n'était pas sûre d'ailleurs, et elle balbutia:

– Ne disiez-vous point que notre pauvre Maréchal avait laissé sa fortune à mon petit Jean?

– Oui, Madame.

Elle reprit alors simplement:

– Cela me fait grand plaisir, car cela prouve qu'il nous aimait.

Roland s'était levé:

– Voulez-vous, cher maître, que mon fils signe tout de suite l'acceptation?

– Non... non... monsieur Roland. Demain, demain, à mon étude, à deux heures, si cela vous convient.

– Mais oui, mais oui, je crois bien!

Alors, Mme Roland qui s'était levée aussi, et qui souriait, après les larmes, fit deux pas vers le notaire, posa sa main sur le dos de son fauteuil, et le couvrant d'un regard attendri de mère reconnaissante, elle demanda:

– Et cette tasse de thé, monsieur Lecanu?

– Maintenant, je veux bien, Madame, avec plaisir.

La bonne appelée apporta d'abord des gâteaux secs en de profondes boîtes de fer-blanc, ces fades et cassantes pâtisseries anglaises qui semblent cuites pour des becs de perroquet et soudées en des caisses de métal pour des voyages autour du monde. Elle alla chercher ensuite des serviettes grises, pliées en petits carrés, ces serviettes à thé qu'on ne lave jamais dans les familles besogneuses. Elle revint une troisième fois avec le sucrier et les tasses; puis elle ressortit pour faire chauffer l'eau. Alors on attendit.

Personne ne pouvait parler; on avait trop à penser, et rien à dire. Seule Mme Roland cherchait des phrases banales. Elle raconta la partie de pêche, fit l'éloge de la *Perle* et de Mme Rosémilly.

– Charmante, charmante, répétait le notaire.

Roland, les reins appuyés au marbre de la cheminée, comme en hiver, quand le feu brûle, les mains dans ses poches et les lèvres remuantes comme pour siffler, ne pouvait plus tenir en place, torturé du désir impérieux de laisser sortir toute sa joie.

Les deux frères, en deux fauteuils pareils, les jambes croisées de la même façon, à droite et à gauche du guéridon central, regardaient fixement devant eux, en des attitudes semblables, pleines d'expressions différentes.

Le thé parut enfin. Le notaire prit, sucra et but sa tasse, après avoir émietté dedans une petite galette trop dure pour être croquée; puis il se leva, serra les mains et sortit.

– C'est entendu, répétait Roland, demain, chez vous, à deux heures.

– C'est entendu, demain, deux heures.

Jean n'avait pas dit un mot.

Après ce départ il y eut encore un silence, puis le père Roland vint taper de ses deux mains ouvertes sur les deux épaules de son jeune fils en criant:

Suddenly Mme Roland seemed to wake from a dream, to recall some remote fact, a thing almost forgotten that she had heard long ago, and of which she was not altogether sure. She inquired doubtingly:

"Were you not saying that our poor friend Maréchal had left his fortune to my little Jean?"

"Yes, madame."

And she went on simply:

"I am much pleased to hear it; it proves that he was attached to us."

Roland had risen:

"And would you wish, my dear maitre, that my son should at once sign his acceptance?"

"No... no... M. Roland. Tomorrow, at my office tomorrow, at two o'clock, if that suits you."

"Yes, to be sure—yes, indeed. I should think so!"

Then Mme Roland, who had also risen and who was smiling after her tears, went up to the lawyer, and laying her hand on the back of his chair while she looked at him with the tender eyes of a grateful mother, she asked:

"And now for that cup of tea, Monsieur Lecanu?"

"Now I will accept it with pleasure, madame."

The maid, on being summoned, brought in first some dry biscuits in deep tin boxes, those crisp, insipid English cakes which seem to have been made for a parrot's beak, and soldered into metal cases for a voyage round the world. Next she fetched some little grey linen doilies, folded square, those tea-napkins which in thrifty families never get washed. A third time she came in with the sugar-basin and cups; then she departed to heat the water. They sat waiting.

No one could talk; they had too much to think about and nothing to say. Mme Roland alone attempted a few commonplace remarks. She gave an account of the fishing excursion, and sang the praises of the *Pearl* and of Mme Rosémilly.

"Charming, charming," the lawyer said again and again.

Roland, leaning against the marble mantel-shelf as if it were winter and the fire burning, with his hands in his pockets and his lips puckered for a whistle, could not keep still, tortured by the invincible desire to give vent to his delight.

The two brothers, in similar armchairs, their legs crossed in the same fashion, sat at right and left of the central round table, looking straight before them in similar attitudes, but with different expressions.

At last the tea appeared. The lawyer took a cup, sugared it, and drank it, after having crumbled into it a little cake which was too hard to crunch. Then he rose, shook hands, and departed.

"Then it is understood," repeated Roland. "Tomorrow, at your place, at two."

"Quite so. Tomorrow, at two."

Jean had not spoken a word.

When their guest had gone, silence fell again till father Roland clapped his two hands on his younger son's shoulders, crying:

– Eh bien! sacré veinard, tu ne m'embrasses pas?

Alors Jean eut un sourire, et il embrassa son père en disant:

– Cela ne m'apparaissait pas comme indispensable.

Mais le bonhomme ne se possédait plus d'allégresse. Il marchait, jouait du piano sur les meubles avec ses ongles maladroits, pivotait sur ses talons, et répétait:

– Quelle chance! quelle chance! En voilà une, de chance!

Pierre demanda:

– Vous le connaissiez donc beaucoup, autrefois, ce Maréchal?

Le père répondit:

– Parbleu, il passait toutes ses soirées à la maison; mais tu te rappelles bien qu'il allait te prendre au collège, les jours de sortie, et qu'il t'y reconduisait souvent après dîner. Tiens, justement, le matin de la naissance de Jean, c'est lui qui est allé chercher le médecin! Il avait déjeuné chez nous quand ta mère s'est trouvée souffrante. Nous avons compris tout de suite de quoi il s'agissait, et il est parti en courant. Dans sa hâte il a pris mon chapeau au lieu du sien. Je me rappelle cela parce que nous en avons beaucoup ri, plus tard. Il est même probable qu'il s'est souvenu de ce détail au moment de mourir; et comme il n'avait aucun héritier il s'est dit: «Tiens, j'ai contribué à la naissance de ce petit-là, je vais lui laisser ma fortune.»

Mme Roland, enfoncée dans une bergère, semblait partie en ses souvenirs. Elle murmura, comme si elle pensait tout haut:

– Ah! c'était un brave ami, bien dévoué, bien fidèle, un homme rare, par le temps qui court.

Jean s'était levé:

– Je vais faire un bout de promenade, dit-il.

Son père s'étonna, voulut le retenir, car ils avaient à causer, à faire des projets, à arrêter des résolutions. Mais le jeune homme s'obstina, prétextant un rendez-vous. On aurait d'ailleurs tout le temps de s'entendre bien avant d'être en possession de l'héritage.

Et il s'en alla, car il désirait être seul, pour réfléchir. Pierre, à son tour, déclara qu'il sortait, et suivit son frère, après quelques minutes.

Dès qu'il fut en tête à tête avec sa femme, le père Roland la saisit dans ses bras, l'embrassa dix fois sur chaque joue, et, pour répondre à un reproche qu'elle lui avait souvent adressé:

– Tu vois, ma chérie, que cela ne m'aurait servi à rien de rester à Paris plus longtemps, de m'esquinter pour les enfants, au lieu de venir ici refaire ma santé, puisque la fortune nous tombe du ciel.

Elle était devenue toute sérieuse:

– Elle tombe du ciel pour Jean, dit-elle, mais Pierre?

– Pierre! mais il est docteur, il en gagnera... de l'argent... et puis son frère fera bien quelque chose pour lui.

– Non. Il n'accepterait pas. Et puis cet héritage est à Jean, rien qu'à Jean. Pierre se trouve ainsi très désavantagé.

Le bonhomme semblait perplexe:

– Alors, nous lui laisserons un peu plus par testament, nous.

– Non. Ce n'est pas très juste non plus.

"Well, you devilish lucky dog! You don't embrace me?"

Then Jean smiled. He embraced his father, saying:

"It had not struck me as indispensable."

The old man was beside himself with glee. He walked about the room, strummed on the furniture with his clumsy nails, turned about on his heels, and kept saying:

"What luck! What luck! Now, that is really what I call luck!"

Pierre asked:

"Then you used to know this Maréchal well?"

His father replied:

"I believe! Why, he used to spend every evening at our house. Surely you remember he used to fetch you from school on half-holidays, and often took you back again after dinner. Why, the very day when Jean was born it was he who went for the doctor! He had been breakfasting with us when your mother was taken ill. Of course we knew at once what it meant, and he set off post-haste. In his hurry he took my hat instead of his own. I remember that because we had a good laugh over it afterward. It is very likely that he may have thought of that when he was dying, and as he had no heir he may have said to himself: 'I remember helping to bring that youngster into the world, so I will leave him my fortune.'"

Mme Roland, sunk in a deep chair, seemed lost in reminiscences. She murmured, as though she were thinking aloud:

"Ah, he was a good friend, very devoted, very faithful, a rare soul in these days."

Jean got up:

"I shall go out for a little walk," he said.

His father was surprised and tried to keep him; they had much to talk about, plans to be made, decisions to be formed. But the young man insisted, declaring that he had an engagement. Besides, there would be time enough for settling everything before he came into possession of his inheritance.

So he went away, for he wished to be alone to reflect. Pierre, on his part, said that he too was going out, and after a few minutes followed his brother.

As soon as he was alone with his wife, father Roland took her in his arms, kissed her a dozen times on each cheek, and, replying to a reproach she had often brought against him, said:

"You see, my dearest, that it would have been no good to stay any longer in Paris and work for the children till I dropped, instead of coming here to recruit my health, since fortune drops on us from the skies."

She was quite serious:

"It drops from the skies on Jean," she said. "But Pierre?"

"Pierre! But he is a doctor; he will make plenty... of money... besides, his brother will surely do something for him."

"No, he would not take it. Besides, this legacy is for Jean, only for Jean. Pierre will find himself at a great disadvantage."

The old fellow seemed perplexed:

"Well, then, we will leave him rather more in our will."

"No; that again would not be quite just."

Il s'écria:

– Ah! bien alors, zut! Qu'est-ce que tu veux que j'y fasse, moi? Tu vas toujours chercher un tas d'idées désagréables. Il faut que tu gâtes tous mes plaisirs. Tiens, je vais me coucher. Bonsoir. C'est égal, en voilà une veine, une rude veine!

Et il s'en alla, enchanté, malgré tout, et sans un mot de regret pour l'ami mort si généreusement.

Mme Roland se remit à songer devant la lampe qui charbonnait.

II

Dès qu'il fut dehors, Pierre se dirigea vers la rue de Paris, la principale rue du Havre, éclairée, animée, bruyante. L'air un peu frais des bords de mer lui caressait la figure, et il marchait lentement, la canne sous le bras, les mains derrière le dos.

Il se sentait mal à l'aise, alourdi, mécontent comme lorsqu'on a reçu quelque fâcheuse nouvelle. Aucune pensée précise ne l'affligeait et il n'aurait su dire tout d'abord d'où lui venait cette pesanteur de l'âme et cet engourdissement du corps. Il avait mal quelque part, sans savoir où; il portait en lui un petit point douloureux, une de ces presque insensibles meurtrissures dont on ne trouve pas la place, mais qui gênent, fatiguent, attristent, irritent, une souffrance inconnue et légère, quelque chose comme une graine de chagrin.

Lorsqu'il arriva place du Théâtre, il se sentit attiré par les lumières du café Tortoni, et il s'en vint lentement vers la façade illuminée; mais au moment d'entrer, il songea qu'il allait trouver là des amis, des connaissances, des gens avec qui il faudrait causer; et une répugnance brusque l'envahit pour cette banale camaraderie des demi-tasses et des petits verres. Alors, retournant sur ses pas, il revint prendre la rue principale qui le conduisait vers le port.

Il se demandait: «Où irais-je bien?» cherchant un endroit qui lui plût, qui fût agréable à son état d'esprit. Il n'en trouvait pas, car il s'irritait d'être seul, et il n'aurait voulu rencontrer personne.

En arrivant sur le grand quai, il hésita encore une fois, puis tourna vers la jetée; il avait choisi la solitude.

Comme il frôlait un banc sur le brise-lames, il s'assit, déjà las de marcher et dégoûté de sa promenade avant même de l'avoir faite.

Il se demanda: «Qu'ai-je donc ce soir?» Et il se mit à chercher dans son souvenir quelle contrariété avait pu l'atteindre, comme on interroge un malade pour trouver la cause de sa fièvre.

Il avait l'esprit excitable et réfléchi en même temps, il s'emballait, puis raisonnait, approuvait ou blâmait ses élans; mais chez lui la nature première demeurait en dernier lieu la plus forte, et l'homme sensitif dominait toujours l'homme intelligent.

Donc il cherchait d'où lui venait cet énervement, ce besoin de mouvement sans avoir envie de rien, ce désir de rencontrer quelqu'un pour n'être pas du

"Drat it all!" he exclaimed. "What do you want me to do in the matter? You always hit on a whole heap of disagreeable ideas. You must spoil all my pleasures. Well, I am going to bed. Good-night. All the same, I call it good luck, jolly good luck!"

And he went off, delighted in spite of everything, and without a word of regret for the friend so generous in his death.

Mme Roland sat thinking again in front of the lamp which was burning out.

II

As soon as he got out, Pierre made his way to the Rue de Paris, the high-street of Havre, brightly lighted up, lively and noisy. The rather sharp air of the seacoast kissed his face, and he walked slowly, his stick under his arm and his hands behind his back.

He was ill at ease, oppressed, out of heart, as one is after hearing unpleasant tidings. He was not distressed by any definite thought, and he would have been puzzled to account, on the spur of the moment, for this dejection of spirit and heaviness of limb. He was hurt somewhere, without knowing where; somewhere within him there was a pin-point of pain—one of those almost imperceptible wounds which we cannot lay a finger on, but which incommode us, tire us, depress us, irritate us—a slight and occult pang, as it were a small seed of distress.

When he reached the Place du Théâtre, he was attracted by the lights in the Café Tortoni, and slowly bent his steps to the dazzling facade; but just as he was going in he reflected that he would meet friends there and acquaintances—people he would be obliged to talk to; and fierce repugnance surged up in him for this commonplace good-fellowship over coffee cups and liqueur glasses. So, retracing his steps, he went back to the high-street leading to the port.

"Where shall I go?" he asked himself, trying to think of a spot he liked which would agree with his frame of mind. He could not think of one, for being alone made him feel fractious, yet he could not bear to meet any one.

As he came out on the Grand Quay, he hesitated once more; then he turned towards the pier; he had chosen solitude.

Going close by a bench on the breakwater, he sat down, tired already of walking and out of humour with his stroll before he had taken it.

He said to himself: "What is the matter with me this evening?" And he began to search in his memory for what vexation had crossed him, as we question a sick man to discover the cause of his fever.

His mind was at once irritable and sober; he got excited, then he reasoned, approving or blaming his impulses; but in time primitive nature at last proved the stronger; the sensitive man always had the upper hand over the intelligent man.

So he tried to discover what had induced this irascible mood, this craving to be moving without wanting anything, this desire to meet some one for

même avis, et aussi ce dégoût pour les gens qu'il pourrait voir et pour les choses qu'ils pourraient lui dire.

Et il se posa cette question: «Serait-ce l'héritage de Jean?»

Oui, c'était possible, après tout. Quand le notaire avait annoncé cette nouvelle, il avait senti son cœur battre un peu plus fort. Certes, on n'est pas toujours maître de soi, et on subit des émotions spontanées et persistantes, contre lesquelles on lutte en vain.

Il se mit à réfléchir profondément à ce problème physiologique de l'impression produite par un fait sur l'être instinctif et créant en lui un courant d'idées et de sensations douloureuses ou joyeuses, contraires à celles que désire, qu'appelle, que juge bonnes et saines l'être pensant, devenu supérieur à lui-même par la culture de son intelligence.

Il cherchait à concevoir l'état d'âme du fils qui hérite d'une grosse fortune, qui va goûter, grâce à elle, beaucoup de joies désirées depuis longtemps et interdites par l'avarice d'un père, aimé pourtant, et regretté.

Il se leva et se remit à marcher vers le bout de la jetée. Il se sentait mieux, content d'avoir compris, de s'être surpris lui-même, d'avoir dévoilé l'autre qui est en nous.

– Donc j'ai été jaloux de Jean, pensait-il. C'est vraiment assez bas, cela! J'en suis sûr maintenant, car la première idée qui m'est venue est celle de son mariage avec Mme Rosémilly. Je n'aime pourtant pas cette petite dinde raisonnable, bien faite pour dégoûter du bon sens et de la sagesse. C'est donc de la jalousie gratuite, l'essence même de la jalousie, celle qui est parce qu'elle est! Faut soigner cela!

Il arrivait devant le mât des signaux qui indique la hauteur de l'eau dans le port, et il alluma une allumette pour lire la liste des navires signalés au large et devant entrer à la prochaine marée. On attendait des steamers du Brésil, de la Plata, du Chili et du Japon, deux bricks danois, une goélette norvégienne et un vapeur turc, ce qui surprit Pierre autant que s'il avait lu «un vapeur suisse»; et il aperçut dans une sorte de songe bizarre un grand vaisseau couvert d'hommes en turban, qui montaient dans les cordages avec de larges pantalons.

– Que c'est bête, pensait-il; le peuple turc est pourtant un peuple marin.

Ayant fait encore quelques pas, il s'arrêta pour contempler la rade. Sur sa droite, au-dessus de Sainte-Adresse, les deux phares électriques du cap de la Hève, semblables à deux cyclopes monstrueux et jumeaux, jetaient sur la mer leurs longs et puissants regards. Partis des deux foyers voisins, les deux rayons parallèles, pareils aux queues géantes de deux comètes, descendaient, suivant une pente droite et démesurée, du sommet de la côte au fond de l'horizon. Puis sur les deux jetées, deux autres feux, enfants de ces colosses, indiquaient l'entrée du Havre; et là-bas, de l'autre côté de la Seine, on en voyait d'autres encore, beaucoup d'autres, fixes ou clignotants, à éclats et à éclipses, s'ouvrant et se fermant comme des yeux, les yeux des ports, jaunes, rouges, verts, guettant la mer obscure couverte de navires, les yeux vivants de la terre hospitalière disant, rien que par le mouvement mécanique invariable et régulier de leurs paupières: «C'est moi. Je suis Trou-

the sake of differing from him, and at the same time this aversion for the people he might see and the things they might say to him.

And then he put the question to himself, "Can it be Jean's inheritance?"

Yes, it was certainly possible. When the lawyer had announced the news, he had felt his heart beat a little faster. For, indeed, one is not always master of one's self; there are sudden and pertinacious emotions against which a man struggles in vain.

He fell into meditation on the physiological problem of the impression produced on the instinctive element in man, and giving rise to a current of painful or pleasurable sensations diametrically opposed to those which the thinking man desires, aims at, and regards as right and wholesome, when he has risen superior to himself by the cultivation of his intellect.

He tried to picture to himself the frame of mind of a son who had inherited a vast fortune, and who, thanks to that wealth, may now know many long-wished-for delights, which the avarice of his father had prohibited—a father, nevertheless, beloved and regretted.

He got up and walked on to the end of the pier. He felt better, and glad to have understood, to have detected himself, to have unmasked the other which lurks in us.

"Then I was jealous of Jean," he thought. "That is really vilely mean! And I am sure of it now, for the first idea which came into my head was that he would marry Mme Rosémilly. And yet I am not in love myself with that priggish little goose, who is just the woman to disgust a man with good sense and good conduct. So it is the most gratuitous jealousy, the very essence of jealousy, which is merely because it is! I must keep an eye on that!"

By this time he was in front of the flag-staff, whence the depth of water in the port is signalled, and he struck a match to read the list of vessels signalled in the roadstead and coming in with the next high tide. Ships were due from Brazil, from La Plata, from Chile and Japan, two Danish brigs, a Norwegian schooner, and a Turkish steamship—which startled Pierre as much as if it had read a Swiss steamship; and in a whimsical vision he pictured a great vessel crowded with men in turbans climbing the shrouds in loose trousers.

"But how stupid of me," he thought; "the Turks are a seafaring people."

A few steps further on he stopped again, looking out at the roads. On the right, above Sainte-Adresse, the two electric lights of Cape la Hève, like monstrous twin Cyclops, shot their long and powerful glances across the sea. Starting from two neighbouring centres, the two parallel shafts of light, like the colossal tails of two comets, fell in a straight and endless slope from the top of the cliff to the uttermost horizon. Then, on the two piers, two more lights, the children of these giants, marked the entrance to the harbour; and far away on the other side of the Seine others were in sight, many others, steady or winking, flashing or revolving, opening and shutting like eyes—the eyes of the ports—yellow, red, and green, watching the night-wrapped sea covered with ships; the living eyes of the hospitable shore saying, merely by the mechanical and regular movement of their eye-lids: "I am here. I am Trouville; I am Honfleur; I am the Audemer River." And high

ville, je suis Honfleur, je suis la rivière de Pont-Audemer.» Et dominant tous les autres, si haut que, de si loin, on le prenait pour une planète, le phare aérien d'Étouville montrait la route de Rouen, à travers les bancs de sable de l'embouchure du grand fleuve.

Puis sur l'eau profonde, sur l'eau sans limites, plus sombre que le ciel, on croyait voir, çà et là, des étoiles. Elles tremblotaient dans la brume nocturne, petites, proches ou lointaines, blanches, vertes ou rouges aussi. Presque toutes étaient immobiles, quelques-unes, cependant, semblaient courir; c'étaient les feux des bâtiments à l'ancre attendant la marée prochaine, ou des bâtiments en marche venant chercher un mouillage.

Juste à ce moment la lune se leva derrière la ville; et elle avait l'air du phare énorme et divin, allumé dans le firmament pour guider la flotte infinie des vraies étoiles.

Pierre murmura, presque à haute voix:

«Voilà, et nous nous faisons de la bile pour quatre sous!»

Tout près de lui soudain, dans la tranchée large et noire ouverte entre les jetées, une ombre, une grande ombre fantastique, glissa. S'étant penché sur le parapet de granit, il vit une barque de pêche qui rentrait, sans un bruit de voix, sans un bruit de flot, sans un bruit d'aviron, doucement poussée par sa haute voile brune tendue à la brise du large.

Il pensa: «Si on pouvait vivre là-dessus, comme on serait tranquille, peut-être!» Puis ayant fait encore quelques pas, il aperçut un homme assis à l'extrémité du môle.

Un rêveur, un amoureux, un sage, un heureux ou un triste? Qui était-ce? Il s'approcha, curieux, pour voir la figure de ce solitaire; et il reconnut son frère.

– Tiens, c'est toi, Jean?

– Tiens... Pierre... Qu'est-ce que tu viens faire ici?

– Mais je prends l'air. Et toi?

Jean se mit à rire:

– Je prends l'air également.

Et Pierre s'assit à côté de son frère.

– Hein, c'est rudement beau?

– Mais oui.

Au son de la voix il comprit que Jean n'avait rien regardé; il reprit:

– Moi, quand je viens ici, j'ai des désirs fous de partir, de m'en aller avec tous ces bateaux, vers le nord ou vers le sud. Songe que ces petits feux, là-bas, arrivent de tous les coins du monde, des pays aux grandes fleurs et aux belles filles pâles ou cuivrées, des pays aux oiseaux-mouches, aux éléphants, aux lions libres, aux rois nègres, de tous les pays qui sont nos contes de fées à nous qui ne croyons plus à la Chatte blanche ni à la Belle au bois dormant. Ce serait rudement chic de pouvoir s'offrir une promenade par là-bas; mais voilà, il faudrait de l'argent, beaucoup...

Il se tut brusquement, songeant que son frère l'avait maintenant, cet argent, et que délivré de tout souci, délivré du travail quotidien, libre, sans

above all the rest, so high that from this distance it might be taken for a planet, the airy lighthouse of Étouville showed the way to Rouen across the sand banks at the mouth of the great river.

Out on the deep water, the limitless water, darker than the sky, stars seemed to have fallen here and there. They twinkled in the night haze, small, close to shore or far away—white, green, and red, too. Most of them were motionless; some, however, seemed to be scudding onward. These were the lights of the ships at anchor or moving about in search of moorings.

Just at this moment the moon rose behind the town; and it, too, looked like some huge, divine pharos lighted up in the heavens to guide the countless fleet of stars in the sky.

Pierre murmured, almost speaking aloud:

"Look at that! And we let our bile rise for twopence!"

Suddenly, close to him, in the wide, dark ditch between the two piers, a shadow stole up, a large shadow of fantastic shape. Leaning over the granite parapet, he saw that a fishing-boat had glided in, without the sound of a voice or the splash of a ripple, or the plunge of an oar, softly borne in by its broad, tawny sail spread to the breeze from the open sea.

He thought: "If one could but live on board that boat, what peace it would be—perhaps!" And then again a few steps beyond, he saw a man sitting at the very end of the breakwater.

A dreamer, a lover, a sage—a happy or a desperate man? Who was it? He went forward, curious to see the face of this lonely individual, and he recognised his brother.

"What, is it you, Jean?"

"Pierre... You... What has brought you here?"

"I came out to get some fresh air. And you?"

Jean began to laugh:

"I too came out for fresh air."

And Pierre sat down by his brother's side.

"Lovely—isn't it?"

"Oh, yes."

He understood from the tone of voice that Jean had not looked at anything. He went on:

"For my part, whenever I come here, I am seized with a wild desire to be off with all those boats, to the north or the south. Only to think that all those little sparks out there have just come from the uttermost ends of the earth, from the lands of great flowers and beautiful olive or copper coloured girls, the lands of humming-birds, of elephants, of roaming lions, of negro kings, from all the lands which are like fairy-tales to us who no longer believe in the White Cat or the Sleeping Beauty. It would be awfully jolly to be able to treat one's self to an excursion out there; but, then, it would cost a great deal of money, no end..."

He broke off abruptly, remembering that his brother had that money now; and released from care, released from labouring for his daily bread, free,

entraves, heureux, joyeux, il pouvait aller où bon lui semblerait, vers les blondes Suédoises ou les brunes Havanaises.

Puis une de ces pensées involontaires, fréquentes chez lui, si brusques, si rapides qu'il ne pouvait ni les prévoir, ni les arrêter, ni les modifier, venues, semblait-il, d'une seconde âme indépendante et violente, le traversa: «Bah! il est trop niais, il épousera la petite Rosémilly.»

Il s'était levé.

– Je te laisse rêver d'avenir; moi, j'ai besoin de marcher.

Il serra la main de son frère, et reprit avec un accent très cordial:

– Eh bien, mon petit Jean, te voilà riche! Je suis bien content de t'avoir rencontré tout seul ce soir, pour te dire combien cela me fait plaisir, combien je te félicite, et combien je t'aime.

Jean, d'une nature douce et tendre, très ému, balbutiait:

– Merci... merci... mon bon Pierre, merci.

Et Pierre s'en retourna, de son pas lent, la canne sous le bras, les mains derrière le dos.

Lorsqu'il fut rentré dans la ville, il se demanda de nouveau ce qu'il ferait, mécontent de cette promenade écourtée; d'avoir été privé de la mer par la présence de son frère.

Il eut une inspiration: «Je vais boire un verre de liqueur chez le père Marowsko»; et il remonta vers le quartier d'Ingouville.

Il avait connu le père Marowsko dans les hôpitaux à Paris. C'était un vieux Polonais, réfugié politique, disait-on, qui avait eu des histoires terribles là-bas, et qui était venu exercer en France, après nouveaux examens, son métier de pharmacien. On ne savait rien de sa vie passée; aussi des légendes avaient-elles couru parmi les internes, les externes, et plus tard parmi les voisins. Cette réputation de conspirateur redoutable, de nihiliste, de régicide, de patriote prêt à tout, échappé à la mort par miracle, avait séduit l'imagination aventureuse et vive de Pierre Roland; et il était devenu l'ami du vieux Polonais, sans avoir jamais obtenu de lui, d'ailleurs, aucun aveu sur son existence ancienne. C'était encore grâce au jeune médecin que le bonhomme était venu s'établir au Havre, comptant sur une belle clientèle que le nouveau docteur lui fournirait.

En attendant, il vivait pauvrement dans sa modeste pharmacie, en vendant des remèdes aux petits bourgeois et aux ouvriers de son quartier.

Pierre allait souvent le voir après dîner et causer une heure avec lui, car il aimait la figure calme et la rare conversation de Marowsko, dont il jugeait profonds les longs silences.

Un seul bec de gaz brûlait au-dessus du comptoir chargé de fioles. Ceux de la devanture n'avaient point été allumés, par économie. Derrière ce comptoir, assis sur une chaise et les jambes allongées l'une sur l'autre, un vieux homme chauve, avec un grand nez d'oiseau qui, continuant son front dégarni, lui donnait un air triste de perroquet, dormait profondément, le menton sur la poitrine.

unfettered, happy, and light-hearted, he might go whither he listed, to find the fair-haired Swedes or the brown damsels of Havana.

And then one of those involuntary flashes which were common with him, so sudden and swift that he could neither anticipate them, nor stop them, nor qualify them, communicated, as it seemed to him, from some second, independent, and violent soul, shot through his brain: "Bah! He is too great a simpleton; he will marry that little Rosémilly."

He was standing up now.

"I will leave you to dream of the future. I want to be moving."

He pressed his brother's hand, and continued in cordial tones:

"Well, my little Jean, you are a rich man! I am very glad to have come upon you this evening to tell you how pleased I am about it, how truly I congratulate you, and how much I care for you."

Jean, tender and soft-hearted, was deeply touched.

"Thank you... thank you... my good Pierre, thank you," he stammered.

And Pierre turned away with his slow step, his stick under his arm, and his hands behind his back.

Back in the town again, he once more wondered what he should do, being disappointed of his walk and deprived of the company of the sea by his brother's presence.

He had an inspiration. "I will go and take a glass of liqueur with old Marowsko," and he went off towards the Ingouville quarter.

He had known old Marowsko in the hospitals in Paris. He was an old Pole, a political refugee, it was said, who had gone through terrible things out there, and who had come to ply his calling as a druggist in France after passing a fresh examination. Nothing was known of his early life, and all sorts of legends had been current among the indoor and outdoor patients and afterward among his neighbours. This reputation as a terrible conspirator, a nihilist, a regicide, a patriot ready for anything and everything, who had escaped death by a miracle, had bewitched Pierre Roland's lively and bold imagination; he had made friends with the old Pole, without, however, having ever extracted from him any revelation as to his former career. It was owing to the young doctor that this old man had come to settle at Havre, counting on the large custom which the rising practitioner would secure him.

Meanwhile he lived very poorly in his modest shop, selling medicines to the small tradesmen and workmen of the neighbourhood.

Pierre often went to see him and chat with him for an hour after dinner, for he liked Marowsko's calm look and rare speech, and attributed great depth to his long spells of silence.

A simple gas-burner was alight over the counter crowded with phials. Those in the window were not lighted, from motives of economy. Behind the counter, sitting on a chair with his legs stretched out and crossed, an old man, quite bald, with a large beak of a nose which, as a prolongation of his hairless forehead, gave him a melancholy likeness to a parrot, was sleeping soundly, his chin resting on his breast.

Au bruit du timbre, il s'éveilla, se leva, et, reconnaissant le docteur, vint au-devant de lui, les mains tendues.

Sa redingote noire, tigrée de taches d'acides et de sirops, beaucoup trop vaste pour son corps maigre et petit, avait un aspect d'antique soutane; et l'homme parlait avec un fort accent polonais qui donnait à sa voix fluette quelque chose d'enfantin, un zézaiement et des intonations de jeune être qui commence à prononcer.

Pierre s'assit et Marowsko demanda:

– Quoi de neuf, mon cher docteur?

– Rien. Toujours la même chose partout.

– Vous n'avez pas l'air gai, ce soir.

– Je ne le suis pas souvent.

– Allons, allons, il faut secouer cela. Voulez-vous un verre de liqueur?

– Oui, je veux bien.

– Alors je vais vous faire goûter une préparation nouvelle. Voilà deux mois que je cherche à tirer quelque chose de la groseille, dont on n'a fait jusqu'ici que du sirop... eh bien! j'ai trouvé... j'ai trouvé... une bonne liqueur, très bonne, très bonne.

Et, ravi, il alla vers une armoire, l'ouvrit et choisit une fiole qu'il apporta. Il remuait et agissait par gestes courts, jamais complets, jamais il n'allongeait le bras tout à fait, n'ouvrait toutes grandes les jambes, ne faisait un mouvement entier et définitif. Ses idées semblaient pareilles à ses actes; il les indiquait, les promettait, les esquissait, les suggérait, mais ne les énonçait pas.

Sa plus grande préoccupation dans la vie semblait être d'ailleurs la préparation des sirops et des liqueurs. «Avec un bon sirop ou une bonne liqueur, on fait fortune», disait-il souvent.

Il avait inventé des centaines de préparations sucrées sans parvenir à en lancer une seule. Pierre affirmait que Marowsko le faisait penser à Marat.

Deux petits verres furent pris dans l'arrière-boutique et apportés sur la planche aux préparations; puis les deux hommes examinèrent en l'élevant vers le gaz la coloration du liquide.

– Joli rubis! déclara Pierre.

– N'est-ce pas?

La vieille tête de perroquet du Polonais semblait ravie.

Le docteur goûta, savoura, réfléchit, goûta de nouveau, réfléchit encore et se prononça:

– Très bon, très bon, et très neuf comme saveur; une trouvaille, mon cher!

– Ah! vraiment, je suis bien content.

Alors Marowsko demanda conseil pour baptiser la liqueur nouvelle; il voulait l'appeler «essence de groseille», ou bien «fine groseille», ou bien «groselia», ou bien «groséline».

Pierre n'approuvait aucun de ces noms.

Le vieux eut une idée:

– Ce que vous avez dit tout à l'heure est très bon, très bon: «Joli rubis.»

At the sound of the bell he awoke, rose, and on recognizing the doctor, came forward to greet him with outstretched hands.

His black frock-coat, streaked with stains of acids and syrups, was much too wide for his lean little person, and looked like a shabby old cassock; and the man spoke with a strong Polish accent which gave the childlike character to his thin voice, the lisping note and intonations of a young thing learning to speak.

Pierre sat down, and Marowsko asked him:

"What news, dear doctor?"

"None. Everything as usual, everywhere."

"You do not look very gay this evening."

"I am not often gay."

"Come, come, you must shake that off. Will you try a glass of liqueur?"

"Yes, I do not mind."

"Then I will give you a new concoction to try. For these two months I have been trying to extract something from currants, of which only a syrup has been made hitherto... well, and I've found it... I've found it... a good liqueur, very good, very good."

And quite delighted, he went to a cupboard, opened it, and picked out a bottle which he brought forth. He moved and did everything in jerky gestures, always incomplete; he never quite stretched out his arm, nor quite put out his legs; nor made any broad and definite movements. His ideas seemed to be like his actions; he suggested them, promised them, sketched them, hinted at them, but never fully uttered them.

And, indeed, his great end in life seemed to be the concoction of syrups and liqueurs. "A good syrup or a good liqueur is enough to make a fortune," he would often say.

He had compounded hundreds of these sweet mixtures without ever succeeding in floating one of them. Pierre declared that Marowsko always reminded him of Marat.

Two little glasses were fetched out of the back shop and placed on the mixing-board. Then the two men scrutinized the colour of the fluid by holding it up to the gas.

"A fine ruby!" Pierre declared.

"Isn't it?"

The Pole's old parrot-face beamed with satisfaction.

The doctor tasted, smacked his lips, meditated, tasted again, meditated again, and spoke:

"Very good, very good; and quite new in flavour. It is a find, my dear fellow!"

"Ah, really? Well, I am very glad."

Then Marowsko took counsel as to baptizing the new liqueur. He wanted to call it "Extract of currants," or else "Fine Groseille" or "Groselia," or again "Groséline."

Pierre did not approve of either of these names.

Then the old man had an idea:

"What you said just now would be very good, very good: 'Fine Ruby.'"

Le docteur contesta encore la valeur de ce nom, bien qu'il l'eût trouvé, et il conseilla simplement «groseillette», que Marowsko déclara admirable. Puis ils se turent et demeurèrent assis quelques minutes, sans prononcer un mot, sous l'unique bec de gaz.

Pierre, enfin, presque malgré lui:

– Tiens, il nous est arrivé une chose assez bizarre, ce soir. Un des amis de mon père, en mourant, a laissé sa fortune à mon frère.

Le pharmacien sembla ne pas comprendre tout de suite, mais, après avoir songé, il espéra que le docteur héritait par moitié. Quand la chose eut été bien expliquée, il parut surpris et fâché; et pour exprimer son mécontentement de voir son jeune ami sacrifié, il répéta plusieurs fois:

– Ça ne fera pas un bon effet.

Pierre, que son énervement reprenait, voulut savoir ce que Marowsko entendait par cette phrase.–Pourquoi cela ne ferait-il pas un bon effet? Quel mauvais effet pouvait résulter de ce que son frère héritait la fortune d'un ami de la famille?

Mais le bonhomme, circonspect, ne s'expliqua pas davantage.

– Dans ce cas-là on laisse aux deux frères également, je vous dis que ça ne fera pas un bon effet.

Et le docteur, impatienté, s'en alla, rentra dans la maison paternelle et se coucha.

Pendant quelque temps, il entendit Jean qui marchait doucement dans la chambre voisine, puis il s'endormit après avoir bu deux verres d'eau.

III

Le docteur se réveilla le lendemain avec la résolution bien arrêtée de faire fortune.

Plusieurs fois déjà il avait pris cette détermination sans en poursuivre la réalité. Au début de toutes ses tentatives de carrière nouvelle, l'espoir de la richesse vite acquise soutenait ses efforts et sa confiance jusqu'au premier obstacle, jusqu'au premier échec qui le jetait dans une voie nouvelle.

Enfoncé dans son lit entre les draps chauds, il méditait. Combien de médecins étaient devenus millionnaires en peu de temps! Il suffisait d'un grain de savoir-faire, car, dans le cours de ses études, il avait pu apprécier les plus célèbres professeurs, et il les jugeait des ânes. Certes il valait autant qu'eux, sinon mieux. S'il parvenait par un moyen quelconque à capter la clientèle élégante et riche du Havre, il pouvait gagner cent mille francs par an avec facilité. Et il calculait, d'une façon précise, les gains assurés. Le matin il sortirait, il irait chez ses malades. En prenant la moyenne, bien faible, de dix par jour, à vingt francs l'un, cela lui ferait, au minimum, soixante-douze mille francs par an, même soixante-quinze mille, car le chiffre de dix malades était inférieur à la réalisation certaine. Après midi, il recevrait dans son cabinet une autre moyenne de dix visiteurs à dix francs, soit trente-six mille francs. Voilà donc cent vingt mille francs, chiffre rond. Les clients anciens

But the doctor disputed the merit of this name, though it had originated with him. He recommended simply "Groseillette," which Marowsko thought admirable. Then they were silent, and sat for some minutes without a word under the solitary gas-lamp.

At last Pierre began, almost in spite of himself:

"A queer thing has happened at home this evening. One of my father's friends has died, and left his fortune to my brother."

The druggist did not at first seem to understand, but after thinking it over he hoped that the doctor had half the inheritance. When the matter was clearly explained to him, he appeared surprised and vexed; and to express his dissatisfaction at finding that his young friend had been sacrificed, he said several times over:

"It will not look well."

Pierre, who was relapsing into nervous irritation, wanted to know what Marowsko meant by this phrase. Why would it not look well? What was there to look badly in the fact that his brother had come into the money of a friend of the family?

But the cautious old man would not explain further.

"In such a case the money is left equally to the two brothers, and I tell you, it will not look well."

And the doctor, out of all patience, went away, returned to his father's house, and went to bed.

For some time afterward he heard Jean moving softly about the adjoining room, and then, after drinking two glasses of water, he fell asleep.

III

The doctor awoke next morning firmly resolved to make his fortune.

Several times already he had come to the same determination without following up the reality. At the outset of all his trials of some new career the hopes of rapidly acquired riches kept up his efforts and confidence, till the first obstacle, the first check, threw him into a fresh path.

Snug in bed between the warm sheets, he lay meditating. How many medical men had become wealthy in quite a short time! All that was needed was a little knowledge of the world; for in the course of his studies he had learned to estimate the most famous physicians, and he judged them all to be asses. He was certainly as good as they, if not better. If by any means he could secure a practice among the wealth and fashion of Havre, he could easily make a hundred thousand francs a year. And he calculated with great exactitude what his certain profits must be. He would go out in the morning to visit his patients; at the very moderate average of ten a day, at twenty francs each, that would mount up to seventy-two thousand francs a year at least, or even seventy-five thousand; for ten patients was certainly below the mark. In the afternoon he would be at home to, say, another ten patients, at ten francs each—thirty-six thousand francs. Here, then, in round num-

et les amis qu'il irait voir à dix francs et qu'il recevrait à cinq francs feraient peut-être sur ce total une légère diminution compensée par les consultations avec d'autres médecins et par tous les petits bénéfices courants de la profession.

Rien de plus facile que d'arriver là avec de la réclame habile, des échos dans *Le Figaro* indiquant que le corps scientifique parisien avait les yeux sur lui, s'intéressait à des cures surprenantes entreprises par le jeune et modeste savant havrais. Et il serait plus riche que son frère, plus riche et célèbre, et content de lui-même, car il ne devrait sa fortune qu'à lui; et il se montrerait généreux pour ses vieux parents, justement fiers de sa renommée. Il ne se marierait pas, ne voulant point encombrer son existence d'une femme unique et gênante, mais il aurait des maîtresses parmi ses clientes les plus jolies.

Il se sentait si sûr du succès, qu'il sauta hors du lit comme pour le saisir tout de suite, et il s'habilla afin d'aller chercher par la ville l'appartement qui lui convenait.

Alors, en rôdant à travers les rues, il songea combien sont légères les causes déterminantes de nos actions. Depuis trois semaines, il aurait pu, il aurait dû prendre cette résolution née brusquement en lui, sans aucun doute, à la suite de l'héritage de son frère.

Il s'arrêtait devant les portes où pendait un écriteau annonçant soit un bel appartement, soit un riche appartement à louer, les indications sans adjectif le laissant toujours plein de dédain. Alors il visitait avec des façons hautaines, mesurait la hauteur des plafonds, dessinait sur son calepin le plan du logis, les communications, la disposition des issues, annonçait qu'il était médecin et qu'il recevait beaucoup. Il fallait que l'escalier fût large et bien tenu; il ne pouvait monter d'ailleurs au-dessus du premier étage.

Après avoir noté sept ou huit adresses et griffonné deux cents renseignements, il rentra pour déjeuner avec un quart d'heure de retard.

Dès le vestibule, il entendit un bruit d'assiettes. On mangeait donc sans lui. Pourquoi? Jamais on n'était aussi exact dans la maison. Il fut froissé, mécontent, car il était un peu susceptible. Dès qu'il entra, Roland lui dit:

– Allons, Pierre, dépêche-toi, sacrebleu! Tu sais que nous allons à deux heures chez le notaire. Ce n'est pas le jour de musarder.

Le docteur s'assit, sans répondre, après avoir embrassé sa mère et serré la main de son père et de son frère; et il prit dans le plat creux, au milieu de la table, la côtelette réservée pour lui. Elle était froide et sèche. Ce devait être la plus mauvaise. Il pensa qu'on aurait pu la laisser dans le fourneau jusqu'à son arrivée, et ne pas perdre la tête au point d'oublier complètement l'autre fils, le fils aîné. La conversation, interrompue par son entrée, reprit au point où il l'avait coupée.

– Moi, disait à Jean Mme Roland, voici ce que je ferais tout de suite. Je m'installerais richement, de façon à frapper l'œil, je me montrerais dans le monde, je monterais à cheval, et je choisirais une ou deux causes intéressantes pour les plaider et me bien poser au Palais. Je voudrais être une sorte

bers was an income of one hundred twenty thousand francs. Old patients, or friends whom he would charge only ten francs for a visit, or see at home for five, would perhaps make a slight reduction on this sum total, but consultations with other physicians and various incidental fees would make up for that.

Nothing could be easier than to achieve this by skilful advertising remarks in *Le Figaro* to the effect that the scientific faculty of Paris had their eye on him, and were deeply interested in the surprising cures performed by the young and modest physician of Havre. And he would be richer than his brother, richer and more famous; and satisfied with himself, for he would owe his fortune solely to his own exertions; and generous to his old parents, who would be justly proud of his fame. He would not marry, would not burden his life with a wife who would be in his way, but he would choose his mistresses from the most beautiful of his patients.

He felt so sure of success that he sprang out of bed as though to grasp it on the spot, and he dressed to go and search through the town for rooms to suit him.

Then, as he wandered about the streets, he reflected how slight are the causes which determine our actions. Any time these three weeks he might and ought to have come to this decision, which, beyond a doubt, the news of his brother's inheritance had abruptly given rise to.

He stopped before every door where a placard proclaimed that "fine apartments" or "handsome rooms" were to be let; announcements without an adjective he turned from with scorn. Then he inspected them with a lofty air, measuring the height of the ceilings, sketching the plan in his notebook, with the passages, the arrangement of the exits, explaining that he was a medical man and had many visitors. He must have a broad and well-kept staircase; nor could he be any higher up than the first floor.

After having written down seven or eight addresses and scribbled two hundred notes, he got home to breakfast a quarter of an hour too late.

In the hall he heard the clatter of plates. Then they had begun without him. Why? They were never wont to be so punctual. He was nettled and put out, for he was somewhat thin-skinned. As he went in, Roland said to him:

"Come, Pierre, make haste, devil take you! You know we have to be at the lawyer's at two o'clock. This is not the day to be dawdling."

The doctor sat down without replying, after kissing his mother and shaking hands with his father and brother; and he helped himself from the deep dish in the middle of the table to the cutlet which had been kept for him. It was cold and dry, probably the least tempting of them all. He thought that they might have left it on the hot plate till he came in, and not lose their heads so completely as to have forgotten their other son, their eldest. The conversation, which his entrance had interrupted, was taken up again at the point where it had ceased.

"In your place," Mme Roland was saying to Jean, "I will tell you what I should do at once. I should settle in handsome rooms so as to attract attention; I should ride on horseback and select one or two interesting cases to defend and make a mark in court. I would be a sort of amateur lawyer, and

d'avocat amateur très recherché. Grâce à Dieu, te voici à l'abri du besoin, et si tu prends une profession, en somme, c'est pour ne pas perdre le fruit de tes études et parce qu'un homme ne doit jamais rester à rien faire.

Le père Roland, qui pelait une poire, déclara:

– Cristi! à ta place, c'est moi qui achèterais un joli bateau, un cotre sur le modèle de nos pilotes. J'irais jusqu'au Sénégal, avec ça.

Pierre, à son tour, donna son avis. En somme, ce n'était pas la fortune qui faisait la valeur morale, la valeur intellectuelle d'un homme. Pour les médiocres elle n'était qu'une cause d'abaissement, tandis qu'elle mettait au contraire un levier puissant aux mains des forts. Ils étaient rares d'ailleurs, ceux-là. Si Jean était vraiment un homme supérieur, il le pourrait montrer maintenant qu'il se trouvait à l'abri du besoin. Mais il lui faudrait travailler cent fois plus qu'il ne l'aurait fait en d'autres circonstances. Il ne s'agissait pas de plaider pour ou contre la veuve et l'orphelin et d'empocher tant d'écus pour tout procès gagné ou perdu, mais de devenir un jurisconsulte éminent, une lumière du droit.

Et il ajouta comme conclusion:

– Si j'avais de l'argent, moi, j'en découperais, des cadavres!

Le père Roland haussa les épaules:

– Tra la la! Le plus sage dans la vie c'est de se la couler douce. Nous ne sommes pas des bêtes de peine, mais des hommes. Quand on naît pauvre, il faut travailler; eh bien! tant pis, on travaille; mais quand on a des rentes, sacristi! il faudrait être jobard pour s'esquinter le tempérament.

Pierre répondit avec hauteur:

– Nos tendances ne sont pas les mêmes! Moi, je ne respecte au monde que le savoir et l'intelligence, tout le reste est méprisable.

Mme Roland s'efforçait toujours d'amortir les heurts incessants entre le père et le fils; elle détourna donc la conversation, et parla d'un meurtre qui avait été commis, la semaine précédente, à Bolbec-Nointot. Les esprits aussitôt furent occupés par les circonstances environnant le forfait, et attirés par l'horreur intéressante, par le mystère attrayant des crimes, qui, même vulgaires, honteux et répugnants, exercent sur la curiosité humaine une étrange et générale fascination.

De temps en temps, cependant, le père Roland tirait sa montre:

– Allons, dit-il, il va falloir se mettre en route.

Pierre ricana:

– Il n'est pas encore une heure. Vrai, ça n'était point la peine de me faire manger une côtelette froide.

– Viens-tu chez le notaire? demanda sa mère.

Il répondit sèchement:

– Moi, non, pour quoi faire? Ma présence est fort inutile.

Jean demeurait silencieux comme s'il ne s'agissait point de lui. Quand on avait parlé du meurtre de Bolbec, il avait émis, en juriste, quelques idées et développé quelques considérations sur les crimes et sur les criminels. Maintenant, il se taisait de nouveau, mais la clarté de son œil, la rougeur animée de ses joues, jusqu'au luisant de sa barbe, semblaient proclamer son bonheur.

very select. Thank God you are out of all danger of want, and if you pursue a profession, it is, after all, only that you may not lose the benefit of your studies, and because a man ought never to sit idle."

Father Roland, who was peeling a pear, exclaimed:

"Cristi! In your place I should buy a nice yacht, a cutter on the build of our pilot-boats. I would sail as far as Senegal in such a boat as that."

Pierre, in his turn, spoke his views. After all, he said, it was not his wealth which made the moral worth, the intellectual worth of a man. To a man of inferior mind it was only a means of degradation, while in the hands of a strong man it was a powerful lever. They, to be sure, were rare. If Jean were a really superior man, now that he could never want he might prove it. But then he must work a hundred times harder than he would have done in other circumstances. His business now must be not to argue for or against the widow and the orphan, and pocket his fees for every case he gained or lost, but to become a really eminent legal authority, a luminary of the law.

And he added in conclusion:

"If I were rich, wouldn't I dissect no end of bodies!"

Father Roland shrugged his shoulders:

"Tra la la! But the wisest way of life is to take it easy. We are not beasts of burden, but men. If you are born poor you must work; well, so much the worse; and you do work. But where you have dividends, sacristi! You must be a flat if you grind yourself to death."

Pierre replied haughtily:

"Our notions differ! For my part, I respect nothing on earth but learning and intellect; everything else is contemptible."

Mme Roland always tried to deaden the constant shocks between father and son; she turned the conversation, and began talking of a murder committed the week before at Bolbec-Nointot. Their minds were immediately full of the circumstances under which the crime had been committed, and absorbed by the interesting horror, the attractive mystery of crime, which, however commonplace, shameful, and disgusting, exercises a strange and universal fascination over the curiosity of mankind.

Now and again, however, father Roland looked at his watch:

"Come," he said, "it is time to be going."

Pierre sneered:

"It is not yet one o'clock. It really was hardly worth while to condemn me to eat a cold cutlet."

"Are you coming to the lawyer's?" his mother asked.

"I? No. What for?" he replied dryly. "My presence is quite unnecessary."

Jean sat silent, as though he had no concern in the matter. When they were discussing the murder at Bolbec he, as a legal authority, had put forward some opinions and uttered some reflections on crime and criminals. Now he spoke no more; but the sparkle in his eye, the bright colour in his cheeks, the very gloss of his beard seemed to proclaim his happiness.

Après le départ de sa famille, Pierre, se trouvant seul de nouveau, recommença ses investigations du matin à travers les appartements à louer. Après deux ou trois heures d'escaliers montés et descendus, il découvrit enfin, sur le boulevard François-Ier, quelque chose de joli: un grand entresol avec deux portes sur des rues différentes, deux salons, une galerie vitrée où les malades, en attendant leur tour, se promèneraient au milieu des fleurs, et une délicieuse salle à manger en rotonde ayant vue sur la mer.

Au moment de louer, le prix de trois mille francs l'arrêta, car il fallait payer d'avance le premier terme, et il n'avait rien, pas un sou devant lui.

La petite fortune amassée par son père s'élevait à peine à huit mille francs de rentes, et Pierre se faisait ce reproche d'avoir mis souvent ses parents dans l'embarras par ses longues hésitations dans le choix d'une carrière, ses tentatives toujours abandonnées et ses continuels recommencements d'études. Il partit donc en promettant une réponse avant deux jours; et l'idée lui vint de demander à son frère ce premier trimestre, ou même le semestre, soit quinze cents francs, dès que Jean serait en possession de son héritage.

«Ce sera un prêt de quelques mois à peine, pensait-il. Je le rembourserai peut-être même avant la fin de l'année. C'est tout simple, d'ailleurs, et il sera content de faire cela pour moi.»

Comme il n'était pas encore quatre heures, et qu'il n'avait rien à faire, absolument rien, il alla s'asseoir dans le Jardin public; et il demeura longtemps sur son banc, sans idées, les yeux à terre, accablé par une lassitude qui devenait de la détresse.

Tous les jours précédents, depuis son retour dans la maison paternelle, il avait vécu ainsi pourtant, sans souffrir aussi cruellement du vide de l'existence et de son inaction. Comment avait-il donc passé son temps du lever jusqu'au coucher?

Il avait flâné sur la jetée aux heures de marée, flâné par les rues, flâné dans les cafés, flâné chez Marowsko, flâné partout. Et voilà que, tout à coup, cette vie, supportée jusqu'ici, lui devenait odieuse, intolérable. S'il avait eu quelque argent il aurait pris une voiture pour faire une longue promenade dans la campagne, le long des fossés de ferme ombragés de hêtres et d'ormes; mais il devait compter le prix d'un bock ou d'un timbre-poste, et ces fantaisies-là ne lui étaient point permises. Il songea soudain combien il est dur, à trente ans passés, d'être réduit à demander, en rougissant, un louis à sa mère, de temps en temps; et il murmura, en grattant la terre du bout de sa canne:

– Cristi! si j'avais de l'argent!

Et la pensée de l'héritage de son frère entra en lui de nouveau, à la façon d'une piqûre de guêpe; mais il la chassa avec impatience, ne voulant point s'abandonner sur cette pente de jalousie.

Autour de lui des enfants jouaient dans la poussière des chemins. Ils étaient blonds avec de longs cheveux, et ils faisaient d'un air très sérieux, avec une attention grave, de petites montagnes de sable pour les écraser ensuite d'un coup de pied.

After the family had set out, Pierre, finding himself again alone, continued his morning's search for the apartments to let. After two or three hours spent in going up and down stairs, he at last found, in the Boulevard Francois I, a pretty set of rooms; a spacious entresol with two doors on two different streets, two drawing-rooms, a glass corridor, where his patients, while they waited, might walk among flowers, and a delightful dining-room with a bow-window looking out over the sea.

When it came to taking it, the terms—three thousand francs—pulled him up; the first quarter must be paid in advance, and he had nothing, not a penny to call his own.

The little fortune his father had saved brought him in about eight thousand francs a year, and Pierre had often blamed himself for having placed his parents in difficulties by his long delay in deciding on a profession, by forfeiting his attempts and beginning fresh courses of study. So he went away, promising to send his answer within two days, and it occurred to him to ask Jean to lend him the amount of this quarter's rent, or even of a half-year, fifteen hundred francs, as soon as Jean should have come into possession of his legacy.

"It will be a loan for a few months at most," he thought. "I shall repay him, very likely before the end of the year. It is a simple matter, and he will be glad to do so much for me."

As it was not yet four o'clock, and he had nothing to do, absolutely nothing, he went to sit in the public gardens; and he remained a long time on a bench, without an idea in his brain, his eyes fixed on the ground, crushed by weariness amounting to distress.

And yet this was how he had been living all these days since his return home, without suffering so acutely from the vacuity of his existence and from inaction. How had he spent his time from rising in the morning till bed-time?

He had loafed on the pier at high tide, loafed in the streets, loafed in the cafés, loafed at Marowsko's, loafed everywhere. And suddenly this life, which he had endured till now, had become odious, intolerable. If he had had any pocket-money, he would have taken a carriage for a long drive in the country, along by the farm-ditches shaded by beech and elm trees; but he had to think twice of the cost of a glass of beer or a postage-stamp, and such an indulgence was out of his ken. It suddenly struck him how hard it was for a man of past thirty to be reduced to ask his mother, with a blush, for a twenty-franc piece every now and then; and he muttered, as he scored the gravel with the ferule of his stick:

"Cristi, if I only had money!"

And again the thought of his brother's legacy came into his head like the sting of a wasp; but he drove it out indignantly, not choosing to allow himself to slip down that descent to jealousy.

Some children were playing about in the dusty paths. They were fair little things with long hair, and they were making little mounds of sand with the greatest gravity and careful attention, to crush them at once by stamping on them.

Pierre était dans un de ces jours mornes où on regarde dans tous les coins de son âme, où on en secoue tous les plis.

«Nos besognes ressemblent aux travaux de ces mioches,» pensait-il. Puis il se demanda si le plus sage dans la vie n'était pas encore d'engendrer deux ou trois de ces petits êtres inutiles et de les regarder grandir avec complaisance et curiosité. Et le désir du mariage l'effleura. On n'est pas si perdu, n'étant plus seul. On entend au moins remuer quelqu'un près de soi aux heures de trouble et d'incertitude, c'est déjà quelque chose de dire «tu» à une femme, quand on souffre.

Il se mit à songer aux femmes.

Il les connaissait très peu, n'ayant eu au quartier Latin que des liaisons de quinzaine, rompues quand était mangé l'argent du mois, et renouées ou remplacées le mois suivant. Il devait exister, cependant, des créatures très bonnes, très douces et très consolantes. Sa mère n'avait-elle pas été la raison et le charme du foyer paternel? Comme il aurait voulu connaître une femme, une vraie femme!

Il se releva tout à coup avec la résolution d'aller faire une petite visite à Mme Rosémilly.

Puis il se rassit brusquement. Elle lui déplaisait, celle-là! Pourquoi? Elle avait trop de bon sens vulgaire et bas; et puis, ne semblait-elle pas lui préférer Jean? Sans se l'avouer à lui-même d'une façon nette, cette préférence entrait pour beaucoup dans sa mésestime pour l'intelligence de la veuve, car, s'il aimait son frère, il ne pouvait s'abstenir de le juger un peu médiocre et de se croire supérieur.

Il n'allait pourtant point rester là jusqu'à la nuit; et, comme la veille au soir, il se demanda anxieusement: «Que vais-je faire?»

Il se sentait maintenant à l'âme un besoin de s'attendrir, d'être embrassé et consolé. Consolé de quoi? Il ne l'aurait su dire, mais il était dans une de ces heures de faiblesse et de lassitude où la présence d'une femme, la caresse d'une femme, le toucher d'une main, le frôlement d'une robe, un doux regard noir ou bleu semblent indispensables, et tout de suite, à notre cœur.

Et le souvenir lui vint d'une petite bonne de brasserie ramenée un soir chez elle et revue de temps en temps.

Il se leva donc de nouveau pour aller boire un bock avec cette fille. Que lui dirait-il? Que lui dirait-elle? Rien, sans doute. Qu'importe? il lui tiendrait la main quelques secondes! Elle semblait avoir du goût pour lui. Pourquoi donc ne la voyait-il pas plus souvent?

Il la trouva sommeillant sur une chaise dans la salle de brasserie presque vide. Trois buveurs fumaient leurs pipes, accoudés aux tables de chêne, la caissière lisait un roman, tandis que le patron, en manches de chemise, dormait tout à fait sur la banquette.

Dès qu'elle l'aperçut, la fille se leva vivement et, venant à lui:

– Bonjour, comment allez-vous?

– Pas mal, et toi?

– Moi, très bien. Comme vous êtes rare!

It was one of those gloomy days with Pierre when we pry into every corner of our souls and shake out every crease.

"All our endeavours are like the labours of those babies," he thought. And then he wondered whether the wisest thing in life were not to beget two or three of these little useless creatures and watch them grow up with complacent curiosity. A longing for marriage breathed on his soul. A man is not so lost when he is not alone. At any rate, he has some one stirring at his side in hours of trouble or of uncertainty; and it is something only to be able to speak on equal terms to a woman when one is suffering.

Then he began thinking of women.

He knew them but slightly, his affairs in the Latin Quarter having seldom lasted more than a fortnight, broken off as soon as the month's allowance was spent, and renewed or replaced by another the following month. And yet there must be some very kind, gentle, and comforting creatures among them. Had not his mother been the good sense and saving grace of his own home? How glad he would be to know a woman, a true woman!

He started up with a sudden determination to go and call on Mme Rosémilly.

But he promptly sat down again. He did not like that woman! Why not? She had too much vulgar and sordid common sense; besides, did she not seem to prefer Jean? Without confessing it to himself too bluntly, this preference had a great deal to do with his low opinion of the widow's intellect; for, though he loved his brother, he could not help thinking him somewhat mediocre and believing himself the superior.

However, he was not going to sit there till nightfall; and as he had done on the previous evening, he anxiously asked himself: "What am I going to do?"

At this moment he felt in his soul the need of a melting mood, of being embraced and comforted. Comforted—for what? He could not have put it into words; but he was in one of these hours of weakness and exhaustion when a woman's presence, a woman's caress, the touch of a hand, the rustle of a dress, a soft look out of black or blue eyes, seem the one thing needful, there and then, to our heart.

And the memory flashed upon him of a little barmaid at a beer-house, whom he had walked home with one evening, and seen again from time to time.

So once more he rose, to go and drink a bock with the girl. What should he say to her? What would she say to him? Nothing, probably. But what did that matter? He would hold her hand for a few seconds! She seemed to have a fancy for him. Why, then, did he not go to see her oftener?

He found her dozing on a chair in the beer-shop, which was almost deserted. Three customers were smoking their pipes, with their elbows on the oak tables; the cashier was reading a novel, while the master, in his shirt-sleeves, lay sound asleep on a bench.

As soon as she saw him, the girl rose eagerly, and coming to meet him:

"Good-day, how are you?"

"Not too bad; and you?"

"I—oh, very well. How scarce you make yourself!"

– Oui, j'ai très peu de temps à moi. Tu sais que je suis médecin.

– Tiens, vous ne me l'aviez pas dit. Si j'avais su, j'ai été souffrante la se-maine dernière, je vous aurais consulté. Qu'est-ce que vous prenez?

– Un bock, et toi?

– Moi, un bock aussi, puisque tu me le payes.

Et elle continua à le tutoyer comme si l'offre de cette consommation en avait été la permission tacite. Alors, assis face à face, ils causèrent. De temps en temps elle lui prenait la main avec cette familiarité facile des filles dont la caresse est à vendre, et le regardant avec des yeux engageants elle lui disait:

– Pourquoi ne viens-tu pas plus souvent? Tu me plais beaucoup, mon chéri.

Mais déjà il se dégoûtait d'elle, la voyait bête, commune, sentant le peuple. Les femmes, se disait-il, doivent nous apparaître dans un rêve ou dans une auréole de luxe qui poétise leur vulgarité.

Elle lui demandait:

– Tu es passé l'autre matin avec un beau blond à grande barbe, est-ce ton frère?

– Oui, c'est mon frère.

– Il est rudement joli garçon.

– Tu trouves?

– Mais oui, et puis il a l'air d'un bon vivant.

Quel étrange besoin le poussa tout à coup à raconter à cette servante de brasserie l'héritage de Jean? Pourquoi cette idée, qu'il rejetait de lui lors-qu'il se trouvait seul, qu'il repoussait par crainte du trouble apporté dans son âme, lui vint-elle aux lèvres en cet instant, et pourquoi la laissa-t-il cou-ler, comme s'il eût eu besoin de vider de nouveau devant quelqu'un son cœur gonflé d'amertume?

Il dit en croisant ses jambes:

– Il a joliment de la chance, mon frère, il vient d'hériter de vingt mille francs de rente.

Elle ouvrit tout grands ses yeux bleus et cupides:

– Oh! et qui est-ce qui lui a laissé cela, sa grand-mère ou bien sa tante?

– Non, un vieil ami de mes parents.

– Rien qu'un ami? Pas possible! Et il ne t'a rien laissé, à toi?

– Non. Moi je le connaissais très peu.

Elle réfléchit quelques instants, puis, avec un sourire drôle sur les lèvres:

– Eh bien! il a de la chance ton frère d'avoir des amis de cette espèce-là! Vrai, ça n'est pas étonnant qu'il te ressemble si peu!

Il eut envie de la gifler sans savoir au juste pourquoi, et il demanda, la bouche crispée:

– Qu'est-ce que tu entends par là?

Elle avait pris un air bête et naïf:

– Moi, rien. Je veux dire qu'il a plus de chance que toi.

Il jeta vingt sous sur la table et sortit.

Maintenant il se répétait cette phrase: «Ça n'est pas étonnant qu'il te res-semble si peu.»

"Yes, I have very little time to myself. I am a doctor, you know."

"Really? You never told me. If I had known that—I was out of sorts last week and I would have consulted you. What will you take?"

"A bock. And you?"

"I will have a bock, too, since you are willing to treat me."

She had addressed him with the familiar *tu,* and continued to use it, as if the offer of a drink had tacitly conveyed permission. Then, sitting down opposite each other, they talked for a while. Every now and then she took his hand with the light familiarity of girls whose caresses are for sale, and looking at him with inviting eyes she said:

"Why don't you come here oftener? I like you very much, sweetheart."

He was already disgusted with her; he saw how stupid she was, and common, smacking of low life. Women, he told himself, should come to us only in dreams, or surrounded by the aureole of luxury, that idealizes what is commonplace.

She asked him:

"You went by the other morning with a handsome fair man, wearing a big beard. Is he your brother?"

"Yes, he is my brother."

"Awfully good-looking."

"Do you think so?"

"Yes, indeed; and he looks like a man who enjoys life, too."

What strange craving impelled him suddenly to tell this tavern-wench about Jean's legacy? Why should this thing, which he kept at arm's length when he was alone, which he drove from him for fear of the torment it brought upon his soul, rise to his lips at this moment? And why did he allow it to overflow them as if he needed once more to empty out his heart to some one, gorged as it was with bitterness?

He crossed his legs and said:

"He has wonderful luck, that brother of mine. He had just come into a legacy of twenty thousand francs a year."

She opened those covetous blue eyes of hers very wide:

"Oh! and who left him that? His grandmother or his aunt?"

"No. An old friend of my parents'."

"Only a friend? Impossible! And you—did he leave you nothing?"

"No. I knew him very slightly."

She sat thinking some minutes; then, with an odd smile on her lips:

"Well, he is a lucky dog, that brother of yours, to have friends of this pattern! My word! and no wonder he is so unlike you!"

He longed to slap her, without knowing why; and he asked with pinched lips:

"And what do you mean by saying that?"

She had put on a stolid, innocent face:

"Me? oh, nothing. I mean he has better luck than you."

He tossed twenty sous on the table and went out.

Now he kept repeating the phrase: "No wonder he is so unlike you."

Qu'avait-elle pensé? Qu'avait-elle sous-entendu dans ces mots? Certes il y avait là une malice, une méchanceté, une infamie. Oui, cette fille avait dû croire que Jean était le fils du Maréchal.

L'émotion qu'il ressentit à l'idée de ce soupçon jeté sur sa mère fut si violente qu'il s'arrêta et qu'il chercha de l'œil un endroit pour s'asseoir.

Un autre café se trouvait en face de lui, il y entra, prit une chaise, et comme le garçon se présentait:
«Un bock», dit-il.
Il sentait battre son cœur; des frissons lui couraient sur la peau. Et tout à coup le souvenir lui vint de ce qu'avait dit Marowsko la veille: «Ça ne fera pas un bon effet.» Avait-il eu la même pensée, le même soupçon que cette drôlesse?
La tête penchée sur son bock il regardait la mousse blanche pétiller et fondre, et il se demandait: «Est-ce possible qu'on croie une chose pareille?»

Les raisons qui feraient naître ce doute odieux dans les esprits lui apparaissaient maintenant l'une après l'autre, claires, évidentes, exaspérantes. Qu'un vieux garçon sans héritiers laisse sa fortune aux deux enfants d'un ami, rien de plus simple et de plus naturel, mais qu'il la donne tout entière à un seul de ces enfants, certes le monde s'étonnera, chuchotera et finira par sourire. Comment n'avait-il pas prévu cela, comment son père ne l'avait-il pas senti, comment sa mère ne l'avait-elle pas deviné? Non, ils s'étaient trouvés trop heureux de cet argent inespéré pour que cette idée les effleurât. Et puis comment ces honnêtes gens auraient-ils soupçonné une pareille ignominie?
Mais le public, mais le voisin, le marchand, le fournisseur, tous ceux qui les connaissaient, n'allaient-ils pas répéter cette chose abominable, s'en amuser, s'en réjouir, rire de son père et mépriser sa mère?
Et la remarque faite par la fille de brasserie que Jean était blond et lui brun, qu'ils ne se ressemblaient ni de figure, ni de démarche, ni de tournure, ni d'intelligence, frapperait maintenant tous les yeux et tous les esprits. Quand on parlerait d'un fils Roland on dirait: «Lequel, le vrai ou le faux?»
Il se leva avec la résolution de prévenir son frère, de le mettre en garde contre cet affreux danger menaçant l'honneur de leur mère. Mais que ferait Jean? Le plus simple, assurément, serait de refuser l'héritage qui irait alors aux pauvres, et de dire seulement aux amis et connaissances informés de ce legs que le testament contenait des clauses et conditions inacceptables qui auraient fait de Jean, non pas un héritier, mais un dépositaire.

Tout en rentrant à la maison paternelle, il songeait qu'il devait voir son frère seul, afin de ne point parler devant ses parents d'un pareil sujet.
Dès la porte il entendit un grand bruit de voix et de rires dans le salon, et, comme il entrait, il entendit Mme Rosémilly et le capitaine Beausire, ramenés par son père et gardés à dîner afin de fêter la bonne nouvelle.

What had her thought been, what had been her meaning under those words? There was certainly some malice, some spite, something shameful in it. Yes, that hussy must have fancied, no doubt, that Jean was Maréchal's son.

The agitation which came over him at the notion of this suspicion cast at his mother was so violent that he stood still, looking about him for some place where he might sit down.

In front of him was another café. He went in, took a chair, and as the waiter came up:

"A bock," he said.

He felt his heart beating, his skin was gooseflesh. And then the recollection flashed upon him of what Marowsko had said the evening before: "It will not look well." Had he had the same thought, the same suspicion as this tart?

Hanging his head over the glass, he watched the white froth as the bubbles rose and burst, asking himself: "Is it possible that such a thing should be believed?"

But the reasons which might give rise to this horrible doubt in other men's minds now struck him, one after another, as plain, obvious, and exasperating. That a childless old bachelor should leave his fortune to a friend's two sons was the most simple and natural thing in the world; but that he should leave the whole of it to one alone—of course people would wonder, and whisper, and end by smiling. How was it that he had not foreseen this, that his father had not felt it? How was it that his mother had not guessed it? No; they had been too delighted at this unhoped-for wealth for the idea to come near them. And besides, how should these worthy souls have ever dreamed of anything so ignominious?

But the public—their neighbours, the shopkeepers, their own tradesmen, all who knew them—would not they repeat the abominable thing, laugh at it, enjoy it, make game of his father and despise his mother?

And the barmaid's remark that Jean was fair and he dark, that they were not in the least alike in face, manner, figure, or intelligence, would now strike every eye and every mind. When any one spoke of Roland's son, the question would be: "Which, the real or the false?"

He rose, firmly resolved to warn Jean, and put him on his guard against the frightful danger which threatened their mother's honour. But what could Jean do? The simplest thing, no doubt, would be to refuse the inheritance, which would then go to the poor, and to tell all friends or acquaintances who had heard of the bequest that the will contained unacceptable clauses and conditions, which would have made Jean not inheritor but merely a trustee.

As he made his way home he was thinking that he must see his brother alone, so as not to speak of such a matter in the presence of his parents.

On reaching the door he heard a great noise of voices and laughter in the drawing-room, and when he went in he found Captain Beausire and Mme Rosémilly, whom his father had brought home and engaged to dine with them in honour of the good news.

On avait fait apporter du vermouth et de l'absinthe pour se mettre en appétit, et on s'était mis d'abord en belle humeur. Le capitaine Beausire, un petit homme tout rond à force d'avoir roulé sur la mer, et dont toutes les idées semblaient rondes aussi, comme les galets des rivages, et qui riait avec des *r* plein la gorge, jugeait la vie une chose excellente dont tout était bon à prendre.

Il trinquait avec le père Roland, tandis que Jean présentait aux dames deux nouveaux verres pleins.

Mme Rosémilly refusait, quand le capitaine Beausire, qui avait connu feu son époux, s'écria:

– Allons, allons, Madame, *bis repetita placent*, comme nous disons en patois, ce qui signifie: «Deux vermouths ne font jamais mal.» Moi, voyez-vous, depuis que je ne navigue plus, je me donne comme ça, chaque jour, avant dîner, deux ou trois coups de roulis artificiel! J'y ajoute un coup de tangage après le café, ce qui me fait grosse mer pour la soirée. Je ne vais jamais jusqu'à la tempête par exemple, jamais, jamais, car je crains les avaries.

Roland, dont le vieux long-courrier flattait la manie nautique, riait de tout son cœur, la face déjà rouge et l'œil troublé par l'absinthe. Il avait un gros ventre de boutiquier, rien qu'un ventre où semblait réfugié le reste de son corps, un de ces ventres mous d'hommes toujours assis qui n'ont plus ni cuisses, ni poitrine, ni bras, ni cou, le fond de leur chaise ayant tassé toute leur matière au même endroit.

Beausire, au contraire, bien que court et gros, semblait plein comme un œuf et dur comme une balle.

Mme Roland n'avait point vidé son premier verre, et, rose de bonheur, le regard brillant, elle contemplait son fils Jean.

Chez lui maintenant la crise de joie éclatait. C'était une affaire finie, une affaire signée, il avait vingt mille francs de rentes. Dans la façon dont il riait, dont il parlait avec une voix plus sonore, dont il regardait les gens, à ses manières plus nettes, à son assurance plus grande, on sentait l'aplomb que donne l'argent.

Le dîner fut annoncé, et comme le vieux Roland allait offrir son bras à Mme Rosémilly: «Non, non, père, cria sa femme, aujourd'hui tout est pour Jean.»

Sur la table éclatait un luxe inaccoutumé: devant l'assiette de Jean, assis à la place de son père, un énorme bouquet rempli de faveurs de soie, un vrai bouquet de grande cérémonie, s'élevait comme un dôme pavoisé, flanqué de quatre compotiers dont l'un contenait une pyramide de pêches magnifiques, le second un gâteau monumental gorgé de crème fouettée et couvert de clochettes de sucre fondu, une cathédrale en biscuit, le troisième des tranches d'ananas noyées dans un sirop clair, et le quatrième, luxe inouï, du raisin noir, venu des pays chauds.

– Bigre! dit Pierre en s'asseyant, nous célébrons l'avènement de Jean le Riche.

Après le potage on offrit du madère; et tout le monde déjà parlait en même temps. Beausire racontait un dîner qu'il avait fait à Saint-Domingue à la ta-

Vermouth and absinthe had been served to whet their appetites, and every one had been at once put into good spirits. Captain Beausire, a funny little man who had become quite round by dint of being rolled about at sea, and whose ideas also seemed round, like the pebbles of a beach, while he laughed with his throat full of *r*'s, looked upon life as a capital thing, in which everything that might turn up was good to take.

He clinked his glass against father Roland's, while Jean was offering two freshly filled glasses to the ladies.

Mme Rosémilly refused, till Captain Beausire, who had known her husband, cried:

"Come, come, madame, *bis repetita placent*, as we say in the lingo, which is as much as to say two glasses of vermouth never hurt any one. Look at me; since I have left the sea, in this way I give myself an artificial roll or two every day before dinner! I add a little pitching after my coffee, and that keeps things lively for the rest of the evening. I never rise to a hurricane, mind you, never, never. I am too much afraid of damage."

Roland, whose nautical mania was humoured by the old mariner, laughed heartily, his face flushed already and his eye watery from the absinthe. He had a burly shop-keeping stomach—nothing but stomach—in which the rest of his body seemed to have got stowed away; the flabby paunch of men who spend their lives sitting, and who have neither thighs, nor chest, nor arms, nor neck; the seat of their chairs having accumulated all their substance in one spot.

Beausire, on the contrary, though short and stout, was as tight as an egg and as hard as a ball.

Mme Roland had not emptied her first glass and was gazing at her son Jean with sparkling eyes; happiness had brought a colour to her cheeks.

In him, too, the fullness of joy had now blazed out. It was a settled thing, signed and sealed; he had twenty thousand francs a year. In the sound of his laugh, in the fuller voice with which he spoke, in his way of looking at the others, his more positive manners, his greater confidence, the assurance given by money was at once perceptible.

Dinner was announced, and as the old man was about to offer his arm to Mme Rosémilly, his wife exclaimed: "No, no, father. Everything is for Jean today."

Unwonted luxury graced the table. In front of Jean, who sat in his father's place, an enormous bouquet of flowers—a bouquet for a really great occasion—stood up like a cupola dressed with flags, and was flanked by four high dishes, one containing a pyramid of splendid peaches; the second, a monumental cake gorged with whipped cream and covered with pinnacles of sugar—a cathedral in confectionery; the third, slices of pine-apple floating in clear syrup; and the fourth—unheard-of lavishness—black grapes brought from the warmer south.

"The devil!" said Pierre as he sat down. "We are celebrating the accession of Jean the Rich."

After the soup, Madeira was passed round, and already every one was talking at once. Beausire was giving the history of a dinner he had eaten at

ble d'un général nègre. Le père Roland l'écoutait, tout en cherchant à glisser entre les phrases le récit d'un autre repas donné par un de ses amis, à Meudon, et dont chaque convive avait été quinze jours malade. Mme Rosémilly, Jean et sa mère faisaient un projet d'excursion et de déjeuner à Saint-Jouin, dont ils se promettaient déjà un plaisir infini; et Pierre regrettait de ne pas avoir dîné seul, dans une gargote au bord de la mer, pour éviter tout ce bruit, ces rires et cette joie qui l'énervaient.

Il cherchait comment il allait s'y prendre, maintenant, pour dire à son frère ses craintes et pour le faire renoncer à cette fortune acceptée déjà, dont il jouissait, dont il se grisait d'avance. Ce serait dur pour lui, certes, mais il le fallait; il ne pouvait hésiter, la réputation de leur mère étant menacée.

L'apparition d'un bar énorme rejeta Roland dans les récits de pêche. Beausire en narra de surprenantes au Gabon, à Sainte-Marie de Madagascar et surtout sur les côtes de la Chine et du Japon, où les poissons ont des figures drôles comme les habitants. Et il racontait les mines de ces poissons, leurs gros yeux d'or, leurs ventres bleus ou rouges, leurs nageoires bizarres, pareilles à des éventails, leur queue coupée en croissant de lune, en mimant d'une façon si plaisante que tout le monde riait aux larmes en l'écoutant.

Seul, Pierre paraissait incrédule et murmurait:

«On a bien raison de dire que les Normands sont les Gascons du Nord.»

Après le poisson vint un vol-au-vent, puis un poulet rôti, une salade, des haricots verts et un pâté d'alouettes de Pithiviers. La bonne de Mme Rosémilly aidait au service; et la gaieté allait croissant avec le nombre des verres de vin. Quand sauta le bouchon de la première bouteille de champagne, le père Roland, très excité, imita avec sa bouche le bruit de cette détonation, puis déclara:

– J'aime mieux ça qu'un coup de pistolet.

Pierre, de plus en plus agacé, répondit en ricanant:

– Cela est peut-être, cependant, plus dangereux pour toi.

Roland, qui allait boire, reposa son verre plein sur la table et demanda:

– Pourquoi donc?

Depuis longtemps il se plaignait de sa santé, de lourdeurs, de vertiges, de malaises constants et inexplicables. Le docteur reprit:

– Parce que la balle du pistolet peut fort bien passer à côté de toi, tandis que le verre de vin te passe forcément dans le ventre.

– Et puis?

– Et puis il te brûle l'estomac, désorganise le système nerveux, alourdit la circulation et prépare l'apoplexie dont sont menacés tous les hommes de ton tempérament.

L'ivresse croissante de l'ancien bijoutier paraissait dissipée comme une fumée par le vent; et il regardait son fils avec des yeux inquiets et fixes, cherchant à comprendre s'il ne se moquait pas.

Mais Beausire s'écria:

San Domingo at the table of a negro general. Father Roland was listening, and at the same time trying to get in, between the sentences, his account of another dinner, given by a friend of his at Mendon, after which every guest was ill for a fortnight. Mme Rosémilly, Jean, and his mother were planning an excursion to breakfast at Saint-Jouin, from which they promised themselves the greatest pleasure; and Pierre was only sorry that he had not dined alone in some pot-house by the sea, so as to escape all this noise and laughter and glee which fretted him.

He was wondering how he could now set to work to confide his fears to his brother, and induce him to renounce the fortune he had already accepted and of which he was enjoying the intoxicating foretaste. It would be hard on him, no doubt; but it must be done; he could not hesitate; their mother's reputation was at stake.

The appearance of an enormous bass threw Roland back on fishing stories. Beausire told some wonderful tales of adventures at Gabon, at Sainte-Marie, in Madagascar, and above all, off the coasts of China and Japan, where the fish are as queer-looking as the natives. And he described the appearance of these fishes—their goggle gold eyes, their blue or red bellies, their fantastic fins like fans, their eccentric crescent-shaped tails—with such droll gesticulation that they all laughed till they cried as they listened.

Pierre alone seemed incredulous, muttering to himself:

"True enough, the Normans are the Gascons of the north."

After the fish came a vol-au-vent, then a roast chicken, a salad, kidney beans with a Pithiviers lark pâté. Mme Rosémilly's maid helped to wait on them, and the fun rose with the number of glasses of wine they drank. When the cork of the first champagne-bottle was drawn with a pop, father Roland, highly excited, imitated the noise with his tongue and then declared:

"I like that noise better than a pistol-shot."

Pierre, more and more fractious every moment, retorted with a sneer:

"And yet it is perhaps a greater danger for you."

Roland, who was on the point of drinking, set his full glass down on the table again, and asked:

"Why?"

He had for some time been complaining of his health, of heaviness, giddiness, constant and unaccountable discomfort. The doctor replied:

"Because the bullet might very possibly miss you, while the glass of wine is dead certain to hit you in the stomach."

"And what then?"

"Then it scorches your inside, upsets your nervous system, makes the circulation sluggish, and leads the way to the apoplectic fit which always threatens a man of your temperament."

The ex-jeweller's incipient intoxication had vanished like smoke before the wind. He looked at his son with fixed, uneasy eyes, trying to discover whether he was not joking.

But Beausire exclaimed:

– Ah! ces sacrés médecins, toujours les mêmes: ne mangez pas, ne buvez pas, n'aimez pas, et ne dansez pas en rond. Tout ça fait du bobo à petite santé. Eh bien! j'ai pratiqué tout ça, moi, Monsieur, dans toutes les parties du monde, partout où j'ai pu, et le plus que j'ai pu, et je ne m'en porte pas plus mal.

Pierre répondit avec aigreur:

– D'abord, vous, capitaine, vous êtes plus fort que mon père; et puis tous les viveurs parlent comme vous jusqu'au jour où... et ils ne reviennent pas le lendemain dire au médecin prudent: «Vous aviez raison, docteur.» Quand je vois mon père faire ce qu'il y a de plus mauvais et de plus dangereux pour lui, il est bien naturel que je le prévienne. Je serais un mauvais fils si j'agissais autrement.

Mme Roland, désolée, intervint à son tour:

– Voyons, Pierre, qu'est-ce que tu as? Pour une fois, ça ne lui fera pas de mal. Songe quelle fête pour lui, pour nous. Tu vas gâter tout son plaisir et nous chagriner tous. C'est vilain, ce que tu fais là!

Il murmura en haussant les épaules:

– Qu'il fasse ce qu'il voudra, je l'ai prévenu.

Mais le père Roland ne buvait pas. Il regardait son verre, son verre plein de vin lumineux et clair, dont l'âme légère, l'âme enivrante s'envolait par petites bulles venues du fond et montant, pressées et rapides, s'évaporer à la surface; il le regardait avec une méfiance de renard qui trouve une poule morte et flaire un piège.

Il demanda, en hésitant:

– Tu crois que ça me ferait beaucoup de mal?

Pierre eut un remords et se reprocha de faire souffrir les autres de sa mauvaise humeur:

– Non, va, pour une fois, tu peux le boire; mais n'en abuse point et n'en prends pas l'habitude.

Alors le père Roland leva son verre sans se décider encore à le porter à sa bouche. Il le contemplait douloureusement, avec envie et avec crainte; puis il le flaira, le goûta, le but par petits coups, en les savourant, le cœur plein d'angoisse, de faiblesse et de gourmandise, puis de regrets, dès qu'il eut absorbé la dernière goutte.

Pierre, soudain, rencontra l'œil de Mme Rosémilly; il était fixé sur lui, limpide et bleu, clairvoyant et dur. Et il sentit, il pénétra, il devina la pensée nette qui animait ce regard, la pensée irritée de cette petite femme à l'esprit simple et droit, car ce regard disait:

«Tu es jaloux, toi. C'est honteux, cela.»

Il baissa la tête en se remettant à manger.

Il n'avait pas faim, il trouvait tout mauvais. Une envie de partir le harcelait, une envie de n'être plus au milieu de ces gens, de ne plus les entendre causer, plaisanter et rire.

Cependant le père Roland, que les fumées du vin recommençaient à troubler, oubliait déjà les conseils de son fils et regardait d'un œil oblique et tendre une bouteille de champagne presque pleine encore à côté de son assiette. Il n'osait la toucher, par crainte d'admonestation nouvelle, et il cherchait par

"Oh, these confounded doctors! They all sing the same tune: eat nothing, drink nothing, never make love or enjoy yourself; it all plays the devil with your precious health. Well, all I can say is, I have done all these things, sir, in every quarter of the globe, wherever and as often as I have had the chance, and I am none the worse."

Pierre answered with some asperity:

"In the first place, captain, you are a stronger man than my father; and in the next, all free livers talk as you do till the day when... when they come back no more to say to the cautious doctor: 'You were right, doctor.' When I see my father doing what is worst and most dangerous for him, it is but natural that I should warn him. I should be a bad son if I did otherwise."

Mme Roland, much distressed, now put in her word:

"Come, Pierre, what ails you? For once it cannot hurt him. Think of what an occasion it is for him, for all of us. You will spoil his pleasure and make us all unhappy. It is too bad of you to do such a thing!"

He muttered, as he shrugged his shoulders:

"He can do as he pleases. I have warned him."

But father Roland did not drink. He sat looking at his glass full of the clear and luminous liquor while its light soul, its intoxicating soul, flew off in tiny bubbles mounting from its depths in hurried succession to die on the surface. He looked at it with the suspicious eye of a fox smelling at a dead hen and suspecting a trap.

He asked hesitatingly:

"Do you think it will really do me much harm?"

Pierre had a pang of remorse and blamed himself for letting his ill-humour punish the rest:

"No, just for once you may drink it; but do not take too much, or get into the habit of it."

Then father Roland raised his glass, but still he could not make up his mind to put it to his lips. He contemplated it regretfully, with longing and with fear; then he smelt it, tasted it, drank it in sips, swallowing them slowly, his heart full of terrors, of weakness and greediness; and then, when he had drained the last drop, of regret.

Pierre's eye suddenly met that of Mme Rosémilly; it rested on him clear and blue, far-seeing and hard. And he read, he knew, the precise thought which lurked in that look, the indignant thought of this simple and right-minded little woman; for the look said:

"You are jealous—that is what you are. Shameful!"

He bent his head and went on with his dinner.

He was not hungry and found nothing nice. A longing to be off harassed him, a craving to be away from these people, to hear no more of their talking, jests, and laughter.

Father Roland meanwhile, to whose head the fumes of the wine were rising once more, had already forgotten his son's advice and was eyeing a champagne-bottle with a tender leer as it stood, still nearly full, by the side of his plate. He dared not touch it for fear of being lectured again, and he

quelle malice, par quelle adresse, il pourrait s'en emparer sans éveiller les remarques de Pierre. Une ruse lui vint, la plus simple de toutes: il prit la bouteille avec nonchalance et, la tenant par le fond, tendit le bras à travers la table pour emplir d'abord le verre du docteur qui était vide; puis il fit le tour des autres verres, et quand il en vint au sien il se mit à parler très haut, et s'il versa quelque chose dedans on eût juré certainement que c'était par inadvertance. Personne d'ailleurs n'y fit attention.

Pierre, sans y songer, buvait beaucoup. Nerveux et agacé, il prenait à tout instant, et portait à ses lèvres d'un geste inconscient la longue flûte de cristal où l'on voyait courir les bulles dans le liquide vivant et transparent. Il le faisait alors couler très lentement dans sa bouche pour sentir la petite piqûre sucrée du gaz évaporé sur sa langue.

Peu à peu une chaleur douce emplit son corps. Partie du ventre, qui semblait en être le foyer, elle gagnait la poitrine, envahissait les membres, se répandait dans toute la chair, comme une onde tiède et bienfaisante portant de la joie avec elle. Il se sentait mieux, moins impatient, moins mécontent; et sa résolution de parler à son frère ce soir-là même s'affaiblissait, non pas que la pensée d'y renoncer l'eût effleuré, mais pour ne point troubler si vite le bien-être qu'il sentait en lui.

Beausire se leva afin de porter un toast.

Ayant salué à la ronde, il prononça:

– Très gracieuses dames, Messeigneurs, nous sommes réunis pour célébrer un événement heureux qui vient de frapper un de nos amis. On disait autrefois que la fortune était aveugle, je crois qu'elle était simplement myope ou malicieuse et qu'elle vient de faire emplette d'une excellente jumelle marine, qui lui a permis de distinguer dans le port du Havre le fils de notre brave camarade Roland, capitaine de la *Perle*.

Des bravos jaillirent des bouches, soutenus par des battements de mains; et Roland père se leva pour répondre.

Après avoir toussé, car il sentait sa gorge grasse et sa langue un peu lourde, il bégaya:

– Merci, capitaine, merci pour moi et mon fils. Je n'oublierai jamais votre conduite en cette circonstance. Je bois à vos désirs.

Il avait les yeux et le nez pleins de larmes, et il se rassit, ne trouvant plus rien.

Jean, qui riait, prit la parole à son tour:

– C'est moi, dit-il, qui dois remercier ici les amis dévoués, les amis excellents (il regardait Mme Rosémilly), qui me donnent aujourd'hui cette preuve touchante de leur affection. Mais ce n'est point par des paroles que je peux leur témoigner ma reconnaissance. Je la leur prouverai demain, à tous les instants de ma vie, toujours, car notre amitié n'est point de celles qui passent.

Sa mère, fort émue, murmura:

– Très bien, mon enfant.

Mais Beausire s'écriait:

– Allons, madame Rosémilly, parlez au nom du beau sexe.

was wondering by what device or trick he could possess himself of it without exciting Pierre's remark. A ruse occurred to him, the simplest possible. He took up the bottle with an air of indifference, and holding it by the neck, stretched his arm across the table to fill the doctor's glass, which was empty; then he filled up all the other glasses, and when he came to his own he began talking very loud, so that if he poured anything into it they might have sworn it was done inadvertently. And in fact no one took any notice.

Pierre, without observing it, was drinking a good deal. Nervous and fretted, he every minute raised to his lips the tall crystal funnel where the bubbles were dancing in the living, translucent fluid. He let the wine slip very slowly over his tongue, that he might feel the little sugary sting of the fixed air as it evaporated.

Gradually a pleasant warmth spread over his body. Starting from the stomach as a centre, it spread to his chest, took possession of his limbs, and diffused itself throughout his flesh, like a warm and comforting tide, bringing pleasure with it. He felt better now, less impatient, less annoyed, and his determination to speak to his brother that very evening faded away; not that he thought for a moment of giving it up, but simply not to disturb the happy mood in which he found himself.

Beausire presently rose to propose a toast.

Having bowed to the company, he began:

"Most gracious ladies and gentlemen, we have met to do honour to a happy event which has befallen one of our friends. It used to be said that Fortune was blind, but I believe that she is only short-sighted or tricksy, and that she has lately bought a good pair of marine glasses which enabled her to discover in the port of Havre the son of our worthy friend Roland, captain of the *Pearl*."

Every one cried bravo and clapped their hands, and father Roland rose to reply.

After clearing his throat, for it felt thick and his tongue was heavy, he stammered out:

"Thank you, captain, thank you—for myself and my son. I shall never forget your behaviour on this occasion. Here's good luck to you!"

His eyes and nose were full of tears, and he sat down, finding nothing more to say.

Jean, who was laughing, spoke in his turn:

"It is I," he said, "who ought to thank my friends here, my excellent friends," and he glanced at Mme Rosémilly, "who have given me such a touching evidence of their affection. But it is not by words that I can prove my gratitude. I will prove it tomorrow, every hour of my life, always, for our friendship is not one of those which fade away."

His mother, deeply moved, murmured:

"Well said, my boy."

But Beausire cried out:

"Come, Mme Rosémilly, speak on behalf of the fair sex."

Elle leva son verre, et, d'une voix gentille, un peu nuancée de tristesse:
– Moi, dit-elle, je bois à la mémoire bénie de M. Maréchal.

Il y eut quelques secondes d'accalmie, de recueillement décent, comme
après une prière; et Beausire, qui avait le compliment coulant, fit cette remarque:
– Il n'y a que les femmes pour trouver de ces délicatesses.

Puis se tournant vers Roland père:
– Au fond, qu'est-ce que c'était que ce Maréchal? Vous étiez donc bien
intimes avec lui?

Le vieux, attendri par l'ivresse, se mit à pleurer, et d'une voix bredouillan-
te:
– Un frère... vous savez... un de ceux qu'on ne retrouve plus... nous ne nous
quittions pas... il dînait à la maison tous les soirs... et il nous payait de petites fêtes au théâtre... je ne vous dis que ça... que ça... que ça... Un ami, un
vrai... un vrai.....n'est-ce pas, Louise?

Sa femme répondit simplement:
– Oui, c'était un fidèle ami.

Pierre regardait son père et sa mère, mais comme on parla d'autre chose,
il se remit à boire.

De la fin de cette soirée il n'eut guère de souvenir. On avait pris le café,
absorbé des liqueurs, et beaucoup ri en plaisantant. Puis il se coucha, vers
minuit, l'esprit confus et la tête lourde. Et il dormit comme une brute jusqu'à neuf heures le lendemain.

IV

Ce sommeil baigné de champagne et de chartreuse l'avait sans doute
adouci et calmé, car il s'éveilla en des dispositions d'âme très bienveillantes.
Il appréciait, pesait et résumait, en s'habillant, ses émotions de la veille,
cherchant à en dégager bien nettement et bien complètement les causes
réelles, secrètes, les causes personnelles en même temps que les causes ex-
térieures.

Il se pouvait en effet que la fille de brasserie eût eu une mauvaise pensée,
une vraie pensée de prostituée, en apprenant qu'un seul des fils Roland héritait d'un inconnu; mais ces créatures-là n'ont-elles pas toujours des soupçons pareils, sans l'ombre d'un motif, sur toutes les honnêtes femmes? Ne
les entend-on pas, chaque fois qu'elles parlent, injurier, calomnier, diffamer
toutes celles qu'elles devinent irréprochables? Chaque fois qu'on cite devant
elles une personne inattaquable, elles se fâchent, comme si on les outra-
geait, et s'écrient: «Ah! tu sais, je les connais tes femmes mariées, c'est du
propre! Elles ont plus d'amants que nous, seulement elles les cachent parce
qu'elles sont hypocrites. Ah! oui, c'est du propre!»

En toute autre occasion il n'aurait certes pas compris, pas même supposé
possibles des insinuations de cette nature sur sa pauvre mère, si bonne, si

She raised her glass, and in a pretty voice, slightly touched with sadness, she said:

"I will pledge you to the memory of M. Maréchal."

There was a few moments' lull, a pause for decent meditation, as after prayer. Beausire, who always had a flow of compliment, remarked:

"Only a woman ever thinks of these refinements."

Then turning to father Roland:

"And who was this Maréchal, after all? You must have been very intimate with him."

The old man, emotional with drink, began to whimper, and in a broken voice:

"Like a brother... you know... one of those we never meet any more... we were always together... he dined with us every evening... and would treat us to the play... I need say no more... no more... no more... A friend, a true... a true... wasn't he, Louise?"

His wife merely answered:

"Yes; he was a faithful friend."

Pierre looked at his father and then at his mother, then, as the subject changed he drank some more wine.

He scarcely remembered the remainder of the evening. They had coffee, then liqueurs, and they laughed and joked a great deal. At about midnight he went to bed, his mind confused and his head heavy; and he slept like a brute till nine next morning.

IV

These slumbers, bathed in Champagne and Chartreuse, had soothed and calmed him, no doubt, for he awoke in a very benevolent frame of mind. While he was dressing he appraised, weighed, and summed up his emotions of the previous day, trying to bring out quite clearly and fully their real and secret causes, those personal to himself as well as those from outside.

It was, in fact, possible that the girl at the beer-shop had had an evil idea—an idea worthy of such a hussy—on hearing that only one of the Roland brothers had been made heir to a stranger; but have not such natures as she always similar suspicions, without a shadow of foundation, about every honest woman? Do they not, whenever they speak, vilify, calumniate, and abuse all whom they believe to be blameless? Whenever a woman who is above imputation is mentioned in their presence, they are as angry as if they were being insulted, and exclaim: "Ah, yes, I know your married women; a pretty sort they are! Why, they have more lovers than we have, only they conceal it because they are such hypocrites. Oh, yes, a pretty sort, indeed!"

Under any other circumstances he would certainly not have understood, not have imagined the possibility of such an insinuation against his poor

simple, si digne. Mais il avait l'âme troublée par ce levain de jalousie qui fermentait en lui. Son esprit surexcité, à l'affût pour ainsi dire, et malgré lui, de tout ce qui pouvait nuire à son frère, avait même peut-être prêté à cette vendeuse de bocks des intentions odieuses qu'elle n'avait pas eues. Il se pouvait que son imagination seule, cette imagination qu'il ne gouvernait point, qui échappait sans cesse à sa volonté, s'en allait libre, hardie, aventureuse et sournoise dans l'univers infini des idées, et en rapportait parfois d'inavouables, de honteuses, qu'elle cachait en lui, au fond de son âme, dans les replis insondables, comme des choses volées; il se pouvait que cette imagination seule eût créé, inventé cet affreux doute. Son cœur, assurément, son propre cœur avait des secrets pour lui; et ce cœur blessé n'avait-il pas trouvé dans ce doute abominable un moyen de priver son frère de cet héritage qu'il jalousait? Il se suspectait lui-même, à présent, interrogeant, comme les dévots leur conscience, tous les mystères de sa pensée.

Certes, Mme Rosémilly, bien que son intelligence fût limitée, avait le tact, le flair et le sens subtil des femmes. Or cette idée ne lui était pas venue, puisqu'elle avait bu, avec une simplicité parfaite, à la mémoire bénie de feu Maréchal. Elle n'aurait point fait cela, elle, si le moindre soupçon l'eût effleurée. Maintenant il ne doutait plus, son mécontentement involontaire de la fortune tombée sur son frère et aussi, assurément, son amour religieux pour sa mère avaient exalté ses scrupules, scrupules pieux et respectables, mais exagérés.

En formulant cette conclusion, il fut content, comme on l'est d'une bonne action accomplie, et il se résolut à se montrer gentil pour tout le monde, en commençant par son père dont les manies, les affirmations niaises, les opinions vulgaires et la médiocrité trop visible l'irritaient sans cesse.

Il ne rentra pas en retard à l'heure du déjeuner et il amusa toute sa famille par son esprit et sa bonne humeur.

Sa mère lui disait, ravie:

– Mon Pierrot, tu ne te doutes pas comme tu es drôle et spirituel, quand tu veux bien.

Et il parlait, trouvait des mots, faisait rire par des portraits ingénieux de leurs amis. Beausire lui servit de cible, et un peu Mme Rosémilly, mais d'une façon discrète, pas trop méchante. Et il pensait, en regardant son frère: «Mais défends-la donc, jobard; tu as beau être riche, je t'éclipserai toujours quand il me plaira.»

Au café, il dit à son père:

– Est-ce que tu te sers de la *Perle* aujourd'hui?

– Non, mon garçon.

– Je peux la prendre avec Jean-Bart?

– Mais oui, tant que tu voudras.

Il acheta un bon cigare, au premier débit de tabac rencontré, et il descendit, d'un pied joyeux, vers le port.

Il regardait le ciel clair, lumineux, d'un bleu léger, rafraîchi, lavé par la brise de la mer.

mother, who was so kind, so simple, so worthy. But his spirit seethed with the leaven of jealousy that was fermenting within him. His own excited mind, on the scent, as it were, in spite of himself, for all that could damage his brother, had even perhaps attributed to the tavern barmaid an odious intention of which she was innocent. It was possible that his imagination had, unaided, invented this dreadful doubt—his imagination, which he never controlled, which constantly evaded his will and went off, unfettered, audacious, adventurous, and stealthy, into the infinite world of ideas, bringing back now and then some which were shameless and repulsive, and which it buried in him, in the depths of his soul, in its most fathomless recesses, like something stolen. His heart, most certainly, his own heart had secrets from him; and had not that wounded heart discerned in this atrocious doubt a means of depriving his brother of the inheritance of which he was jealous? He suspected himself now, cross-examining all the mysteries of his mind as bigots search their consciences.

Mme Rosémilly, though her intelligence was limited, had certainly a woman's instinct, scent, and subtle intuitions. And this idea had never entered her head, since she had, with perfect simplicity, drunk to the blessed memory of the deceased Maréchal. She was not the woman to have done this if she had had the faintest suspicion. Now he doubted no longer; his involuntary displeasure at his brother's windfall of fortune and his religious affection for his mother had magnified his scruples—very pious and respectable scruples, but exaggerated.

As he put this conclusion into words in his own mind he felt happy, as at the doing of a good action; and he resolved to be nice to every one, beginning with his father, whose manias, and silly statements, and vulgar opinions, and too conspicuous mediocrity were a constant irritation to him.

He came in not late for breakfast, and amused all the family by his wit and good humour.

His mother, quite delighted, said to him:

"My Pierrot, you have no notion how humorous and clever you can be when you choose."

And he talked, putting things in a witty way, and making them laugh by ingenious caricatures of their friends. Beausire was his butt, and Mme Rosémilly a little, but in a very judicious way, not too spiteful. And he thought as he looked at his brother: "Stand up for her, you muff. You may be as rich as you please, I can always eclipse you when I take the trouble."

As they drank their coffee he said to his father:

"Are you going out in the *Pearl* today?"

"No, my boy."

"May I have her with Jean-Bart?"

"To be sure, as long as you like."

He bought a good cigar at the first tobacconist's and went down to the port with a light step.

He glanced up at the sky, which was clear and luminous, of a pale blue, freshly swept by the sea-breeze.

Le matelot Papagris, dit Jean-Bart, sommeillait au fond de la barque qu'il devait tenir prête à sortir tous les jours à midi, quand on n'allait pas à la pêche le matin.

– A nous deux, patron! cria Pierre.

Il descendit l'échelle de fer du quai et sauta dans l'embarcation.

– Quel vent? dit-il.

– Toujours vent d'amont, m'sieu Pierre. J'avons bonne brise au large.

– Eh bien! mon père, en route.

Ils hissèrent la misaine, levèrent l'ancre, et le bateau, libre, se mit à glisser lentement vers la jetée sur l'eau calme du port. Le faible souffle d'air venu par les rues tombait sur le haut de la voile, si doucement qu'on ne sentait rien, et la *Perle* semblait animée d'une vie propre, de la vie des barques, poussée par une force mystérieuse cachée en elle. Pierre avait pris la barre, et, le cigare aux dents, les jambes allongées sur le banc, les yeux mi-fermés sous les rayons aveuglants du soleil, il regardait passer contre lui les grosses pièces de bois goudronné du brise-lames.

Quand ils débouchèrent en pleine mer, en atteignant la pointe de la jetée nord qui les abritait, la brise, plus fraîche, glissa sur le visage et sur les mains du docteur comme une caresse un peu froide, entra dans sa poitrine qui s'ouvrit, en un long soupir, pour la boire, et, enflant la voile brune qui s'arrondit, fit s'incliner la *Perle* et la rendit plus alerte.

Jean-Bart tout à coup hissa le foc, dont le triangle, plein de vent, semblait une aile, puis gagnant l'arrière en deux enjambées il dénoua le tapecul amarré contre son mât.

Alors, sur le flanc de la barque couchée brusquement, et courant maintenant de toute sa vitesse, ce fut un bruit doux et vif d'eau qui bouillonne et qui fuit.

L'avant ouvrait la mer, comme le soc d'une charrue folle, et l'onde soulevée, souple et blanche d'écume, s'arrondissait et retombait, comme retombe, brune et lourde, la terre labourée des champs.

A chaque vague rencontrée—elles étaient courtes et rapprochées—une secousse secouait la *Perle* du bout du foc au gouvernail qui frémissait dans la main de Pierre; et quand le vent, pendant quelques secondes, soufflait plus fort, les flots effleuraient le bordage comme s'ils allaient envahir la barque. Un vapeur charbonnier de Liverpool était à l'ancre attendant la marée; ils allèrent tourner par derrière, puis ils visitèrent, l'un après l'autre, les navires en rade, puis ils s'éloignèrent un peu plus pour voir se dérouler la côte.

Pendant trois heures, Pierre, tranquille, calme et content, vagabonda sur l'eau frémissante, gouvernant, comme une bête ailée, rapide et docile, cette chose de bois et de toile qui allait et venait à son caprice, sous une pression de ses doigts.

Il rêvassait, comme on rêvasse sur le dos d'un cheval ou sur le pont d'un bateau, pensant à son avenir, qui serait beau, et à la douceur de vivre avec intelligence. Dès le lendemain il demanderait à son frère de lui prêter, pour trois mois, quinze cents francs afin de s'installer tout de suite dans le joli appartement du boulevard François Ier.

Le matelot dit tout à coup:

The sailor Papagris, commonly called Jean-Bart, was dozing in the bottom of the boat, which he was required to have in readiness every day at noon when they had not been out fishing in the morning.

"You and I together, patron!" cried Pierre.

He went down the iron ladder of the quay and leaped into the vessel.

"Which way is the wind?" he asked.

"Due east still, M'sieu Pierre. A fine breeze out at sea."

"Well, then, old man, off we go!"

They hoisted the foresail and weighed anchor; and the boat, feeling herself free, glided slowly down towards the jetty on the still water of the port. The breath of wind that came down the streets caught the top of the sail so lightly as to be imperceptible, and the *Pearl* seemed endowed with life—the life of a vessel driven on by a mysterious latent power. Pierre took the tiller, and, holding his cigar between his teeth, he stretched his legs on the bunk, and with his eyes half-shut in the blinding sunshine, he watched the great tarred timbers of the breakwater as they glided past.

When they reached the open sea, round the nose of the north pier which had sheltered them, the fresher breeze puffed in the doctor's face and on his hands, like a somewhat icy caress, filled his chest, which rose with a long sigh to drink it in, and swelling the tawny sail, tilted the *Pearl* on her beam and made her more lively.

Jean-Bart hastily hauled up the jib, and the triangle of canvas, full of wind, looked like a wing; then, with two strides to the stern, he let out the spinnaker, which was close-reefed against his mast.

Then, along the hull of the boat, which suddenly heeled over and was running at top speed, there was a soft, crisp sound of water hissing and rushing past.

The prow ripped up the sea like the share of a plough gone mad, and the yielding water it turned up curled over and fell white with foam, as the ploughed soil, heavy and brown, rolls and falls in a ridge.

At each wave they met—and there was a short, chopping sea—the *Pearl* shivered from the point of the bowsprit to the rudder, which trembled under Pierre's hand; when the wind blew harder in gusts, the swell rose to the gunwale as if it would overflow into the boat. A steam collier from Liverpool was lying at anchor, waiting for the tide; they made a sweep round her stern and went to look at each of the vessels in the roads one after another; then they put further out to look at the unfolding line of coast.

For three hours Pierre, easy, calm, and happy, wandered to and fro over the dancing waters, guiding the thing of wood and canvas, which came and went at his will, under the pressure of his hand, as if it were a swift and docile winged creature.

He was lost in day-dreams, the dreams one has on horseback or on the deck of a boat; thinking of his future, which should be brilliant, and the joys of living intelligently. On the morrow he would ask his brother to lend him fifteen hundred francs for three months, that he might settle at once in the pretty rooms on the Boulevard Francois I.

Suddenly the sailor said:

– V'la d'la brume, m'sieu Pierre, faut rentrer.

Il leva les yeux et aperçut vers le nord une ombre grise, profonde et légère, noyant le ciel et couvrant la mer, accourant vers eux, comme un nuage tombé d'en haut.

Il vira de bord, et vent arrière fit route vers la jetée, suivi par la brume rapide qui le gagnait. Lorsqu'elle atteignit la *Perle*, l'enveloppant dans son imperceptible épaisseur, un frisson de froid courut sur les membres de Pierre, et une odeur de fumée et de moisissure, l'odeur bizarre des brouillards marins, lui fit fermer la bouche pour ne point goûter cette nuée humide et glacée. Quand la barque reprit dans le port sa place accoutumée, la ville entière était ensevelie déjà sous cette vapeur menue qui, sans tomber, mouillait comme une pluie et glissait sur les maisons et les rues à la façon d'un fleuve qui coule.

Pierre, les pieds et les mains gelés, rentra vite, et se jeta sur son lit pour sommeiller jusqu'au dîner. Lorsqu'il parut dans la salle à manger, sa mère disait à Jean:

– La galerie sera ravissante. Nous y mettrons des fleurs. Tu verras. Je me chargerai de leur entretien et de leur renouvellement. Quand tu donneras des fêtes, ça aura un coup d'œil féerique.

– De quoi parlez-vous donc? demanda le docteur.

– D'un appartement délicieux que je viens de louer pour ton frère. Une trouvaille, un entresol donnant sur deux rues. Il y a deux salons, une galerie vitrée et une petite salle à manger en rotonde, tout à fait coquette pour un garçon.

Pierre pâlit. Une colère lui serrait le cœur.

– Où est-ce situé, cela? dit-il.

– Boulevard François Ier.

Il n'eut plus de doutes et s'assit, tellement exaspéré qu'il avait envie de crier: «C'est trop fort à la fin! Il n'y en a donc plus que pour lui!»

Sa mère, radieuse, parlait toujours:

– Et figure-toi que j'ai eu cela pour deux mille huit cents francs. On en voulait trois mille, mais j'ai obtenu deux cents francs de diminution en faisant un bail de trois, six ou neuf ans. Ton frère sera parfaitement là-dedans. Il suffit d'un intérieur élégant pour faire la fortune d'un avocat. Cela attire le client, le séduit, le retient, lui donne du respect et lui fait comprendre qu'un homme ainsi logé fait payer cher ses paroles.

Elle se tut quelques secondes, et reprit:

– Il faudrait trouver quelque chose d'approchant pour toi, bien plus modeste puisque tu n'as rien, mais assez gentil tout de même. Je t'assure que cela te servirait beaucoup.

Pierre répondit d'un ton dédaigneux:

– Oh! moi, c'est par le travail et la science que j'arriverai.

Sa mère insista:

– Oui, mais je t'assure qu'un joli logement te servirait beaucoup tout de même.

Vers le milieu du repas il demanda tout à coup:

"The fog is coming up, M'sieu Pierre. We must go in."

He looked up and saw to the northward a grey shade, filmy but dense, blotting out the sky and covering the sea; it was sweeping down on them like a cloud fallen from above.

He tacked for land and made for the pier, scudding before the wind and followed by the flying fog, which gained upon them. When it reached the *Pearl*, wrapping her in its intangible density, a cold shudder ran over Pierre's limbs, and a smell of smoke and mould, the peculiar smell of a sea-fog, made him close his mouth that he might not taste the cold, wet vapour. By the time the boat was at her usual moorings in the port the whole town was buried in this fine mist, which did not fall but yet wetted everything like rain, and glided and rolled along the roofs and streets like the flow of a river.

Pierre, with his hands and feet frozen, made haste home and threw himself on his bed to take a nap till dinner-time. When he made his appearance in the dining-room, his mother was saying to Jean:

"The glass corridor will be lovely. We will fill it with flowers. You will see. I will undertake to care for them and renew them. When you give a party, the effect will be quite fairy-like."

"What in the world are you talking about?" the doctor asked.

"Of a delightful apartment I have just taken for your brother. It is quite a find; an entresol looking out on two streets. There are two drawing-rooms, a glass passage, and a little circular dining-room, perfectly charming for a bachelor's quarters."

Pierre turned pale. His anger seemed to press on his heart.

"Where is it?" he asked.

"Boulevard Francois I."

There was no possibility for doubt. He took his seat in such a state of exasperation that he longed to exclaim: "This is really too much! Is there nothing for any one but him?"

His mother, beaming, went on talking:

"And only fancy, I got it for two thousand eight hundred francs a year. They asked three thousand, but I got a reduction of two hundred francs on taking for three, six, or nine years. Your brother will be delightfully housed there. An elegant home is enough to make the fortune of a lawyer. It attracts clients, charms them, holds them fast, commands respect, and shows them that a man who lives in such good style expects a good price for his words."

She was silent for a few seconds and then went on:

"We must look out for something suitable for you; much less pretentious, since you have nothing, but nice and pretty all the same. I assure you it will be to your advantage."

Pierre replied contemptuously:

"For me! Oh, I shall make my way by hard work and learning."

But his mother insisted:

"Yes, but I assure you that to be well lodged will be of use to you nevertheless."

About half-way through the meal he suddenly asked:

– Comment l'aviez-vous connu, ce Maréchal?

Le père Roland leva la tête et chercha dans ses souvenirs:

– Attends, je ne me rappelle plus trop. C'est si vieux. Ah! oui, j'y suis. C'est ta mère qui a fait sa connaissance dans la boutique, n'est-ce pas, Louise? Il était venu commander quelque chose, et puis il est revenu souvent. Nous l'avons connu comme client avant de le connaître comme ami.

Pierre, qui mangeait des flageolets et les piquait un à un avec une pointe de sa fourchette, comme s'il les eût embrochés, reprit:

– A quelle époque ça s'est-il fait, cette connaissance-là?

Roland chercha de nouveau, mais ne se souvenant plus de rien, il fit appel à la mémoire de sa femme:

– En quelle année, voyons, Louise, tu ne dois pas avoir oublié, toi qui as un si bon souvenir? Voyons, c'était en... en... en cinquante-cinq ou cinquante-six?... Mais cherche donc, tu dois le savoir mieux que moi!

Elle chercha quelque temps en effet, puis d'une voix sûre et tranquille:

– C'était en cinquante-huit, mon gros. Pierre avait alors trois ans. Je suis bien certaine de ne pas me tromper, car c'est l'année où l'enfant eut la fièvre scarlatine, et Maréchal, que nous connaissions encore très peu, nous a été d'un grand secours.

Roland s'écria:

– C'est vrai, c'est vrai, il a été admirable, même! Comme ta mère n'en pouvait plus de fatigue et que moi j'étais occupé à la boutique, il allait chez le pharmacien chercher tes médicaments. Vraiment, c'était un brave cœur. Et quand tu as été guéri, tu ne te figures pas comme il fut content et comme il t'embrassait. C'est à partir de ce moment-là que nous sommes devenus de grands amis.

Et cette pensée brusque, violente, entra dans l'âme de Pierre comme une balle qui troue et déchire: «Puisqu'il m'a connu le premier, qu'il fut si dévoué pour moi, puisqu'il m'aimait et m'embrassait tant, puisque je suis la cause de sa grande liaison avec mes parents, pourquoi a-t-il laissé toute sa fortune à mon frère et rien à moi?»

Il ne posa plus de questions et demeura sombre, absorbé plutôt que songeur, gardant en lui une inquiétude nouvelle, encore indécise, le germe secret d'un nouveau mal.

Il sortit de bonne heure et se remit à rôder par les rues. Elles étaient ensevelies sous le brouillard qui rendait pesante, opaque et nauséabonde la nuit. On eût dit une fumée pestilentielle abattue sur la terre. On la voyait passer sur les becs de gaz qu'elle paraissait éteindre par moments. Les pavés des rues devenaient glissants comme par les soirs de verglas, et toutes les mauvaises odeurs semblaient sortir du ventre des maisons, puanteurs des caves, des fosses, des égouts, des cuisines pauvres, pour se mêler à l'affreuse senteur de cette brume errante.

Pierre, le dos arrondi et les mains dans ses poches, ne voulant point rester dehors par ce froid, se rendit chez Marowsko.

"How did you first come to know this man Maréchal?"

Father Roland looked up and racked his memory:

"Wait a bit; I scarcely recollect. It is such an old story now. Ah, yes, I remember. It was your mother who made the acquaintance with him in the shop, was it not, Louise? He first came to order something, and then he called frequently. We knew him as a customer before we knew him as a friend."

Pierre, who was eating beans, sticking his fork into them one by one as if he were spitting them, went on:

"And when was it that you made his acquaintance?"

Again Roland sat thinking, but he could remember no more and appealed to his wife's better memory:

"In what year was it, Louise? You surely have not forgotten, you who remember everything. Let me see, it was in... in... in fifty-five or fifty-six?... Try to remember. You ought to know better than I!"

She did in fact think it over for some minutes, and then replied in a steady voice and with calm decision:

"It was in fifty-eight, old man. Pierre was three years old. I am quite sure that I am not mistaken, for it was in that year that the child had scarlet fever, and Maréchal, whom we knew then but very little, was of the greatest service to us."

Roland exclaimed:

"That's true, that's true; he was really wonderful! When your mother was half-dead with fatigue and I had to attend to the shop, he would go to the chemist's to fetch your medicine. He really had the kindest heart. And when you were well again, you cannot think how glad he was and how he petted you. It was from that time that we became such great friends."

And this thought rushed into Pierre's soul, as abrupt and violent as a cannon-ball rending and piercing it: "Since he knew me first, since he was so devoted to me, since he was so fond of me and petted me so much, since I—I was the cause of his great intimacy with my parents, why did he leave all his money to my brother and nothing to me?"

He asked no more questions and remained gloomy; absent-minded rather than thoughtful, feeling in his soul a new anxiety as yet undefined, the secret germ of a new pain.

He went out early, wandering about the streets once more. They were shrouded in the fog which made the night heavy, opaque, and nauseous. It was like a pestilential cloud dropped on the earth. It could be seen swirling past the gas-lights, which it seemed to put out at intervals. The pavement was as slippery as on a frosty night after rain, and all sorts of evil smells seemed to come up from the bowels of the houses—the stench of cellars, drains, sewers, squalid kitchens—to mingle with the horrible savour of this wandering fog.

Pierre, with his shoulders up and his hands in his pockets, not caring to remain out of doors in the cold, turned into Marowsko's.

Sous le bec de gaz qui veillait pour lui, le vieux pharmacien dormait toujours. En reconnaissant Pierre, qu'il aimait d'un amour de chien fidèle, il secoua sa torpeur, alla chercher deux verres et apporta la groseillette.

– Eh bien! demanda le docteur, où en êtes-vous avec votre liqueur?

Le Polonais expliqua comment quatre des principaux cafés de la ville consentaient à la lancer dans la circulation, et comment le *Phare de la Côte* et le *Sémaphore havrais* lui feraient de la réclame en échange de quelques produits pharmaceutiques mis à la disposition des rédacteurs.

Après un long silence, Marowsko demanda si Jean, décidément, était en possession de sa fortune; puis il fit encore deux ou trois questions vagues sur le même sujet. Son dévouement ombrageux pour Pierre se révoltait de cette préférence. Et Pierre croyait l'entendre penser, devinait, comprenait, lisait dans ses yeux détournés, dans le ton hésitant de sa voix, les phrases, qui lui venaient aux lèvres et qu'il ne disait pas, qu'il ne dirait point, lui si prudent, si timide, si cauteleux.

Maintenant il ne doutait plus, le vieux pensait: «Vous n'auriez pas dû lui laisser accepter cet héritage qui fera mal parler de votre mère.» Peut-être même croyait-il que Jean était le fils de Maréchal. Certes il le croyait! Comment ne le croirait-il pas, tant la chose devait paraître vraisemblable, probable, évidente? Mais lui-même, lui Pierre, le fils, depuis trois jours ne luttait-il pas de toute sa force, avec toutes les subtilités de son cœur, pour tromper sa raison, ne luttait-il pas contre ce soupçon terrible?

Et de nouveau, tout à coup, le besoin d'être seul pour songer, pour discuter cela avec lui-même, pour envisager hardiment, sans scrupules, sans faiblesse, cette chose possible et monstrueuse, entra en lui si dominateur qu'il se leva sans même boire son verre de groseillette, serra la main du pharmacien stupéfait et se replongea dans le brouillard de la rue.

Il se disait: «Pourquoi ce Maréchal a-t-il laissé toute sa fortune à Jean?»

Ce n'était plus la jalousie maintenant qui lui faisait chercher cela, ce n'était plus cette envie un peu basse et naturelle qu'il savait cachée en lui et qu'il combattait depuis trois jours, mais la terreur d'une chose épouvantable, la terreur de croire lui-même que Jean, que son frère était le fils de cet homme!

Non, il ne le croyait pas, il ne pouvait même se poser cette question criminelle! Cependant il fallait que ce soupçon si léger, si invraisemblable, fût rejeté de lui, complètement, pour toujours. Il lui fallait la lumière, la certitude, il fallait dans son cœur la sécurité complète, car il n'aimait que sa mère au monde.

Et tout seul en errant par la nuit, il allait faire, dans ses souvenirs, dans sa raison, l'enquête minutieuse d'où résulterait l'éclatante vérité. Après cela ce serait fini, il n'y penserait plus, plus jamais. Il irait dormir.

Il songeait: «Voyons, examinons d'abord les faits; puis je me rappellerai tout ce que je sais de lui, de sou allure avec mon frère et avec moi, je cher-

The druggist was asleep as usual under the gas-light, which kept watch. On recognising Pierre for whom he had the affection of a faithful dog, he shook off his drowsiness, went for two glasses, and brought out the Groseillette.

"Well," said the doctor, "how is the liqueur getting on?"

The Pole explained that four of the chief cafés in the town had agreed to have it on sale, and that two papers, the *Coast Pharos* and the *Havre Semaphore*, would advertise it, in return for certain chemical preparations to be supplied to the editors.

After a long silence Marowsko asked whether Jean had come definitely into possession of his fortune; and then he put two or three other questions vaguely referring to the same subject. His jealous devotion to Pierre rebelled against this preference. And Pierre felt as though he could hear him thinking; he guessed and understood, read in his averted eyes and in the hesitancy of his tone, the words which rose to his lips but were not spoken—which the druggist was too timid or too prudent and cautious to utter.

At this moment, he felt sure, the old man was thinking: "You ought not to have suffered him to accept this inheritance which will make people speak ill of your mother." Perhaps, indeed, Marowsko believed that Jean was Maréchal's son. Of course he believed it! How could he help believing it when the thing must seem so possible, so probable, self-evident? Why, he himself, Pierre, her son—had not he been for these three days past fighting with all the subtlety at his command to cheat his reason, fighting against this hideous suspicion?

And suddenly the need to be alone, to reflect, to discuss the matter with himself—to face boldly, without scruple or weakness, this possible but monstrous thing—came upon him anew, and so imperative that he rose without even drinking his glass of Groseillette, shook hands with the astounded druggist, and plunged out into the foggy streets again.

He asked himself: "What made this Maréchal leave all his fortune to Jean?"

It was not jealousy now which made him dwell on this question, not the rather mean but natural envy which he knew lurked within him, and with which he had been struggling these three days, but the dread of an overpowering horror; the dread that he himself should believe that Jean, his brother, was that man's son!

No, he did not believe it, he could not even put to himself so criminal a question! Meanwhile he must get rid of this faint suspicion, improbable as it was, utterly and forever. He craved for light, for certainty—he must win absolute security in his heart, for he loved no one in the world but his mother.

And as he wandered alone through the darkness he would rack his memory and his reason with a minute search that should bring out the blazing truth. Then there would be an end to the matter; he would not think of it again—never. He would go and sleep.

He argued thus: "Let me see: first to examine the facts; then I will recall all I know about him, his behaviour to my brother and to me. I will seek out

cherai toutes les causes qui ont pu motiver cette préférence... Il a vu naître Jean?–oui, mais il me connaissait auparavant.–S'il avait aimé ma mère
d'un amour muet et réservé, c'est moi qu'il aurait préféré puisque c'est grâce
à moi, grâce à ma fièvre scarlatine, qu'il est devenu l'ami intime de mes parents. Donc, logiquement, il devait me choisir, avoir pour moi une tendresse
plus vive, à moins qu'il n'eût éprouvé pour mon frère, en le voyant grandir,
une attraction, une prédilection instinctives.»

Alors il chercha dans sa mémoire, avec une tension désespérée de toute
sa pensée, de toute sa puissance intellectuelle, à reconstituer, à revoir, à
reconnaître, à pénétrer l'homme, cet homme qui avait passé devant lui, in-
différent à son cœur, pendant toutes ses années de Paris.

Mais il sentit que la marche, le léger mouvement de ses pas, troublait un
peu ses idées, dérangeait leur fixité, affaiblissait leur portée, voilait sa mémoire.

Pour jeter sur le passé et les événements inconnus ce regard aigu, à qui
rien ne devait échapper, il fallait qu'il fût immobile, dans un lieu vaste et
vide. Et il se décida à aller s'asseoir sur la jetée, comme l'autre nuit.

En approchant du port il entendit vers la pleine mer une plainte lamen-
table et sinistre, pareille au meuglement d'un taureau, mais plus longue et
plus puissante. C'était le cri d'une sirène, le cri des navires perdus dans la
brume.

Un frisson remua sa chair, crispa son cœur, tant il avait retenti dans son
âme et dans ses nerfs, ce cri de détresse, qu'il croyait avoir jeté lui-même.
Une autre voix semblable gémit à son tour, un peu plus loin; puis, tout près,
la sirène du port, leur répondant, poussa une clameur déchirante.

Pierre gagna la jetée à grands pas, ne pensant plus à rien, satisfait d'entrer
dans ces ténèbres lugubres et mugissantes.

Lorsqu'il se fut assis à l'extrémité du môle, il ferma les yeux pour ne point
voir les foyers électriques, voilés de brouillard, qui rendent le port accessible la nuit, ni le feu rouge du phare sur la jetée sud, qu'on distinguait à
peine cependant. Puis se tournant à moitié, il posa ses coudes sur le granit
et cacha sa figure dans ses mains.

Sa pensée, sans qu'il prononçât ce mot avec ses lèvres, répétait comme
pour l'appeler, pour évoquer et provoquer son ombre: «Maréchal... Maréchal.» Et dans le noir de ses paupières baissées, il le vit tout à coup tel qu'il
l'avait connu. C'était un homme de soixante ans, portant en pointe sa barbe
blanche, avec des sourcils épais, tout blancs aussi. Il n'était ni grand ni petit,
avait l'air affable, les yeux gris et doux, le geste modeste, l'aspect d'un brave
être, simple et tendre. Il appelait Pierre et Jean «mes chers enfants», n'avait
jamais paru préférer l'un ou l'autre, et les recevait ensemble à dîner.

Et Pierre, avec une ténacité de chien qui suit une piste évaporée, se mit à
rechercher les paroles, les gestes, les intonations, les regards de cet homme
disparu de la terre. Il le retrouvait peu à peu, tout entier, dans son appartement de la rue Tronchet quand il les recevait à sa table, son frère et lui.

the causes which might have given rise to the preference... He knew Jean from his birth? Yes, but he had known me first. If he had loved my mother silently, unselfishly, he would surely have chosen me, since it was through me, through my scarlet fever, that he became so intimate with my parents. Logically, then, he ought to have preferred me, to have had a keener affection for me—unless it were that he felt an instinctive attraction and predilection for my brother as he watched him grow up."

Then, with desperate tension of brain and of all the powers of his intellect, he strove to reconstitute from memory the image of this man, to see him, to know him, to penetrate the man whom he had seen pass by him, indifferent to his heart during all those years in Paris.

But he perceived that the slight exertion of walking somewhat disturbed his ideas, dislocated their continuity, weakened their precision, clouded his recollection.

To enable him to look at the past and at unknown events with so keen an eye that nothing should escape it, he must be motionless in a vast and empty space. And he made up his mind to go and sit on the jetty as he had done that other night.

As he approached the port he heard, out at sea, a lugubrious and sinister wail like the bellowing of a bull, but more long-drawn and steady. It was the roar of a fog-horn, the cry of a ship lost in the fog.

A shiver ran through him, chilling his heart; so deeply did this cry of distress thrill his soul and nerves that he felt as if he had uttered it himself. Another and a similar voice answered with such another moan, but farther away; then, close by, the fog-horn on the port gave out a fearful sound in answer.

Pierre made for the jetty with long steps, thinking no more of anything, content to walk on into this ominous and bellowing darkness.

When he had seated himself at the end of the breakwater he closed his eyes, that he might not see the electric lights, now blurred by the fog, which make the port accessible at night, and the red glare of the light on the south pier, which was, however, scarcely visible. Turning half-round, he rested his elbows on the granite and hid his face in his hands.

Though he did not pronounce the words with his lips, his mind kept repeating: "Maréchal... Maréchal," as if to raise and challenge the shade. And on the black background of his closed eyelids, he suddenly saw him as he had known him: a man of about sixty, with a white beard cut in a point and very thick eyebrows, also white. He was neither tall nor short, his manner was pleasant, his eyes grey and soft, his movements gentle, his whole appearance that of a good fellow, simple and kindly. He called Pierre and Jean "my dear children," and had never seemed to prefer either, asking them both together to dine with him.

And then Pierre, with the pertinacity of a dog seeking a lost scent, tried to recall the words, gestures, tones, looks, of this man who had vanished from the world. By degrees he saw him quite clearly in his rooms in the Rue Tronchet, where he received his brother and himself at dinner.

Deux bonnes le servaient, vieilles toutes deux, qui avaient pris, depuis bien longtemps sans doute, l'habitude de dire «monsieur Pierre» et «monsieur Jean».

Maréchal tendait ses deux mains aux jeunes gens, la droite à l'un, la gauche à l'autre, au hasard de leur entrée.

– Bonjour, mes enfants, disait-il, avez-vous des nouvelles de vos parents? Quant à moi, ils ne m'écrivent jamais.

On causait, doucement et familièrement, de choses ordinaires. Rien de hors ligne dans l'esprit de cet homme, mais beaucoup d'aménité, de charme et de grâce. C'était certainement pour eux un bon ami, un de ces bons amis auxquels on ne songe guère parce qu'on les sent très sûrs.

Maintenant les souvenirs affluaient dans l'esprit de Pierre. Le voyant soucieux plusieurs fois, et devinant sa pauvreté d'étudiant, Maréchal lui avait offert et prêté, spontanément, de l'argent, quelques centaines de francs peut-être, oubliées par l'un et par l'autre et jamais rendues. Donc cet homme l'aimait toujours, s'intéressait toujours à lui, puisqu'il s'inquiétait de ses besoins. Alors... alors pourquoi laisser toute sa fortune à Jean? Non, il n'avait jamais été visiblement plus affectueux pour le cadet que pour l'aîné, plus préoccupé de l'un que de l'autre, moins tendre en apparence avec celui-ci qu'avec celui-là. Alors... alors... il avait donc eu une raison puissante et secrète de tout donner à Jean–tout–et rien à Pierre.

Plus il y songeait, plus il revivait le passé des dernières années, plus le docteur jugeait invraisemblable, incroyable cette différence établie entre eux.

Et une souffrance aiguë, une inexprimable angoisse entrée dans sa poitrine, faisait aller son cœur comme une loque agitée. Les ressorts en paraissaient brisés, et le sang y passait à flots, librement, en le secouant d'un ballottement tumultueux.

Alors, à mi-voix, comme on parle dans les cauchemars, il murmura: «Il faut savoir. Mon Dieu, il faut savoir.»

Il cherchait plus loin, maintenant, dans les temps plus anciens où ses parents habitaient Paris. Mais les visages lui échappaient, ce qui brouillait ses souvenirs. Il s'acharnait surtout à retrouver Maréchal avec des cheveux blonds, châtains ou noirs. Il ne le pouvait pas, la dernière figure de cet homme, sa figure de vieillard, ayant effacé les autres. Il se rappelait pourtant qu'il était plus mince, qu'il avait la main douce et qu'il apportait souvent des fleurs, très souvent, car son père répétait sans cesse: «Encore des bouquets! mais c'est de la folie, mon cher, vous vous ruinerez en roses.»

Maréchal répondait: «Laissez donc, cela me fait plaisir.»

Et soudain l'intonation de sa mère, de sa mère qui souriait et disait: «Merci, mon ami,» lui traversa l'esprit, si nette qu'il crut l'entendre. Elle les avait donc prononcés bien souvent, ces trois mots, pour qu'ils se fussent gravés ainsi dans la mémoire de son fils!

Donc Maréchal apportait des fleurs, lui, l'homme riche, le monsieur, le client, à cette petite boutiquière, à la femme de ce bijoutier modeste. L'avait-il aimée? Comment serait-il devenu l'ami de ces marchands s'il n'avait pas

He was waited on by two maids, both old women who had been in the habit—a very old one, no doubt—of saying "Monsieur Pierre" and "Monsieur Jean."

Maréchal would hold out both hands, the right hand to one of the young men, the left to the other, as they happened to come in.

"How are you, my children?" he would say. "Have you any news of your parents? As for me, they never write to me."

The talk was quiet and intimate, of commonplace matters. There was nothing remarkable in the man's mind, but much that was winning, charming, and gracious. He had certainly been a good friend to them, one of those good friends of whom we think the less because we feel sure of them.

Now, reminiscences came readily to Pierre's mind. Having seen him anxious from time to time, and suspecting his student's impecuniousness, Maréchal had of his own accord offered and lent him money, a few hundred francs perhaps, forgotten by both, and never repaid. Then this man must always have been fond of him, always have taken an interest in him, since he thought of his needs. Well then—well then—why leave his whole fortune to Jean? No, he had never shown more marked affection for the younger than for the elder, had never been more interested in one than in the other, or seemed to care more tenderly for this one or that one. Well then—well then—he must have had some strong secret reason for leaving everything to Jean—everything—and nothing to Pierre.

The more he thought, the more he recalled the past few years, the more extraordinary, the more incredible was it that he should have made such a difference between them.

And an agonizing pang of unspeakable anguish piercing his bosom made his heart beat like a fluttering rag. Its springs seemed broken, and the blood rushed through in a flood, unchecked, tossing it with wild surges.

Then in an undertone, as a man speaks in a nightmare, he muttered: "I must know. My God, I must know."

He looked further back now, to an earlier time, when his parents had lived in Paris. But the faces escaped him, and this confused his recollections. He struggled above all to see Maréchal, with light, or brown, or black hair. But he could not; the later image, his face as an old man, blotted out all others. However, he remembered that he had been slighter, and had a soft hand, and that he often brought flowers. Very often—for his father would constantly say: "What, another bouquet! But this is madness, my dear fellow; you will ruin yourself in roses."

And Maréchal would say: "No matter; I like it."

And suddenly his mother's tones, his mother's as she smiled and said: "Thank you, my friend," flashed on his brain, so clearly that he could have believed he heard her. She must have spoken those words very often that they should remain thus graven on her son's memory!

So Maréchal brought flowers; he, the gentleman, the rich man, the customer, to the humble shop-keeper, the wife of a modest jeweller. Had he loved her? Why should he have made friends with these tradespeople if he

aimé la femme? C'était un homme instruit, d'esprit assez fin. Que de fois il avait parlé poètes et poésie avec Pierre! Il n'appréciait point les écrivains en artiste, mais en bourgeois qui vibre. Le docteur avait souvent souri de ces attendrissements, qu'il jugeait un peu niais. Aujourd'hui il comprenait que cet homme sentimental n'avait jamais pu, jamais, être l'ami de son père, de son père si positif, si terre à terre, si lourd, pour qui le mot «poésie» signifiait sottise.

Donc, ce Maréchal, jeune, libre, riche, prêt à toutes les tendresses, était entré, un jour, par hasard, dans une boutique, ayant remarqué peut-être la jolie marchande. Il avait acheté, était revenu, avait causé, de jour en jour plus familier, et payant par des acquisitions fréquentes le droit de s'asseoir dans cette maison, de sourire à la jeune femme et de serrer la main du mari.

Et puis après... après... oh! mon Dieu... après?...

Il avait aimé et caressé le premier enfant, l'enfant du bijoutier, jusqu'à la naissance de l'autre, puis il était demeuré impénétrable jusqu'à la mort, puis, son tombeau fermé, sa chair décomposée, son nom effacé des noms vivants, tout son être disparu pour toujours, n'ayant plus rien à ménager, à redouter et à cacher, il avait donné toute sa fortune au deuxième enfant!... Pourquoi?... Cet homme était intelligent... il avait dû comprendre et prévoir qu'il pouvait, qu'il allait presque infailliblement laisser supposer que cet enfant était à lui.–Donc il déshonorait une femme? Comment aurait-il fait cela si Jean n'était point son fils?

Et soudain un souvenir précis, terrible, traversa l'âme de Pierre. Maréchal avait été blond, blond comme Jean. Il se rappelait maintenant un petit portrait miniature vu autrefois, à Paris, sur la cheminée de leur salon, et disparu à présent. Où était-il? Perdu, ou caché? Oh! s'il pouvait le tenir rien qu'une seconde! Sa mère l'avait gardé peut-être dans le tiroir inconnu où l'on serre les reliques d'amour.

Sa détresse, à cette pensée, devint si déchirante qu'il poussa un gémissement, une de ces courtes plaintes arrachées à la gorge par les douleurs trop vives. Et soudain, comme si elle l'eût entendu, comme si elle l'eût compris et lui eût répondu, la sirène de la jetée hurla tout près de lui. Sa clameur de monstre surnaturel, plus retentissante que le tonnerre, rugissement sauvage et formidable fait pour dominer les voix du vent et des vagues, se répandit dans les ténèbres sur la mer invisible ensevelie sous les brouillards.

Alors, à travers la brume, proches ou lointains, des cris pareils s'élevèrent de nouveau dans la nuit. Ils étaient effrayants, ces appels poussés par les grands paquebots aveugles.

Puis tout se tut encore.

Pierre avait ouvert les yeux et regardait, surpris d'être là, réveillé de son cauchemar.

«Je suis fou, pensa-t-il, je soupçonne ma mère.» Et un flot d'amour et d'attendrissement, de repentir, de prière et de désolation noya son cœur. Sa mère! La connaissant comme il la connaissait, comment avait-il pu la suspecter? Est-ce que l'âme, est-ce que la vie de cette femme simple, chaste

had not been in love with the wife? He was a man of education and fairly refined tastes. How many a time had he discussed poets and poetry with Pierre! His appreciation of writers was not that of an artist, but of an ordinary man who can feel emotion. The doctor had often smiled at his sentimental ideas which had struck him as rather silly. Now he plainly saw that this sentimental soul could never, never have been the friend of his father, who was so matter-of-fact, so narrow, so heavy, to whom the word "poetry" meant idiocy.

This Maréchal then, being young, free, rich, ready for any form of tenderness, went by chance into the shop one day, having perhaps observed its pretty mistress. He had bought something, had come again, had chatted, more intimately each time, paying by frequent purchases for the right of a seat in the family, of smiling at the young wife and shaking hands with the husband.

And what next... what next... good God... what next?...

He had loved and petted the first child, the jeweller's child, till the second was born; then, till death, he had remained impenetrable; and when his grave was closed, his flesh dust, his name erased from the list of the living, when he himself was forever gone, having nothing to scheme for, to dread or to hide, he had given his whole fortune to the second child!... Why?... The man had all his wits... he must have understood and foreseen that he might, that he almost infallibly must, give grounds for the supposition that the child was his. He was casting obloquy on a woman. How could he have done this if Jean were not his son?

And suddenly a clear and fearful recollection shot through his mind. Maréchal was fair—fair like Jean. He now remembered a little miniature portrait he had seen formerly in Paris, on the drawing-room chimney-shelf, and which had since disappeared. Where was it? Lost, or hidden away? Oh, if he could but have it in his hand for one second! His mother kept it perhaps in the unconfessed drawer where love-tokens were treasured.

His misery in this thought was so intense that he uttered a groan, one of those brief moans wrung from the breast by a too intolerable pang. And suddenly, as if it had heard him, as if it had understood and answered him, the fog-horn on the pier bellowed out close to him. Its voice, like that of a fiendish monster, more resonant than thunder—a savage and appalling roar contrived to drown the clamour of the wind and waves—spread through the darkness, across the sea, which was invisible under its shroud of fog.

And again, through the mist, far and near, responsive cries went up to the night. They were terrifying, these calls given forth by the great blind steam-ships.

Then all was silent once more.

Pierre had opened his eyes and was looking about him, startled to find himself here, roused from his nightmare.

"I am mad," he thought, "I suspect my mother." And a surge of love and emotion, of repentance, and prayer, and grief, welled up in his heart. His mother! Knowing her as he knew her, how could he ever have suspected her? Was not the soul, was not the life of this simple-minded, chaste, and

et loyale, n'étaient pas plus claires que l'eau? Quand ou l'avait vue et connue, comment ne pas la juger insoupçonnable? Et c'était lui, le fils, qui avait douté d'elle! Oh! s'il avait pu la prendre en ses bras à ce moment, comme il l'eût embrassée, caressée, comme il se fût agenouillé pour demander grâce!

Elle aurait trompé son père, elle?... Son père! Certes, c'était un brave homme, honorable et probe en affaires, mais dont l'esprit n'avait jamais franchi l'horizon de sa boutique. Comment cette femme, fort jolie autrefois, il le savait et on le voyait encore, douée d'une âme délicate, affectueuse, attendrie, avait-elle accepté comme fiancé et comme mari un homme si différent d'elle?

Pourquoi chercher? Elle avait épousé comme les fillettes épousent le garçon doté que présentent les parents. Ils s'étaient installés aussitôt dans leur magasin de la rue Montmartre; et la jeune femme, régnant au comptoir, animée par l'esprit du foyer nouveau, par ce sens subtil et sacré de l'intérêt commun qui remplace l'amour et même l'affection dans la plupart des ménages commerçants de Paris, s'était mise à travailler avec toute son intelligence active et fine à la fortune espérée de leur maison. Et sa vie s'était écoulée ainsi, uniforme, tranquille, honnête, sans tendresse!...

Sans tendresse?... Était-il possible qu'une femme n'aimât point? Une femme jeune, jolie, vivant à Paris, lisant des livres, applaudissant des actrices mourant de passion sur la scène, pouvait-elle aller de l'adolescence à la vieillesse sans qu'une fois seulement son cœur fût touché? D'une autre il ne le croirait pas, – pourquoi le croirait-il de sa mère?

Certes, elle avait pu aimer, comme une autre! car pourquoi serait-elle différente d'une autre, bien qu'elle fût sa mère?

Elle avait été jeune, avec toutes les défaillances poétiques qui troublent le cœur des jeunes êtres! Enfermée, emprisonnée dans la boutique à côté d'un mari vulgaire et parlant toujours commerce, elle avait rêvé de clairs de lune, de voyages, de baisers donnés dans l'ombre des soirs. Et puis un homme, un jour, était entré comme entrent les amoureux dans les livres, et il avait parlé comme eux.

Elle l'avait aimé. Pourquoi pas? C'était sa mère! Eh bien! fallait-il être aveugle et stupide au point de rejeter l'évidence parce qu'il s'agissait de sa mère?

S'était-elle donnée?... Mais oui, puisque cet homme n'avait pas eu d'autre amie;–mais oui, puisqu'il était resté fidèle à la femme éloignée et vieillie,–mais oui, puisqu'il avait laissé toute sa fortune à son fils, à leur fils!...

Et Pierre se leva, frémissant d'une telle fureur qu'il eût voulu tuer quelqu'un! Son bras tendu, sa main grande ouverte avaient envie de frapper, de meurtrir, de broyer, d'étrangler! Qui? tout le monde, son père, son frère, le mort, sa mère!

Il s'élança pour rentrer. Qu'allait-il faire?

Comme il passait devant une tourelle auprès du mât des signaux, le cri strident de la sirène lui partit dans la figure. Sa surprise fut si violente qu'il

loyal woman clearer than water? Could any one who had seen and known her ever think of her but as above suspicion? And he, her son, had doubted her! Oh, if he could but have taken her in his arms at that moment, how he would have kissed and caressed her, and gone on his knees to ask pardon!

Would she have deceived his father—she?... His father! A very worthy man, no doubt, upright and honest in business, but with a mind which had never gone beyond the horizon of his shop. How was it that this woman, who must have been very pretty—as he knew, and it could still be seen—gifted, too, with a delicate, tender emotional soul, could have accepted a man so unlike herself as a suitor and a husband?

Why inquire? She had married, as young French girls do marry, the youth with a little fortune proposed to her by their relations. They had settled at once in their shop in the Rue Montmartre; and the young wife, ruling over the desk, inspired by the feeling of a new home, and the subtle and sacred sense of interests in common which fills the place of love, and even of re-gard, by the domestic hearth of most of the commercial houses of Paris, had set to work, with all her superior and active intelligence, to make the fortune they hoped for. And so her life had flowed on, uniform, peaceful and respectable, but loveless!...

Loveless?... Was it possible then that a woman should not love? That a young and pretty woman, living in Paris, reading books, applauding actress-es for dying of passion on the stage, could live from youth to old age without once feeling her heart touched? He would not believe it of any one else; why should she be different from all others, though she was his mother?

Certainly she might have loved as others did! Why should she be different from others, even if she was his mother?

She had been young, with all the poetic weaknesses which agitate the heart of a young creature! Shut up, imprisoned in the shop, by the side of a vulgar husband who always talked of trade, she had dreamed of moonlight nights, of voyages, of kisses exchanged in the shades of evening. And then, one day a man had come in, as lovers do in books, and had talked as they talk.

She had loved him. Why not? She was his mother! What then? Must a man be blind and stupid to the point of rejecting evidence because it con-cerns his mother?

But did she give herself to him?... Why yes, since this man had had no other love, since he had remained faithful to her when she was far away and growing old. Why yes, since he had left all his fortune to his son—their son!...

And Pierre started to his feet, quivering with such rage that he longed to kill some one! With his arm outstretched, his hand wide open, he wanted to hit, to bruise, to smash, to strangle! Whom? Every one; his father, his brother, the dead man, his mother!

He hurried off homeward. What was he going to do?

As he passed a turret close to the signal mast the strident howl of the fog-horn went off in his very face. He was so startled that he nearly fell

faillit tomber et recula jusqu'au parapet de granit. Il s'y assit, n'ayant plus de force, brisé par cette commotion.

Le vapeur qui répondit le premier semblait tout proche et se présentait à l'entrée, la marée étant haute.

Pierre se retourna et aperçut son œil rouge, terni de brume. Puis, sous la clarté diffuse des feux électriques du port, une grande ombre noire se dessina entre les deux jetées. Derrière lui, la voix du veilleur, voix enrouée de vieux capitaine en retraite, criait:

– Le nom du navire?

Et dans le brouillard la voix du pilote debout sur le pont, enrouée aussi, répondit.

– *Santa-Lucia.*

– Le pays?

– Italie.

– Le port?

– Naples.

Et Pierre devant ses yeux troublés crut apercevoir le panache de feu du Vésuve tandis qu'au pied du volcan, des lucioles voltigeaient dans les bosquets d'orangers de Sorrente ou de Castellamare! Que de fois il avait rêvé de ces noms familiers, comme s'il en connaissait les paysages! Oh! s'il avait pu partir, tout de suite, n'importe où, et ne jamais revenir, ne jamais écrire, ne jamais laisser savoir ce qu'il était devenu! Mais non, il fallait rentrer, rentrer dans la maison paternelle et se coucher dans son lit.

Tant pis, il ne rentrerait pas, il attendrait le jour. La voix des sirènes lui plaisait. Il se releva et se mit à marcher comme un officier qui fait le quart sur un pont.

Un autre navire s'approchait derrière le premier, énorme et mystérieux. C'était un anglais qui revenait des Indes.

Il en vit venir encore plusieurs, sortant l'un après l'autre de l'ombre impénétrable. Puis, comme l'humidité du brouillard devenait intolérable, Pierre se remit en route vers la ville. Il avait si froid qu'il entra dans un café de matelots pour boire un grog; et quand l'eau-de-vie poivrée et chaude lui eut brûlé le palais et la gorge, il sentit en lui renaître un espoir.

Il s'était trompé, peut-être? Il la connaissait si bien, sa déraison vagabonde! Il s'était trompé sans doute? Il avait accumulé les preuves ainsi qu'on dresse un réquisitoire contre un innocent toujours facile à condamner quand on veut le croire coupable. Lorsqu'il aurait dormi, il penserait tout autrement.

Alors il rentra pour se coucher, et, à force de volonté, il finit par s'assoupir.

V

Mais le corps du docteur s'engourdit à peine une heure ou deux dans l'agitation d'un sommeil troublé. Quand il se réveilla, dans l'obscurité de sa chambre chaude et fermée, il ressentit, avant même que la pensée se

and shrank back as far as the granite parapet. There he sat down, with no strength left, so great was the shock.

The steamer which was the first to reply seemed to be quite near and was already at the entrance, the tide having risen.

Pierre turned round and could discern its red eye, dim through the fog. Then, in the broad light of the electric lanterns of the port, a huge black shadow crept up between the two piers. Behind him the voice of the look-out man, the hoarse voice of an old retired captain, shouted:

"What ship?"

And out of the fog the voice of the pilot standing on deck—not less hoarse—replied:

"*The Santa Lucia.*"

"Where from?"

"Italy."

"What port?"

"Naples."

And before Pierre's bewildered eyes rose, as he fancied, the crest of flame of Vesuvius, while, at the foot of the volcano, fire-flies danced in the orange-groves of Sorrento or Castellamare! How often had he dreamed of these familiar names as if he knew the scenery! Oh, if he might but go away, now at once, no matter where, and never come back, never write, never let any one know what had become of him! But no, he must go home—home to his father's house, and go to bed.

So much the worse. He would not return, he would wait till day. He liked the roar of the fog-horns. He rose and began to march like an officer keeping his watch on deck.

Another vessel was coming in behind the other, huge and mysterious. It was an English ship returning from India.

He saw several more come in, one after another, out of the impenetrable vapour. Then, as the damp became quite intolerable, Pierre set out towards the town. He was so cold that he went into a sailors' tavern to drink a glass of grog, and when the hot and pungent liquor had scorched his palate and throat he felt a hope revive within him.

Perhaps he was mistaken. He knew his own vagabond unreason so well! No doubt he was mistaken. He had piled up the evidence as a charge is drawn up against an innocent person, whom it is always so easy to convict when we wish to think him guilty. When he should have slept he would think differently.

Then he went in and to bed, and by sheer force of will he at last dropped asleep.

V

But the doctor's frame lay scarcely more than an hour or two in the torpor of troubled slumbers. When he awoke in the darkness of his warm, closed room, he was aware, even before thought was awake in him, of the painful

fût rallumée en lui, cette oppression douloureuse, ce malaise de l'âme que laisse en nous le chagrin sur lequel on a dormi. Il semble que le malheur, dont le choc nous a seulement heurté la veille, se soit glissé, durant notre repos, dans notre chair elle-même, qu'il meurtrit et fatigue comme une fièvre. Brusquement le souvenir lui revint, et il s'assit dans son lit.

Alors il recommença lentement, un à un, tous les raisonnements qui avaient torturé son cœur sur la jetée pendant que criaient les sirènes. Plus il songeait, moins il doutait. Il se sentait traîné par sa logique, comme par une main qui attire et étrangle, vers l'intolérable certitude.

Il avait soif, il avait chaud, son cœur battait. Il se leva pour ouvrir sa fenêtre et respirer, et, quand il fut debout, un bruit léger lui parvint à travers le mur.

Jean dormait tranquille et ronflait doucement. Il dormait, lui! Il n'avait rien pressenti, rien deviné! Un homme qui avait connu leur mère lui laissait toute sa fortune. Il prenait l'argent, trouvant cela juste et naturel.

Il dormait, riche et satisfait, sans savoir que son frère haletait de souffrance et de détresse. Et une colère se levait en lui contre ce ronfleur insouciant et content.

La veille, il eût frappé contre sa porte, serait entré, et, assis près du lit, lui aurait dit dans l'effarement de son réveil subit: «Jean, tu ne dois pas garder ce legs qui pourrait demain faire suspecter notre mère et la déshonorer.»

Mais aujourd'hui il ne pouvait plus parler, il ne pouvait pas dire à Jean qu'il ne le croyait point le fils de leur père. Il fallait à présent garder, enterrer en lui cette honte découverte par lui, cacher à tous la tache aperçue, et que personne ne devait découvrir, pas même son frère, surtout son frère.

Il ne songeait plus guère maintenant au vain respect de l'opinion publique. Il aurait voulu que tout le monde accusât sa mère pourvu qu'il la sût innocente, lui, lui seul! Comment pourrait-il supporter de vivre près d'elle, tous les jours, et de croire, en la regardant, qu'elle avait enfanté son frère de la caresse d'un étranger?

Comme elle était calme et sereine pourtant, comme elle paraissait sûre d'elle! Etait-il possible qu'une femme comme elle, d'une âme pure et d'un cœur droit, pût tomber, entraînée par la passion, sans que, plus tard, rien n'apparût de ses remords, des souvenirs de sa conscience troublée?

Ah! les remords! les remords! ils avaient dû, jadis, dans les premiers temps, la torturer, puis ils s'étaient effacés, comme tout s'efface. Certes, elle avait pleuré sa faute, et, peu à peu, l'avait presque oubliée. Est-ce que toutes les femmes, toutes, n'ont pas cette faculté d'oubli prodigieuse qui leur fait reconnaître à peine, après quelques années passées, l'homme à qui elles ont donné leur bouche et tout leur corps à baiser? Le baiser frappe comme la foudre, l'amour passe comme un orage, puis la vie, de nouveau, se calme comme le ciel, et recommence ainsi qu'avant. Se souvient-on d'un nuage?

Pierre ne pouvait plus demeurer dans sa chambre! Cette maison, la maison de son père l'écrasait. Il sentait peser le toit sur sa tête et les murs

oppression, the sickness of soul which the sorrow we have slept on leaves behind it. It is as though the disaster of which the shock merely jarred us at first, had, during sleep, stolen into our very flesh, bruising and exhausting it like a fever. Memory returned to him like a blow, and he sat up in bed.

Then slowly, one by one, he again went through all the arguments which had wrung his heart on the jetty while the fog-horns were bellowing. The more he thought the less he doubted. He felt himself dragged along by his logic to the inevitable certainty, as by a clutching, strangling hand.

He was thirsty and hot, his heart beat wildly. He got up to open his window and breathe the fresh air, and as he stood there a low sound fell on his ear through the wall.

Jean was sleeping peacefully, and gently snoring. He could sleep! He had no presentiment, no suspicions! A man who had known their mother had left him all his fortune. He took the money and thought it quite fair and natural.

He was sleeping, rich and contented, not knowing that his brother was gasping with anguish and distress. And rage boiled up in him against this heedless and contented sleeper.

Only yesterday he would have knocked at his door, have gone in, and sitting by the bed, would have said to Jean, scared by the sudden waking: "Jean, you must not keep this legacy which by tomorrow may have brought suspicion and dishonour on our mother."

But today he could say nothing; he could not tell Jean that he did not believe him to be their father's son. Now he must guard, must bury the shame he had discovered, hide from every eye the stain which he had detected and which no one must perceive, not even his brother—especially not his brother.

He no longer thought about the vain respect of public opinion. He would have been glad that all the world should accuse his mother if only he, he alone, knew her to be innocent! How could he bear to live with her every day, believing as he looked at her that his brother was the child of a stranger's love?

And how calm and serene she was, nevertheless, how sure of herself she always seemed! Was it possible that such a woman as she, pure of soul and upright in heart, should fall, dragged astray by passion, and yet nothing ever appear afterward of her remorse and the stings of a troubled conscience?

Ah! remorse! remorse! It must have tortured her, long ago, in the earlier days, and then have faded out, as everything fades. She had surely bewailed her fault, and then, little by little, had almost forgotten it. Have not all women, all, this faculty of prodigious forgetfulness which enables them, after a few years, hardly to recognise the man to whose kisses they have given their lips and their whole body? The kiss strikes like a thunderbolt, the love passes away like a storm, and then life, like the sky, is calm once more, and begins again as it was before. Do we ever remember a cloud?

Pierre could no longer endure to stay in the room! This house, his father's house, crushed him. He felt the roof weigh on his head, and the walls suf-

l'étouffer. Et comme il avait très soif, il alluma sa bougie afin d'aller boire un verre d'eau fraîche au filtre de la cuisine.

Il descendit les deux étages, puis, comme il remontait avec la carafe pleine, il s'assit en chemise sur une marche de l'escalier où circulait un courant d'air, et il but, sans verre, par longues gorgées, comme un coureur essoufflé. Quand il eut cessé de remuer, le silence de cette demeure l'émut; puis, un à un, il en distingua les moindres bruits. Ce fut d'abord l'horloge de la salle à manger dont le battement lui paraissait grandir de seconde en seconde. Puis il entendit de nouveau un ronflement, un ronflement de vieux, court, pénible et dur, celui de son père sans aucun doute; et il fut crispé par cette idée, comme si elle venait seulement de jaillir en lui, que ces deux hommes qui ronflaient dans ce même logis, le père et le fils, n'étaient rien l'un à l'autre! Aucun lien, même le plus léger, ne les unissait, et ils ne le savaient pas! Ils se parlaient avec tendresse, ils s'embrassaient, se réjouissaient et s'attendrissaient ensemble des mêmes choses, comme si le même sang eût coulé dans leurs veines. Et deux personnes nées aux deux extrémités du monde ne pouvaient pas être plus étrangères l'une à l'autre que ce père et que ce fils. Ils croyaient s'aimer parce qu'un mensonge avait grandi entre eux. C'était un mensonge qui faisait cet amour paternel et cet amour filial, un mensonge impossible à dévoiler et que personne ne connaîtrait jamais que lui, le vrai fils.

Pourtant, pourtant, s'il se trompait? Comment le savoir? Ah! si une ressemblance, même légère, pouvait exister entre son père et Jean, une de ces ressemblances mystérieuses qui vont de l'aïeul aux arrière-petits-fils, montrant que toute une race descend directement du même baiser. Il aurait fallu si peu de chose, à lui médecin, pour reconnaître cela, la forme de la mâchoire, la courbure du nez, l'écartement des yeux, la nature des dents ou des poils, moins encore, un geste, une habitude, une manière d'être, un goût transmis, un signe quelconque bien caractéristique pour un œil exercé.

Il cherchait et ne se rappelait rien, non, rien. Mais il avait mal regardé, mal observé, n'ayant aucune raison pour découvrir ces imperceptibles indications.

Il se leva pour rentrer dans sa chambre et se mit à monter l'escalier, à pas lents, songeant toujours. En passant devant la porte de son frère, il s'arrêta net, la main tendue pour l'ouvrir. Un désir impérieux venait de surgir en lui de voir Jean tout de suite, de le regarder longuement, de le surprendre pendant le sommeil, pendant que la figure apaisée, que les traits détendus se reposent, que toute la grimace de la vie a disparu. Il saisirait ainsi le secret dormant de sa physionomie; et si quelque ressemblance existait, appréciable, elle ne lui échapperait pas.

Mais si Jean s'éveillait, que dirait-il? Comment expliquer cette visite?

Il demeurait debout, les doigts crispés sur la serrure et cherchant une raison, un prétexte.

Il se rappela tout à coup que, huit jours plus tôt, il avait prêté à son frère une fiole de laudanum pour calmer une rage de dents. Il pouvait lui-même

focate him. And as he was very thirsty he lighted his candle to go to drink a glass of fresh water from the filter in the kitchen.

He went down the two flights; then, as he was coming up again with the carafe filled, he sat down, in his night-shirt, on a step of the stairs where there was a draught, and drank, without a tumbler, in long pulls like a runner who is out of breath. When he ceased to move, the silence of the house touched his feelings; then, one by one, he could distinguish the faintest sounds. First there was the ticking of the clock in the dining-room which seemed to grow louder every second. Then he heard another snore, an old man's snore, short, laboured, and hard, his father beyond doubt; and he writhed at the idea, as if it had but this moment sprung upon him, that these two men, sleeping under the same room—father and son—were nothing to each other! Not a tie, not the very slightest, bound them together, and they did not know it! They spoke to each other affectionately, they embraced each other, they rejoiced and lamented together over the same things, just as if the same blood flowed in their veins. And two men born at opposite ends of the earth could not be more alien to each other than this father and son. They believed they loved each other, because a lie had grown up between them. This paternal love, this filial love, were the outcome of a lie—a lie which could not be unmasked, and which no one would ever know but he, the true son.

But yet, but yet—if he were mistaken? How could he make sure? Ah, if there were only a resemblance, even a slight one, between his father and Jean, one of those mysterious resemblances which run from an ancestor to the great-great-grandson, showing that the whole race are the offspring of the same embrace. To him, a medical man, so little would suffice to enable him to discern this—the form of the jaw, the curve of the nose, the distance between the eyes, the nature of the hair or teeth; even less—a gesture, a habit, a trick of manner, a transmitted taste, any mark or token which a practised eye might recognise as characteristic.

He thought long, but could remember nothing; no, nothing. But he had looked carelessly, observed badly, having no reason for spying such imperceptible indications.

He got up to go back to his room and mounted the stairs with a slow step, still lost in thought. As he passed the door of his brother's room he stopped short, his hand put out to open it. An imperative need had just come over him to see Jean at once, to look at him at his leisure, to surprise him in his sleep, while the calm countenance and relaxed features were at rest and all the grimace of life put off. Thus he might catch the dormant secret of his physiognomy, and if any appreciable likeness existed, it would not escape him.

But supposing Jean were to wake, what could he say? How could he explain his visit?

He stood still, his fingers clinched on the door-handle, trying to devise a reason, an excuse.

He remembered, all at once, that eight days before he had lent his brother a phial of laudanum to relieve a fit of toothache. He might himself have

souffrir, cette nuit-là, et venir réclamer sa drogue. Donc il entra, mais d'un pied furtif, comme un voleur.

Jean, la bouche entrouverte, dormait d'un sommeil animal et profond. Sa barbe et ses cheveux blonds faisaient une tache d'or sur le linge blanc. Il ne s'éveilla point, mais il cessa de ronfler.

Pierre, penché vers lui, le contemplait d'un œil avide. Non, ce jeune homme-là ne ressemblait pas à Roland; et, pour la seconde fois, s'éveilla dans son esprit le souvenir du petit portrait disparu de Maréchal. Il fallait qu'il le trouvât! En le voyant, peut-être, il ne douterait plus.

Son frère remua, gêné sans doute par sa présence, ou par la lueur de sa bougie pénétrant ses paupières. Alors le docteur recula, sur la pointe des pieds, vers la porte, qu'il referma sans bruit; puis il retourna dans sa chambre, mais il ne se coucha pas.

Le jour fut lent à venir. Les heures sonnaient, l'une après l'autre, à la pendule de la salle à manger, dont le timbre avait un son profond et grave, comme si ce petit instrument d'horlogerie eût avalé une cloche de cathédrale. Elles montaient, dans l'escalier vide, traversaient les murs et les portes, allaient mourir au fond des chambres dans l'oreille inerte des dormeurs. Pierre s'était mis à marcher de long en large, de son lit à sa fenêtre. Qu'allait-il faire? Il se sentait trop bouleversé pour passer ce jour-là dans sa famille. Il voulait encore rester seul, au moins jusqu'au lendemain, pour réfléchir, se calmer, se fortifier pour la vie de chaque jour qu'il lui faudrait reprendre.

Eh bien! il irait à Trouville, voir grouiller la foule sur la plage. Cela le distrairait, changerait l'air de sa pensée, lui donnerait le temps de se préparer à l'horrible chose qu'il avait découverte.

Dès que l'aurore parut, il fit sa toilette et s'habilla. Le brouillard s'était dissipé, il faisait beau, très beau. Comme le bateau de Trouville ne quittait le port qu'à neuf heures, le docteur songea qu'il lui faudrait embrasser sa mère avant de partir.

Il attendit le moment où elle se levait tous les jours, puis il descendit. Son cœur battait si fort en touchant sa porte qu'il s'arrêta pour respirer. Sa main, posée sur la serrure, était molle et vibrante, presque incapable du léger effort de tourner le bouton pour entrer. Il frappa. La voix de sa mère demanda:

– Qui est-ce?

– Moi, Pierre.

– Qu'est-ce que tu veux?

– Te dire bonjour parce que je vais passer la journée à Trouville avec des amis.

– C'est que je suis encore au lit.

– Bon, alors ne te dérange pas. Je t'embrasserai en rentrant, ce soir.

Il espéra qu'il pourrait partir sans la voir, sans poser sur ses joues le baiser faux qui lui soulevait le cœur d'avance.

Mais elle répondit:

been in pain this night and have come to find the drug. So he went in with a stealthy step, like a robber.

Jean, his mouth open, was sunk in deep, animal slumbers. His beard and fair hair made a golden patch on the white linen; he did not wake, but he ceased snoring.

Pierre, leaning over him, gazed at him with hungry eagerness. No, this youngster was not in the least like Roland; and for the second time the recollection of the little portrait of Maréchal, which had vanished, recurred to his mind. He must find it! When he should see it, perhaps, he should cease to doubt.

His brother stirred, conscious no doubt of a presence, or disturbed by the light of the candle on his eyelids. The doctor retired on tip-toe to the door which he noiselessly closed; then he went back to his room, but not to bed again.

Day was long in coming. The hours struck one after another on the dining-room clock, and its tone was a deep and solemn one, as though the little piece of clockwork had swallowed a cathedral-bell. The sound rose through the empty staircase, penetrating through walls and doors, and dying away in the rooms where it fell on the torpid ears of the sleeping household. Pierre had taken to walking to and fro between his bed and the window. What was he going to do? He was too much upset to spend this day at home. He wanted still to be alone, at any rate till the next day, to reflect, to compose himself, to strengthen himself for the common every-day life which he must take up again.

Well, he would go over to Trouville to see the swarming crowd on the beach. That would amuse him, change the air of his thoughts, and give him time to inure himself to the horrible thing he had discovered.

As soon as morning dawned, he made his toilet and dressed. The fog had vanished and it was fine, very fine. As the boat for Trouville did not start till nine, it struck the doctor that he must kiss his mother before leaving.

He waited till the hour at which she was accustomed to get up, and then went downstairs. His heart beat so violently, as he touched her door, that he paused for breath. His hand, as it lay on the lock, was limp and tremulous, almost incapable of the slight effort of turning the handle to open it. He knocked. His mother's voice asked:

"Who is there?"

"I—Pierre."

"What do you want?"

"Only to say good-morning, because I am going to spend the day at Trouville with some friends."

"But I am still in bed."

"Very well, do not disturb yourself. I can kiss you on my return, this evening."

He hoped to get off without seeing her, without pressing on her cheek the false kiss which it made his heart sick to think of.

But she replied:

– Un moment, je t'ouvre. Tu attendras que je me sois recouchée.

Il entendit ses pieds nus sur le parquet, puis le bruit du verrou glissant. Elle cria:

– Entre.

Il entra. Elle était assise dans son lit tandis qu'à son côté, Roland, un foulard sur la tête et tourné vers le mur, s'obstinait à dormir. Rien ne l'éveillait tant qu'on ne l'avait pas secoué à lui arracher le bras. Les jours de pêche, c'était la bonne, sonnée à l'heure convenue par le matelot Papagris, qui venait tirer son maître de cet invincible repos.

Pierre, en allant vers elle, regardait sa mère; et il lui semblait tout à coup qu'il ne l'avait jamais vue.

Elle lui tendit ses joues, il y mit deux baisers, puis s'assit sur une chaise basse.

– C'est hier soir que tu as décidé cette partie? dit-elle.

– Oui, hier soir.

– Tu reviens pour dîner?

– Je ne sais pas encore. En tout cas, ne m'attendez point.

Il l'examinait avec une curiosité stupéfaite. C'était sa mère, cette femme! Toute cette figure, vue dès l'enfance, dès que son œil avait pu distinguer, ce sourire, cette voix si connue, si familière, lui paraissaient brusquement nouveaux et autres de ce qu'ils avaient été jusque-là pour lui. Il comprenait à présent que, l'aimant, il ne l'avait jamais regardée. C'était bien elle pourtant, et il n'ignorait rien des plus petits détails de son visage; mais ces petits détails il les apercevait nettement pour la première fois. Son attention anxieuse, fouillant cette tête chérie, la lui révélait différente, avec une physionomie qu'il n'avait jamais découverte.

Il se leva pour partir, puis, cédant soudain à l'invincible envie de savoir qui lui mordait le cœur depuis la veille:

– Dis donc, j'ai cru me rappeler qu'il y avait autrefois, à Paris, un petit portrait de Maréchal dans notre salon.

Elle hésita une seconde ou deux; ou du moins il se figura qu'elle hésitait; puis elle dit:

– Mais oui.

– Et qu'est-ce qu'il est devenu, ce portrait?

Elle aurait pu encore répondre plus vite:

– Ce portrait... attends... je ne sais pas trop... Peut-être que je l'ai dans mon secrétaire.

– Tu serais bien aimable de le retrouver.

– Oui, je chercherai. Pourquoi le veux-tu?

– Oh! ce n'est pas pour moi. J'ai songé qu'il serait tout naturel de le donner à Jean, et que cela ferait plaisir à mon frère.

– Oui, tu as raison, c'est une bonne pensée. Je vais le chercher dès que je serai levée.

Et il sortit.

C'était un jour bleu, sans un souffle d'air. Les gens dans la rue semblaient gais, les commerçants allant à leurs affaires, les employés allant à leur bu-

"Wait a moment; I'll open the door. Wait till I get into bed again."

He heard her bare feet on the floor and the sound of the bolt drawn back. Then she called out:

"Come in."

He went in. She was sitting up in bed, while, by her side, Roland, with a silk handkerchief round his head and his face to the wall, still lay sleeping. Nothing ever woke him but a shaking hard enough to pull his arm off. On the days when he went fishing it was the maid, rung up by Papagris at the hour fixed, who roused her master from his stubborn slumbers.

Pierre, as he went towards his mother, looked at her with a sudden sense of never having seen her before.

She held up her face, he kissed each cheek, and then sat down in a low chair.

"It was last evening that you decided on this excursion?" she said.

"Yes, last evening."

"Will you return to dinner?"

"I do not know yet. At any rate, do not wait for me."

He looked at her with stupefied curiosity. This woman was his mother! All those features, seen daily from childhood, from the time when his eye could first distinguish things, that smile, that voice—so well known, so familiar—abruptly struck him as new, different from what they had always been to him hitherto. He understood now that, loving her, he had never looked at her. All the same it was very really she, and he knew every little detail of her face; still, it was the first time he clearly identified them all. His anxious attention, scrutinizing her face which he loved, recalled a difference, a physiognomy he had never before discerned.

He rose to go; then, suddenly yielding to the invincible longing to know, which had been gnawing at him since yesterday:

"By the way, I fancy I remember that you used to have, in Paris, a little portrait of Maréchal, in the drawing-room."

She hesitated for a second or two, or at least he fancied she hesitated; then she said:

"To be sure."

"What has become of the portrait?"

She might have replied more readily:

"That portrait... wait... I don't exactly know... Perhaps it is in my desk."

"It would be kind of you to find it."

"Yes, I will look for it. What do you want it for?"

"Oh, it is not for myself. I thought it would be quite natural to give it to Jean, and it would please my brother."

"Yes, you are right; that is a good idea. I will look for it, as soon as I am up."

And he went out.

It was a blue day without a breath of wind. The folks in the streets seemed in good spirits, the merchants going to business, the clerks going to their

reau, les jeunes filles allant à leur magasin. Quelques-uns chantonnaient, mis en joie par la clarté.

Sur le bateau de Trouville, les passagers montaient déjà. Pierre s'assit, tout à l'arrière, sur un banc de bois.

Il se demandait:

– A-t-elle été inquiétée par ma question sur le portrait, ou seulement surprise? L'a-t-elle égaré ou caché? Sait-elle où il est, ou bien ne sait-elle pas? Si elle l'a caché, pourquoi?

Et son esprit, suivant toujours la même marche, de déduction en déduction, conclut ceci:

Le portrait, portrait d'ami, portrait d'amant, était resté dans le salon bien en vue, jusqu'au jour où la femme, où la mère s'était aperçue, la première, avant tout le monde, que ce portrait ressemblait à son fils. Sans doute, depuis longtemps, elle épiait cette ressemblance; puis, l'ayant découverte, l'ayant vu naître et comprenant que chacun pourrait, un jour ou l'autre, l'apercevoir aussi, elle avait enlevé, un soir, la petite peinture redoutable et l'avait cachée, n'osant pas la détruire.

Et Pierre se rappelait fort bien maintenant que cette miniature avait disparu longtemps, longtemps avant leur départ de Paris! Elle avait disparu, croyait-il, quand la barbe de Jean, se mettant à pousser, l'avait rendu tout à coup pareil au jeune homme blond qui souriait dans le cadre.

Le mouvement du bateau qui partait troubla sa pensée et la dispersa. Alors, s'étant levé, il regarda la mer.

Le petit paquebot sortit des jetées, tourna à gauche et soufflant, haletant, frémissant, s'en alla vers la côte lointaine qu'on apercevait dans la brume matinale. De place en place la voile rouge d'un lourd bateau de pêche immobile sur la mer plate avait l'air d'un gros rocher sortant de l'eau. Et la Seine descendant de Rouen semblait un large bras de mer séparant deux terres voisines.

En moins d'une heure on parvint au port de Trouville, et comme c'était le moment du bain, Pierre se rendit sur la plage.

De loin, elle avait l'air d'un long jardin plein de fleurs éclatantes. Sur la grande dune de sable jaune, depuis la jetée jusqu'aux Roches Noires, les ombrelles de toutes les couleurs, les chapeaux de toutes les formes, les toilettes de toutes les nuances, par groupes devant les cabines, par lignes le long du flot ou dispersés çà et là, ressemblaient vraiment à des bouquets énormes dans une prairie démesurée. Et le bruit confus, proche et lointain des voix égrenées dans l'air léger, les appels, les cris d'enfants qu'on baigne, les rires clairs des femmes faisaient une rumeur continue et douce, mêlée à la brise insensible et qu'on aspirait avec elle.

Pierre marchait au milieu de ces gens, plus perdu, plus séparé d'eux, plus isolé, plus noyé dans sa pensée torturante, que si on l'avait jeté à la mer du pont d'un navire, à cent lieues au large. Il les frôlait, entendait, sans écouter, quelques phrases; et il voyait, sans regarder, les hommes parler aux femmes et les femmes sourire aux hommes.

office, the girls going to their shop. Some sang as they went, exhilarated by the bright weather.

The passengers were already going on board the Trouville boat; Pierre took his seat on a wooden bench at the very end of the boat.

He asked himself:

"Now was she uneasy at my asking for the portrait or only surprised? Has she mislaid it, or has she hidden it? Does she know where it is, or does she not? If she had hidden it—why?"

And his mind, still following up the same line of thought from one deduction to another, came to this conclusion:

The portrait, the portrait of a friend, of a lover, had remained in the drawing-room in a conspicuous place, till one day when the wife and mother perceived, first of all and before any one else, that it bore a likeness to her son. Without doubt she had for a long time been on the watch for this resemblance; then, having detected it, having noticed its beginnings, and understanding that any one might, any day, observe it too, she had one evening removed the perilous little picture and had hidden it, not daring to destroy it.

Pierre recollected quite clearly now that it was long, long before they left Paris that the miniature had vanished! It had disappeared, he thought, about the time that Jean's beard was beginning to grow, which had made him suddenly and wonderfully like the fair young man who smiled from the picture-frame.

The motion of the boat as it put off disturbed and dissipated his meditations. He stood up and looked at the sea.

The little steamer, once outside the piers, turned to the left, and puffing and snorting and quivering, made for a distant coast visible through the morning haze. Here and there the red sail of a heavy fishing-bark, lying motionless on the level waters, looked like a large rock standing up out of the sea. And the Seine, rolling down from Rouen, seemed a wide inlet dividing two neighbouring lands.

They reached the port of Trouville in less than an hour, as it was the time for bathing, Pierre went to the beach.

From a distance it looked like a garden full of gaudy flowers. All along the great stretch of yellow sand, from the pier as far as the Roches Noires, sun-shades of every hue, hats of every shape, dresses of every colour, in groups outside the bathing huts, in long rows by the margin of the waves, or scattered here and there, really looked like immense bouquets on a vast meadow. The confused sounds, near or far, of voices sharpened in the thin air, the calls, the cries of children being bathed, clear laughter of women— all made a pleasant, continuous din, mingling with the unheeding breeze, and breathed with the air itself.

Pierre walked among all this throng, more lost, more remote from them, more isolated, more drowned in his torturing thoughts, than if he had been flung overboard from the deck of a ship a hundred miles from shore. He passed by them and heard a few sentences without listening; and he saw, without looking, how the men spoke to the women, and the women smiled at the men.

Mais tout à coup, comme s'il s'éveillait, il les aperçut distinctement; et une haine surgit en lui contre eux, car ils semblaient heureux et contents.

Il allait maintenant, frôlant les groupes, tournant autour, saisi par des pensées nouvelles. Toutes ces toilettes multicolores qui couvraient le sable comme un bouquet, ces étoffes jolies, ces ombrelles voyantes, la grâce factice des tailles emprisonnées, toutes ces inventions ingénieuses de la mode depuis la chaussure mignonne jusqu'au chapeau extravagant, la séduction du geste, de la voix et du sourire, la coquetterie enfin étalée sur cette plage lui apparaissaient soudain comme une immense floraison de la perversité féminine. Toutes ces femmes parées voulaient plaire, séduire, et tenter quelqu'un. Elles s'étaient faites belles pour les hommes, pour tous les hommes, excepté pour l'époux qu'elles n'avaient plus besoin de conquérir. Elles s'étaient faites belles pour l'amant d'aujourd'hui et l'amant de demain, pour l'inconnu rencontré, remarqué, attendu peut-être.

Et ces hommes, assis près d'elles, les yeux dans les yeux, parlant la bouche près de la bouche, les appelaient et les désiraient, les chassaient comme un gibier souple et fuyant, bien qu'il semblât si proche et si facile. Cette vaste plage n'était donc qu'une halle d'amour où les unes se vendaient, les autres se donnaient, celles-ci marchandaient leurs caresses et celles-là se promettaient seulement. Toutes ces femmes ne pensaient qu'à la même chose, offrir et faire désirer leur chair déjà donnée, déjà vendue, déjà promise à d'autres hommes. Et il songea que sur la terre entière c'était toujours la même chose.

Sa mère avait fait comme les autres, voilà tout! Comme les autres?–non! Il existait des exceptions, et beaucoup, beaucoup! Celles qu'il voyait autour de lui, des riches, des folles, des chercheuses d'amour, appartenaient en somme à la galanterie élégante et mondaine ou même à la galanterie tarifée, car on ne rencontrait pas, sur les plages piétinées par la légion des désœuvrées, le peuple des honnêtes femmes enfermées dans la maison close.

La mer montait, chassant peu à peu vers la ville les premières lignes des baigneurs. On voyait les groupes se lever vivement et fuir, en emportant leurs sièges, devant le flot jaune qui s'en venait frangé d'une petite dentelle d'écume. Les cabines roulantes, attelées d'un cheval, remontaient aussi; et sur les planches de la promenade, qui borde la plage d'un bout à l'autre, c'était maintenant une coulée continue, épaisse et lente, de foule élégante, formant deux courants contraires qui se coudoyaient et se mêlaient. Pierre, nerveux, exaspéré par ce frôlement, s'enfuit, s'enfonça dans la ville et s'arrêta pour déjeuner chez un simple marchand de vins, à l'entrée des champs.

Quand il eut pris son café, il s'étendit sur deux chaises devant la porte, et comme il n'avait guère dormi cette nuit-là, il s'assoupit à l'ombre d'un tilleul.

Après quelques heures de repos, s'étant secoué, il s'aperçut qu'il était temps de revenir pour reprendre le bateau, et il se mit en route, accablé par une courbature subite tombée sur lui pendant son assoupissement. Maintenant il voulait rentrer, il voulait savoir si sa mère avait retrouvé le portrait de Maréchal. En parlerait-elle la première, ou faudrait-il qu'il le demandât

Then, suddenly, as if he had awoke, he perceived them all; and hatred of them all surged up in his soul, for they seemed happy and content.

Now, as he went, he studied the groups, wandering round them full of a fresh set of ideas. All these many-hued dresses which covered the sands like so many flowers, these pretty stuffs, those showy parasols, the fictitious grace of tightened waists, all the ingenious devices of fashion from the smart little shoe to the extravagant hat, the seductive charm of gesture, voice, and smile, all the coquettish airs in short displayed on this beach, suddenly struck him as stupendous efflorescences of female perversity. All these dressed-up women aimed at pleasing, bewitching, and deluding some man. They had dressed themselves out for men—for all men—all excepting the husbands whom they no longer needed to conquer. They had dressed themselves out for the lover of today and the lover of tomorrow, for the stranger they might meet and notice or were perhaps on the lookout for.

And these men seated by them, gazing into their eyes, speaking to them with faces close together, attracted them, desired them, hunted them like game, like elusive and fleeing game, although it seemed so near and so easy. This wide beach was, then, no more than a love-market where some sold, others gave themselves—some drove a hard bargain for their caresses while others only promised them. All these women thought only of one thing, to offer and make their bodies desirable—bodies already given, already sold, or already promised to other men. And he reflected that it was everywhere the same, all the world over.

His mother had done like the rest; that was all! Like the rest? No! There were exceptions, many, many exceptions! These women he saw about him, rich, giddy, love-seeking, belonged on the whole to the class of fashionable and showy women of the world, some indeed to the less respectable sisterhood, for on these sands, trampled by the legion of idlers, the tribe of virtuous, home-keeping women were not to be seen.

The tide was rising, driving the foremost rank of bathers gradually landward. He saw the various groups jump up and fly, carrying their chairs with them, before the yellow waves as they rolled up edged with a lace-like frill of foam. The bathing boxes on wheels too were being pulled up by horses, and along the planked way which formed the promenade running along the beach from end to end, there was now an increasing flow, slow and dense, of well-dressed people in two opposite streams, elbowing and mingling. Pierre, made nervous and exasperated by this bustle, made his escape into the town, and went to get his breakfast at a modest tavern on the skirts of the fields.

When he had taken his coffee, he stretched himself out on two chairs before the door, and, as he had scarcely slept the night before, dozed in the shadow of a lime tree.

After some hours of repose, he roused himself, and, seeing that it was time to return to catch the boat, he set out, feeling overcome by a sudden weakness that had fallen on him during his slumber. Now he wanted to return, and learn if his mother had found the portrait of Maréchal. Would she be the first to speak of it, or would he be obliged to ask for it again? If

de nouveau? Certes si elle attendait qu'on l'interrogeât encore, elle avait une raison secrète de ne point montrer ce portrait.

Mais lorsqu'il fut rentré dans sa chambre, il hésita à descendre pour le dîner. Il souffrait trop. Son cœur soulevé n'avait pas encore eu le temps de s'apaiser. Il se décida pourtant, et il parut dans la salle à manger comme on se mettait à table.

Un air de joie animait les visages.

– Eh bien! dit Roland, ça avance-t-il, vos achats? Moi, je ne veux rien voir avant que tout soit installé.

Sa femme répondit:

– Mais oui, ça va. Seulement il faut longtemps réfléchir pour ne pas commettre d'impair. La question du mobilier nous préoccupe beaucoup.

Elle avait passé la journée à visiter avec Jean des boutiques de tapissiers et des magasins d'ameublement. Elle voulait des étoffes riches, un peu pompeuses, pour frapper l'œil. Son fils, au contraire, désirait quelque chose de simple et de distingué. Alors, devant tous les échantillons proposés ils avaient répété, l'un et l'autre, leurs arguments. Elle prétendait que le client, le plaideur a besoin d'être impressionné, qu'il doit ressentir, en entrant dans le salon d'attente, l'émotion de la richesse.

Jean au contraire, désirant n'attirer que la clientèle élégante et opulente, voulait conquérir l'esprit des gens fins par son goût modeste et sûr.

Et la discussion, qui avait duré toute la journée, reprit dès le potage.

Roland n'avait pas d'opinion. Il répétait:

– Moi, je ne veux entendre parler de rien. J'irai voir quand ce sera fini.

Mme Roland fit appel au jugement de son fils aîné:

– Voyons, toi, Pierre, qu'en penses-tu?

Il avait les nerfs tellement surexcités qu'il eut envie de répondre par un juron. Il dit cependant sur un ton sec, où vibrait son irritation:

– Oh! moi, je suis tout à fait de l'avis de Jean. Je n'aime que la simplicité, qui est, quand il s'agit de goût, comparable à la droiture quand il s'agit de caractère.

Sa mère reprit:

– Songe que nous habitons une ville de commerçants, où le bon goût ne court pas les rues.

Pierre répondit:

– Et qu'importe? Est-ce une raison pour imiter les sots? Si mes compatriotes sont bêtes ou malhonnêtes, ai-je besoin de suivre leur exemple? Une femme ne commettra pas une faute pour cette raison que ses voisines ont des amants.

Jean se mit à rire:

– Tu as des arguments par comparaison qui semblent pris dans les maximes d'un moraliste.

Pierre ne répliqua point. Sa mère et son frère recommencèrent à parler d'étoffes et de fauteuils.

she waited to be questioned further, it must be because she had some secret reason for not showing this portrait.

But when he was at home again, and in his room, he hesitated about going down to dinner. He was suffering too much. His throbbing heart had not yet calmed itself. However, he made up his mind to it, and appeared in the dining-room just as they were sitting down.

Their faces were beaming.

"Well," said Roland, "are you getting on with your purchases? I do not want to see anything till it is all in its place."

His wife replied:

"Oh, yes. We are getting on. But it takes much consideration to avoid buying things that do not match. The furniture question is an absorbing one."

She had spent the day visiting with Jean the carpet stores and furniture stores. She wanted rich materials, rather gaudy, to strike the eye. Her son, on the contrary, wished for something simple and elegant. So in front of everything put before them they had each repeated their arguments. She declared that a client, a litigant, must be impressed; that as soon as he is shown into his counsel's waiting-room he should have a sense of wealth.

Jean, on the other hand, wishing to attract only an elegant and opulent class, was anxious to captivate persons of refinement by his quiet and perfect taste.

And this discussion, which had gone on all day, began again with the soup.

Roland had no opinion. He repeated:

"I do not want to hear anything about it. I will go and see it when it is all finished."

Mme Roland appealed to the judgment of her elder son:

"And you, Pierre, what do you think of the matter?"

His nerves were in a state of such intense excitement that he would have liked to reply with a curse. However, he only answered in a dry tone vibrating with irritation:

"Oh, I am quite of Jean's mind. I like nothing so well as simplicity, which, in matters of taste, is equivalent to rectitude in matters of conduct."

His mother went on:

"You must remember that we live in a city of commercial men, where good taste is not to be met with at every turn."

Pierre replied:

"What does that matter? Is that a reason for living as fools do? If my fellow-townsmen are stupid or dishonest, need I follow their example? A woman does not misconduct herself because her neighbours have lovers."

Jean began to laugh:

"You argue by comparisons which seem to have been borrowed from the maxims of a moralist."

Pierre made no reply. His mother and his brother reverted to the question of stuffs and armchairs.

Il les regardait comme il avait regardé sa mère, le matin, avant de partir pour Trouville; il les regardait en étranger qui observe, et il se croyait en effet entré tout à coup dans une famille inconnue.

Son père, surtout, étonnait son œil et sa pensée. Ce gros homme flasque, content et niais, c'était son père, à lui! Non, non, Jean ne lui ressemblait en rien.

Sa famille! Depuis deux jours une main inconnue et malfaisante, la main d'un mort, avait arraché et cassé, un à un, tous les liens qui tenaient l'un à l'autre ces quatre êtres. C'était fini, c'était brisé. Plus de mère, car il ne pourrait plus la chérir, ne la pouvant vénérer avec ce respect absolu, tendre et pieux, dont a besoin le cœur des fils; plus de frère, puisque ce frère était l'enfant d'un étranger; il ne lui restait qu'un père, ce gros homme, qu'il n'aimait pas, malgré lui.

Et tout à coup:

– Dis donc, maman, as-tu retrouvé ce portrait?

Elle ouvrit des yeux surpris:

– Quel portrait?

– Le portrait de Maréchal.

– Non... c'est-à-dire oui... je ne l'ai pas retrouvé, mais je crois savoir où il est.

– Quoi donc? demanda Roland.

Pierre lui dit:

– Un petit portrait de Maréchal qui était autrefois dans notre salon à Paris. J'ai pensé que Jean serait content de le posséder.

Roland s'écria:

– Mais oui, mais oui, je m'en souviens parfaitement; je l'ai même vu encore à la fin de l'autre semaine. Ta mère l'avait tiré de son secrétaire en rangeant ses papiers. C'était jeudi ou vendredi. Tu te rappelles bien, Louise? J'étais en train de me raser quand tu l'as pris dans un tiroir et posé sur une chaise à côté de toi, avec un tas de lettres dont tu as brûlé la moitié. Hein? est-ce drôle que tu aies touché à ce portrait deux ou trois jours à peine avant l'héritage de Jean? Si je croyais aux pressentiments, je dirais que c'en est un!

Mme Roland répondit avec tranquillité:

– Oui, oui, je sais où il est; j'irai le chercher tout à l'heure.

Donc elle avait menti! Elle avait menti en répondant, ce matin-là même, à son fils qui lui demandait ce qu'était devenue cette miniature: «Je ne sais pas trop... peut-être que je l'ai dans mon secrétaire.»

Elle l'avait vue, touchée, maniée, contemplée quelques jours auparavant, puis elle l'avait recachée dans le tiroir secret, avec des lettres, ses lettres à lui.

Pierre regardait sa mère, qui avait menti. Il la regardait avec une colère exaspérée de fils trompé, volé dans son affection sacrée, et avec une jalousie d'homme longtemps aveugle qui découvre enfin une trahison honteuse. S'il avait été le mari de cette femme, lui, son enfant, il l'aurait saisie par les poignets, par les épaules ou par les cheveux, et jetée à terre, frappée, meurtrie,

He looked at them as he had looked at his mother, in the morning, before he left for Trouville. He looked at them like an observant stranger; and, in fact, he felt as if he had, all at once, entered a stranger's family.

His father, above all, amazed his eyes and his mind. That flabby, burly man, contented and besotted, was his own father! No, no; Jean was not in the least like him.

His family! Within these two days an unknown and malignant hand, the hand of a dead man, had torn asunder and broken, one by one, all the ties which had held these four human beings together. It was all over, all ruined. He had now no mother—for he could no longer love her now that he could not revere her with that absolute, tender, and pious respect which a son's heart demands; no brother—since his brother was the child of a stranger; nothing was left him but his father, that coarse man whom he could not love in spite of himself.

And he suddenly broke out:

"I say, mother, have you found that portrait?"

She opened her eyes in surprise:

"What portrait?"

"The portrait of Maréchal."

"No... that is to say, yes... I have not found it, but I think I know where it is."

"What is that?" asked Roland.

Pierre answered:

"A little portrait of Maréchal which used to be in our dining-room in Paris. I thought that Jean might be glad to have it."

Roland exclaimed:

"Why, yes, to be sure; I remember it perfectly. I saw it as lately as the end of last week. Your mother found it in her desk when she was tidying the papers. It was on Thursday or Friday. Do you remember, Louise? I was shaving myself when you took it out and placed it on a chair by your side with a pile of letters of which you burned half. Strange, isn't it, that you should have come across the portrait only two or three days before Jean's legacy came? If I believed in presentiments I should think that this was one!"

Mme Roland calmly replied:

"Yes, yes, I know where it is. I will fetch it presently."

Then she had lied! When she had said that very morning to her son who had asked her what had become of the miniature: "I don't exactly know... perhaps it is in my desk"—it was a lie!

She had seen it, touched it, handled it, gazed at it a few days before; and then she had hidden it away again in the secret drawer with those letters— his letters.

Pierre looked at the mother who had lied to him; looked at her with the concentrated fury of a son who had been cheated, robbed of his most sacred affection, and with the jealous wrath of a man who, after long being blind, at last discovers a disgraceful betrayal. If he had been that woman's husband, he, her son, he would have gripped her by the wrists, seized her by the shoulders or the hair, have flung her on the ground, have hit her, hurt her,

écrasée! Et il ne pouvait rien dire, rien faire, rien montrer, rien révéler. Il était son fils, il n'avait rien à venger, lui, on ne l'avait pas trompé.

Mais oui, elle l'avait trompé dans sa tendresse, trompé dans son pieux respect. Elle se devait à lui irréprochable, comme se doivent toutes les mères à leurs enfants. Si la fureur dont il était soulevé arrivait presque à de la haine, c'est qu'il la sentait plus criminelle envers lui qu'envers son père lui-même.

L'amour de l'homme et de la femme est un pacte volontaire où celui qui faiblit n'est coupable que de perfidie; mais quand la femme est devenue mère, son devoir a grandi puisque la nature lui confie une race. Si elle succombe alors, elle est lâche, indigne et infâme.

– C'est égal, dit tout à coup Roland en allongeant ses jambes sous la table, comme il faisait chaque soir pour siroter son verre de cassis, ça n'est pas mauvais de vivre à rien faire quand on a une petite aisance. J'espère que Jean nous offrira des dîners extra, maintenant. Ma foi, tant pis si j'attrape quelquefois mal à l'estomac.

Puis se tournant vers sa femme:

– Va donc chercher ce portrait, ma chatte, puisque tu as fini de manger. Ça me fera plaisir aussi de le revoir.

Elle se leva, prit une bougie et sortit. Puis, après une absence qui parut longue à Pierre, bien qu'elle n'eût pas duré trois minutes, Mme Roland rentra, souriante, et tenant par l'anneau un cadre doré de forme ancienne.

– Voilà, dit-elle, je l'ai retrouvé presque tout de suite.

Le docteur, le premier, avait tendu la main. Il reçut le portrait, et, d'un peu loin, à bout de bras, l'examina. Puis, sentant bien que sa mère le regardait, il leva lentement les yeux sur son frère, pour comparer. Il faillit dire, emporté par sa violence: «Tiens, cela ressemble à Jean.» S'il n'osa pas prononcer ces redoutables paroles, il manifesta sa pensée par la façon dont il comparait la figure vivante et la figure peinte.

Elles avaient, certes, des signes communs: la même barbe et le même front, mais rien d'assez précis pour permettre de déclarer: «Voilà le père, et voilà le fils.» C'était plutôt un air de famille, une parenté de physionomies qu'anime le même sang. Or, ce qui fut pour Pierre plus décisif encore que cette allure des visages, c'est que sa mère s'était levée, avait tourné le dos et feignait d'enfermer, avec trop de lenteur, le sucre et le cassis dans un placard.

Elle avait compris qu'il savait, ou du moins qu'il soupçonnait!

– Passe-moi donc ça, disait Roland.

Pierre tendit la miniature et son père attira la bougie pour bien voir; puis il murmura d'une voix attendrie:

– Pauvre garçon! dire qu'il était comme ça quand nous l'avons connu. Cristi! comme ça va vite! Il était joli homme, tout de même, à cette époque, et si plaisant de manière, n'est-ce pas, Louise?

Comme sa femme ne répondait pas, il reprit:

crushed her! And he might say nothing, do nothing, show nothing, reveal nothing. He was her son; he had no vengeance to take. And he had not been deceived.

But yes, she had deceived his tenderness, his pious respect. She owed to him to be without reproach, as all mothers owe it to their children. If the fury that boiled within him verged on hatred, it was that he felt her to be even more guilty towards him than towards his father.

The love of man and wife is a voluntary pact in which the one who proves weak is guilty only of perfidy; but when the wife is a mother her duty is a higher one, since nature has intrusted her with a race. If she fails, then she is cowardly, worthless, infamous.

"I do not care," said Roland suddenly, stretching out his legs under the table, as he did every evening while he sipped his glass of cassis. "You may do worse than live idle when you have a snug little income. I hope Jean will have us to dinner in style now. Hang it all! If I have indigestion now and then I cannot help it."

Then turning to his wife:

"Go and fetch that portrait, kitten, as you have done your dinner. I should like to see it again myself."

She rose, took a candle, and went. Then, after an absence which Pierre thought long, though she was not away more than three minutes, Mme Roland returned smiling, and holding an old-fashioned gilt frame by the ring.

"Here it is," she said, "I found it almost at once."

The doctor was the first to put forth his hand. He took the portrait, and holding it a little away from him, he examined it. Then, fully aware that his mother was looking at him, he slowly raised his eyes and fixed them on his brother to compare the faces. He could hardly refrain, in his violence, from saying: "Dear me! How like Jean!" And though he dared not utter the terrible words, he betrayed his thought by his manner of comparing the living face with the painted one.

They had, no doubt, details in common; the same beard, the same brow; but nothing sufficiently marked to justify the assertion: "This is the father and that the son." It was rather a family likeness, a relationship of physiognomies in which the same blood courses. But what to Pierre was far more decisive than the common aspect of the faces, was that his mother had risen, had turned her back, and was pretending, too deliberately, to be putting the sugar and the cassis away in a cupboard.

She understood that he knew, or at any rate had his suspicions!

"Hand it on to me," said Roland.

Pierre held out the miniature and his father drew the candle towards him to see it better; then, he murmured in a softened tone:

"Poor fellow! To think that he was like that when we knew him. Cristi! How time flies! He was a good-looking man, too, in those days, and with such a pleasant manner—was he not, Louise?"

As his wife made no answer, he went on:

– Et quel caractère égal! Je ne lui ai jamais vu de mauvaise humeur. Voilà, c'est fini, il n'en reste plus rien... que ce qu'il a laissé à Jean. Enfin, on pourra jurer que celui-là s'est montré bon ami et fidèle jusqu'au bout. Même en mourant il ne nous a pas oubliés.

Jean, à son tour, tendit le bras pour prendre le portrait. Il le contempla quelques instants, puis, avec regret:

– Moi, je ne le reconnais pas du tout. Je ne me le rappelle qu'avec ses cheveux blancs.

Et il rendit la miniature à sa mère. Elle y jeta un regard rapide, vite détourné, qui semblait craintif; puis de sa voix naturelle:

– Cela t'appartient maintenant, mon Jeannot, puisque tu es son héritier. Nous le porterons dans ton nouvel appartement.

Et comme on entrait au salon, elle posa la miniature sur la cheminée, près de la pendule, où elle était autrefois.

Roland bourrait sa pipe, Pierre et Jean allumèrent des cigarettes. Ils les fumaient ordinairement l'un en marchant à travers la pièce, l'autre assis, enfoncé dans un fauteuil, et les jambes croisées. Le père se mettait toujours à cheval sur une chaise et crachait de loin dans la cheminée.

Mme Roland, sur un siège bas, près d'une petite table qui portait la lampe, brodait, tricotait ou marquait du linge.

Elle commençait, ce soir-là, une tapisserie destinée à la chambre de Jean. C'était un travail difficile et compliqué dont le début exigeait toute son attention. De temps en temps cependant son œil qui comptait les points se levait et allait, prompt et furtif, vers le petit portrait du mort appuyé contre la pendule. Et le docteur qui traversait l'étroit salon en quatre ou cinq enjambées, les mains derrière le dos et la cigarette aux lèvres, rencontrait chaque fois le regard de sa mère.

On eût dit qu'ils s'épiaient, qu'une lutte venait de se déclarer entre eux; et un malaise douloureux, un malaise insoutenable crispait le cœur de Pierre. Il se disait, torturé et satisfait pourtant: «Doit-elle souffrir en ce moment, si elle sait que je l'ai deviné!» Et à chaque retour vers le foyer, il s'arrêtait quelques secondes à contempler le visage blond de Maréchal, pour bien montrer qu'une idée fixe le hantait. Et ce petit portrait, moins grand qu'une main ouverte, semblait une personne vivante, méchante, redoutable, entrée soudain dans cette maison et dans cette famille.

Tout à coup la sonnette de la rue tinta. Mme Roland, toujours si calme, eut un sursaut qui révéla le trouble de ses nerfs au docteur.

Puis elle dit: «Ça doit être Mme Rosémilly.» Et son œil anxieux encore une fois se leva vers la cheminée.

Pierre comprit, ou crut comprendre sa terreur et son angoisse. Le regard des femmes est perçant, leur esprit agile, et leur pensée soupçonneuse. Quand celle qui allait entrer apercevrait cette miniature inconnue, du premier coup, peut-être, elle découvrirait la ressemblance entre cette figure et celle de Jean. Alors elle saurait et comprendrait tout! Il eut peur, une peur brusque et horrible que cette honte fût dévoilée, et se retournant, comme la

"And what an even temper! I never saw him put out. And now it is all at an end, nothing left of him... but what he bequeathed to Jean. Well, at any rate you may take your oath that that man was a good and faithful friend to the last. Even on his death-bed he did not forget us."

Jean, in his turn, held out his hand for the picture. He gazed at it for a few minutes and then said regretfully:

"I do not recognise him at all. I only remember him with white hair."

He returned the miniature to his mother. She cast a hasty glance at it, looking away as if she were frightened; then in her usual voice:

"It belongs to you now, my little Jean, as you are his heir. We will take it to your new rooms."

And when they went into the drawing-room, she placed the miniature on the chimney-shelf by the clock, where it had formerly stood.

Roland filled his pipe; Pierre and Jean lighted cigarettes. They commonly smoked them, Pierre while he paced the room, Jean, sunk in a deep arm-chair, with his legs crossed. Their father always sat astride a chair and spat from afar into the fire-place.

Mme Roland, on a low seat by a little table on which the lamp stood, em-broidered, or knitted, or marked linen.

This evening she was beginning a piece of worsted work, intended for Jean's lodgings. It was a difficult and complicated pattern, and required all her attention. Still, now and again, her eye, which was counting the stitches, glanced up swiftly and furtively at the little portrait of the dead as it leaned against the clock. The doctor, as he crossed the narrow room in four or five strides, his hands behind his back and his cigarette between his lips, would encounter his mother's look every time.

One might say they were playing the spy on each other, and that war would be declared between them; and acute uneasiness, intolerable to be borne, clutched at Pierre's heart. He was saying to himself—at once tortured and satisfied: "She must be in misery at this moment if she knows that I guess!" And each time he reached the fire-place he stopped for a few seconds to look at Maréchal's blond countenance, and show quite plainly that he was haunted by a fixed idea. So that this little portrait, smaller than an opened palm, was like a living being, malignant and threatening, suddenly brought into this house and this family.

Presently the street-door bell rang. Mme Roland, always so self-possessed, started violently, betraying to her doctor son the anguish of her nerves.

Then she said: "It must be Mme Rosémilly;" and her eye again anxiously turned to the mantel-shelf.

Pierre understood, or thought he understood, her fears and misery. A woman's eye is keen, a woman's wit is nimble, and her instincts suspicious. When this woman who was coming in should see the miniature of a man she did not know, she might perhaps at the first glance discover the like-ness between this face and Jean. Then she would know and understand everything! He was seized with dread, a sudden and horrible dread of this shame being unveiled, and, turning about just as the door opened, he took

porte s'ouvrait, il prit la petite peinture et la glissa sous la pendule sans que son père et son frère l'eussent vu.

Rencontrant de nouveau les yeux de sa mère ils lui parurent changés, troubles et hagards.

– Bonjour, disait Mme Rosémilly, je viens boire avec vous une tasse de thé.

Mais pendant qu'on s'agitait autour d'elle pour s'informer de sa santé, Pierre disparut par la porte restée ouverte.

Quand on s'aperçut de son départ, on s'étonna. Jean mécontent, à cause de la jeune veuve qu'il craignait blessée, murmurait:

– Quel ours!

Mme Roland répondit:

– Il ne faut pas lui en vouloir, il est un peu malade aujourd'hui et fatigué d'ailleurs de sa promenade à Trouville.

– N'importe, reprit Roland, ce n'est pas une raison pour s'en aller comme un sauvage.

Mme Rosémilly voulut arranger les choses en affirmant:

– Mais non, mais non, il est parti à l'anglaise; on se sauve toujours ainsi dans le monde quand on s'en va de bonne heure.

– Oh! répondit Jean, dans le monde c'est possible, mais on ne traite pas sa famille à l'anglaise, et mon frère ne fait que cela, depuis quelque temps.

VI

Rien ne survint chez les Roland pendant une semaine ou deux. Le père pêchait, Jean s'installait aidé de sa mère, Pierre, très sombre, ne paraissait plus qu'aux heures des repas.

Son père lui ayant demandé un soir:

– Pourquoi diable nous fais-tu une figure d'enterrement? Ça n'est pas d'aujourd'hui que je le remarque!

Le docteur répondit:

– C'est que je sens terriblement le poids de la vie.

Le bonhomme n'y comprit rien et, d'un air désolé:

– Vraiment c'est trop fort. Depuis que nous avons eu le bonheur de cet héritage, tout le monde semble malheureux. C'est comme s'il nous était arrivé un accident, comme si nous pleurions quelqu'un!

– Je pleure quelqu'un, en effet, dit Pierre.

– Toi? Qui donc?

– Oh! quelqu'un que tu n'as pas connu, et que j'aimais trop.

Roland s'imagina qu'il s'agissait d'une amourette, d'une personne légère courtisée par son fils, et il demanda:

– Une femme, sans doute?

– Oui, une femme.

– Morte?

– Non, c'est pis, perdue.

the little painting and slipped it under the clock without being seen by his father and brother.

When he met his mother's eyes again, they seemed to him changed, troubled, and haggard.

"Good evening," said Mme Rosémilly. "I have come to take a cup of tea with you."

But while they were bustling about her and asking after her health, Pierre made off, the door having been left open.

When his absence was perceived, they were all surprised. Jean, annoyed for the young widow, who, he thought, would be hurt, muttered:

"What a bear!"

Mme Roland replied:

"You must not be vexed with him; he is not very well today and tired with his excursion to Trouville."

"Never mind," said Roland, "that is no reason for taking himself off like a savage."

Mme Rosémilly tried to smooth matters by saying:

"Not at all, not at all. He has gone away in the English fashion; people always disappear in that way in fashionable circles if they want to leave early."

"Oh, that may be so in fashionable circles," replied Jean. "But a man does not treat his family à l'Anglaise, and my brother has done nothing else for some time past."

VI

For a week or two nothing occurred in the Roland household. The father went fishing; Jean, with his mother's help, was settling himself; Pierre, very gloomy, never was seen excepting at meal-times.

His father having asked him one evening:

"Why the devil do you look as if you were at a funeral? This is not the first time I have noticed it!"

The doctor replied:

"The fact is I am terribly conscious of the burden of life."

The old man did not have a notion what he meant, and with an aggrieved look:

"It really is too bad. Ever since we had the good luck to come into this legacy, every one seems unhappy. It is as though some accident had befallen us, as if we were in mourning for some one!"

"I am in mourning for some one," said Pierre.

"You are? For whom?"

"Oh, for some one you never knew, and of whom I was too fond."

Roland imagined that his son alluded to some girl with whom he had had some love passages, and he asked:

"A woman, of course?"

"Yes, a woman."

"Dead?"

"No. Worse. Lost."

– Ah!

Bien qu'il s'étonnât de cette confidence imprévue, faite devant sa femme, et du ton bizarre de son fils, le vieux n'insista point, car il estimait que ces choses-là ne regardent pas les tiers.

Mme Roland semblait n'avoir point entendu; elle paraissait malade, étant très pâle. Plusieurs fois déjà son mari, surpris de la voir s'asseoir comme si elle tombait sur son siège, de l'entendre souffler comme si elle ne pouvait plus respirer, lui avait dit:

– Vraiment, Louise, tu as mauvaise mine, tu te fatigues trop sans doute à installer Jean! Repose-toi un peu, sacristi! Il n'est pas pressé, le gaillard, puisqu'il est riche.

Elle remuait la tête sans répondre.

Sa pâleur, ce jour-là, devint si grande que Roland, de nouveau, la remarqua.

– Allons, dit-il, ça ne va pas du tout, ma pauvre vieille, il faut te soigner.

Puis se tournant vers son fils:

– Tu le vois bien, toi, qu'elle est souffrante, ta mère. L'as-tu examinée, au moins?

Pierre répondit:

– Non, je ne m'étais pas aperçu qu'elle eût quelque chose.

Alors Roland se fâcha:

– Mais ça crève les yeux, nom d'un chien! A quoi ça te sert-il d'être docteur alors, si tu ne t'aperçois même pas que ta mère est indisposée? Mais regarde-la, tiens, regarde-la. Non, vrai, on pourrait crever, ce médecin-là ne s'en douterait pas!

Mme Roland s'était mise à haleter, si blême que son mari s'écria:

– Mais elle va se trouver mal!

– Non... non... ce n'est rien... ça va passer... ce n'est rien.

Pierre s'était approché, et la regardant fixement:

– Voyons, qu'est-ce que tu as? dit-il.

Elle répétait, d'une voix basse, précipitée:

– Mais rien... rien... je t'assure... rien.

Roland était parti chercher du vinaigre; il rentra, et tendant la bouteille à son fils:

– Tiens... mais soulage-la donc, toi. As-tu tâté son cœur, au moins?

Comme Pierre se penchait pour prendre son pouls, elle retira sa main d'un mouvement si brusque qu'elle heurta une chaise voisine.

– Allons, dit-il d'une voix froide, laisse-toi soigner puisque tu es malade.

Alors elle souleva et lui tendit son bras. Elle avait la peau brûlante, les battements du sang tumultueux et saccadés. Il murmura:

– En effet, c'est assez sérieux. Il faudra prendre des calmants. Je vais te faire une ordonnance.

Et comme il écrivait, courbé sur son papier, un bruit léger de soupirs pressés, de suffocation, de souffles courts et retenus, le fit se retourner soudain.

Elle pleurait, les deux mains sur la face.

"Ah!"

Though he was startled by this unexpected confidence, in his wife's presence too, and by his son's strange tone about it, the old man made no further inquiries, for in his opinion such affairs did not concern a third person.

Mme Roland affected not to hear; she seemed ill and was very pale. Several times already her husband, surprised to see her sit down as if she were dropping into her chair, and to hear her gasp as if she could not draw her breath, had said to her:

"Really, Louise, you look ill; you are tiring yourself out, probably, getting Jean settled! Give yourself a little rest, sacristi! The rascal is in no hurry, as he is a rich man."

She shook her head without a word.

But today her pallor was so great that Roland noticed it again.

"Come, come," he said, "this will not do at all, my dear old woman. You must take care of yourself."

Then, addressing his son:

"You surely must see that your mother is ill. Have you examined her, at any rate?"

Pierre replied:

"No; I had not noticed that there was anything the matter with her."

At this Roland was angry:

"But it stares you in the face, confound you! What on earth is the good of your being a doctor if you cannot even see that your mother is out of sorts? Why, look at her, just look at her. No, really, one might be dying, and this doctor here would not notice it!"

Mme Roland was panting for breath, and so white that her husband exclaimed:

"She is going to faint!"

"No... no... it is nothing... it will pass off... it is nothing."

Pierre had gone up to her and was looking at her fixedly:

"Come, what is the matter?" he said.

She repeated in a low, hurried voice:

"Nothing... nothing... I assure you... nothing."

Roland had gone to fetch some vinegar; he now returned, and handing the bottle to his son:

"Here... do something to ease her. Have you felt her heart, of course?"

As Pierre bent over her to feel her pulse, she pulled away her hand so vehemently that she struck it against a chair which was standing by.

"Come," he said in icy tones, "let me attend to you, as you are ill."

Then she raised her arm and held it out to him. Her skin was burning, the blood throbbing in short irregular leaps. He murmured:

"It is really pretty serious. You must take a sedative. I will write you a prescription."

While he was bending over the paper, writing, a slight sound of suppressed sighs, of choking, of short, interrupted breathing, made him suddenly turn round.

She was weeping, her hands covering her face.

Roland, éperdu, demandait:

– Louise, Louise, qu'est-ce que tu as? mais qu'est-ce que tu as donc?

Elle ne répondait pas et semblait déchirée par un chagrin horrible et profond.

Son mari voulut prendre ses mains et les ôter de son visage. Elle résista, répétant:

– Non, non, non.

Il se tourna vers son fils:

– Mais qu'est-ce qu'elle a? Je ne l'ai jamais vue ainsi.

– Ce n'est rien, dit Pierre, une petite crise de nerfs.

Et il lui semblait que son cœur à lui se soulageait à la voir ainsi torturée, que cette douleur allégeait son ressentiment, diminuait la dette d'opprobre de sa mère. Il la contemplait comme un juge satisfait de sa besogne.

Mais soudain elle se leva, se jeta vers la porte, d'un élan si brusque qu'on ne put ni le prévoir ni l'arrêter; et elle courut s'enfermer dans sa chambre.

Roland et le docteur demeurèrent face à face.

– Est-ce que tu y comprends quelque chose? dit l'un.

– Oui, répondit l'autre, cela vient d'un simple petit malaise nerveux qui se déclare souvent à l'âge de maman. Il est probable qu'elle aura encore beaucoup de crises comme celle-là.

Elle en eut d'autres en effet, presque chaque jour, et que Pierre semblait provoquer d'une parole, comme s'il avait eu le secret de son mal étrange et inconnu. Il guettait sur sa figure les intermittences de repos, et, avec des ruses de tortionnaire, réveillait par un seul mot la douleur un instant calmée.

Et il souffrait autant qu'elle, lui! Il souffrait affreusement de ne plus l'aimer, de ne plus la respecter et de la torturer. Quand il avait bien avivé la plaie saignante, ouverte par lui dans ce cœur de femme et de mère, quand il sentait combien elle était misérable et désespérée, il s'en allait seul, par la ville, si tenaillé par les remords, si meurtri par la pitié, si désolé de l'avoir ainsi broyée sous son mépris de fils, qu'il avait envie de se jeter à la mer, de se noyer pour en finir.

Oh! comme il aurait voulu pardonner, maintenant! mais il ne le pouvait point, étant incapable d'oublier. Si seulement il avait pu ne pas la faire souffrir; mais il ne le pouvait pas non plus, souffrant toujours lui-même. Il rentrait aux heures des repas, plein de résolutions attendries, puis dès qu'il l'apercevait, dès qu'il voyait son œil, autrefois si droit et si franc, et fuyant à présent, craintif, éperdu, il frappait malgré lui, ne pouvant garder la phrase perfide qui lui montait aux lèvres.

L'infâme secret, connu d'eux seuls, l'aiguillonnait contre elle. C'était un venin qu'il portait à présent dans les veines et qui lui donnait des envies de mordre à la façon d'un chien enragé.

Rien ne le gênait plus pour la déchirer sans cesse, car Jean habitait maintenant presque tout à fait son nouvel appartement, et il revenait seulement pour dîner et pour coucher, chaque soir, dans sa famille.

Roland, quite distracted, asked her:

"Louise, Louise, what is the matter with you? What on earth is the matter with you?"

She did not answer, but seemed racked by some deep and dreadful grief.

Her husband tried to take her hands from her face. She resisted him, repeating:

"No, no, no."

He turned to his son:

"But what is the matter with her? I never saw her like this."

"It is nothing," said Pierre, "a slight nervous attack."

And he felt as if it were a comfort to him to see her suffering thus, as if this anguish mitigated his resentment and diminished his mother's load of opprobrium. He looked at her as a judge satisfied with his day's work.

Suddenly she rose, rushed to the door with such a swift impulse that it was impossible to forestall or to stop her, and ran off to lock herself into her room.

Roland and the doctor were left face to face.

"Do you understand anything of the case?" said the former.

"Yes," replied the latter. "It comes from a simple little nervous disturbance which often declares itself at mamma's age. It is likely that she will have many more attacks like this one."

Indeed, she had others, almost every day; and Pierre seemed to bring them on with a word, as if he held the secret of her strange and unknown trouble. He would discern in her face a lucid interval of peace and with the willingness of a torturer would, with a word, revive the anguish that had been lulled for a moment.

And he suffered as much as she did! He suffered frightfully from the fact that he no longer loved her, no longer respected her, and that he was torturing her. When he had laid bare the bleeding wound which he had opened in her woman's, her mother's heart, when he felt how wretched and desperate she was, he would go out alone, wander about the town, so torn by remorse, so broken by pity, so grieved to have thus hammered her with his scorn as her son, that he longed to fling himself into the sea and put an end to it all by drowning himself.

Oh! How gladly now would he have forgiven her! But he could not, for he was incapable of forgetting. If only he could have desisted from making her suffer; but this again he could not, suffering as he did himself. He went home to his meals, full of relenting resolutions; then, as soon as he saw her, as soon as he met her eye—formerly so clear and frank, now so evasive, frightened, and bewildered—he struck at her in spite of himself, unable to suppress the treacherous words which would rise to his lips.

This disgraceful secret, known to them alone, goaded him up against her. It was as a poison flowing in his veins and giving him an impulse to bite like a mad dog.

There was nothing now to prevent his torturing her unceasingly; for Jean lived almost entirely in his new apartments, and only came home to dinner and to sleep every night with his family.

Il s'apercevait souvent des amertumes et des violences de son frère, qu'il attribuait à la jalousie. Il se promettait bien de le remettre à sa place, et de lui donner une leçon un jour ou l'autre, car la vie de famille devenait fort pénible à la suite de ces scènes continuelles. Mais comme il vivait à part maintenant, il souffrait moins de ces brutalités; et son amour de la tranquillité le poussait à la patience. La fortune, d'ailleurs, l'avait grisé, et sa pensée ne s'arrêtait plus guère qu'aux choses ayant pour lui un intérêt direct. Il arrivait, l'esprit plein de petits soucis nouveaux, préoccupé de la coupe d'une jaquette, de la forme d'un chapeau de feutre, de la grandeur convenable pour des cartes de visite. Et il parlait avec persistance de tous les détails de sa maison, de planches posées dans le placard de sa chambre pour serrer le linge, de portemanteaux installés dans le vestibule, de sonneries électriques disposées pour prévenir toute pénétration clandestine dans le logis.

Il avait été décidé qu'à l'occasion de son installation, on ferait une partie de campagne à Saint-Jouin, et qu'on reviendrait prendre le thé, chez lui, après dîner. Roland voulait aller par mer, mais la distance et l'incertitude où l'on était d'arriver par cette voie, si le vent contraire soufflait, firent repousser son avis, et un break fut loué pour cette excursion.

On partit vers dix heures afin d'arriver pour le déjeuner. La grand-route poudreuse se déployait à travers la campagne normande que les ondulations des plaines et les fermes entourées d'arbres font ressembler à un parc sans fin. Dans la voiture emportée au trot lent de deux gros chevaux, la famille Roland, Mme Rosémilly et le capitaine Beausire se taisaient, assourdis par le bruit des roues, et fermaient les yeux dans un nuage de poussière.

C'était l'époque des récoltes mûres. A côté des trèfles d'un vert sombre, et des betteraves d'un vert cru, les blés jaunes éclairaient la campagne d'une lueur dorée et blonde. Ils semblaient avoir bu la lumière du soleil tombée sur eux. On commençait à moissonner par places, et dans les champs attaqués par les faux, on voyait les hommes se balancer en promenant au ras du sol leur grande lame en forme d'aile.

Après deux heures de marche, le break prit un chemin à gauche, passa près d'un moulin à vent qui tournait, mélancolique épave grise, à moitié pourrie et condamnée, dernier survivant des vieux moulins, puis il entra dans une jolie cour et s'arrêta devant une maison coquette, auberge célèbre dans le pays.

La patronne, qu'on appelle la belle Alphonsine, s'en vint, souriante, sur sa porte, et tendit la main aux deux dames qui hésitaient devant le marchepied trop haut.

Sous une tente, au bord de l'herbage ombragé de pommiers, des étrangers déjeunaient déjà, des Parisiens venus d'Étretat; et on entendait dans l'intérieur de la maison des voix, des rires et des bruits de vaisselle.

On dut manger dans une chambre, toutes les salles étant pleines. Soudain Roland aperçut contre la muraille des filets à salicoques.

– Ah! ah! cria-t-il, on pêche du bouquet ici?

He frequently observed his brother's bitterness and violence, and attributed them to jealousy. He promised himself that some day he would teach him his place and give him a lesson, for life at home was becoming very painful as a result of these constant scenes. But as he now lived apart he suffered less from this brutal conduct, and his love of peace prompted him to patience. His good fortune, too, had turned his head, and he scarcely paused to think of anything which had no direct interest for himself. He would come in full of fresh little anxieties, full of the cut of a morning-coat, of the shape of a felt hat, of the proper size for his visiting-cards. And he talked incessantly of all the details of his house—the shelves fixed in his bedroom cupboard to keep linen on, the pegs to be put up in the entrance hall, the electric bells contrived to prevent illicit visitors to his lodgings.

It had been settled that on the day when he should take up his abode there they should make an excursion to Saint-Jouin, and return after dining there, to drink tea in his rooms. Roland wanted to go by sea, but the distance and the uncertainty as to the time when they would arrive by this route, if the wind was contrary, made them reject his plan, and a carriage was hired for this excursion.

They started about ten o'clock to get there to breakfast. The dusty high road lay across the plain of Normandy, which, by its gentle undulations, dotted with farms embowered in trees, wears the aspect of an endless park. In the vehicle, as it jogged on at the slow trot of a pair of heavy horses, sat the Roland family, Mme Rosémilly, and Captain Beausire, all silent, deafened by the rumble of the wheels, and with their eyes shut to keep out the clouds of dust.

The harvest was ripe. Beside the dull green of the clover, and the bright green of the beets, the yellow corn lighted up the landscape with gleams of pale gold; the fields looked as if they had drunk in the sunshine which poured down on them. Here and there the reapers were at work; and in the fields under the scythe the laborers were seen, swinging rhythmically as they swept the huge, wing-shaped blade over the surface of the ground.

After a drive of two hours, the carriage turned to the left, passed a windmill in motion, a grey, melancholy wreck, half rotten and condemned, the last survivor of the old mills, and then entered a pretty courtyard, and drew up before a gay little house, a celebrated inn of the district.

The landlady, who was named La Belle Alphonsine, came smiling to the door, and extended her hand to the two ladies, who were hesitating at the carriage step, which was too high.

Some strangers were already at breakfast under a tent by a grass-plot shaded by apple trees—Parisians, who had come from Étretat; and from the house came sounds of voices, laughter, and the rattle of dishes.

All the large halls being occupied, they had to eat in a private room. Roland suddenly caught sight of some shrimping nets hanging against the wall.

"Ah! ah!" he cried, "you catch prawns here?"

– Oui, répondit Beausire, c'est même l'endroit où on en prend le plus de toute la côte.

– Bigre! si nous y allions après déjeuner?

Il se trouvait justement que la marée était basse à trois heures; et on décida que tout le monde passerait l'après-midi dans les rochers, à chercher des salicoques.

On mangea peu, pour éviter l'afflux de sang à la tête quand on aurait les pieds dans l'eau. On voulait d'ailleurs se réserver pour le dîner, qui fut commandé magnifique et qui devait être prêt dès six heures, quand on rentrerait.

Roland ne se tenait pas d'impatience. Il voulait acheter les engins spéciaux employés pour cette pêche, et qui ressemblent beaucoup à ceux dont on se sert pour attraper des papillons dans les prairies.

On les nomme lanets. Ce sont de petites poches en filet attachées sur un cercle de bois, au bout d'un long bâton. Alphonsine, souriant toujours, les lui prêta. Puis elle aida les deux femmes à faire une toilette improvisée pour ne point mouiller leurs robes. Elle offrit des jupes, de gros bas de laine et des espadrilles. Les hommes ôtèrent leurs chaussettes et achetèrent chez le cordonnier du lieu des savates et des sabots.

Puis on se mit en route, le lanet sur l'épaule et la hotte sur le dos. Mme Rosémilly, dans ce costume, était tout à fait gentille, d'une gentillesse imprévue, paysanne et hardie.

La jupe prêtée par Alphonsine, coquettement relevée et fermée par un point de couture afin de pouvoir courir et sauter sans peur dans les roches, montrait la cheville et le bas du mollet, un ferme mollet de petite femme souple et forte. La taille était libre pour laisser aux mouvements leur aisance; et elle avait trouvé, pour se couvrir la tête, un immense chapeau de jardinier, en paille jaune, aux bords démesurés, à qui une branche de tamaris, tenant un côté retroussé, donnait un air mousquetaire et crâne.

Jean, depuis son héritage, se demandait tous les jours s'il l'épouserait ou non. Chaque fois qu'il la revoyait, il se sentait décidé à en faire sa femme, puis, dès qu'il se trouvait seul, il songeait qu'en attendant on a le temps de réfléchir. Elle était moins riche que lui maintenant, car elle ne possédait qu'une douzaine de mille francs de revenu, mais en biens-fonds, en fermes et en terrains dans Le Havre, sur les bassins; et cela, plus tard, pouvait valoir une grosse somme. La fortune était donc à peu près équivalente, et la jeune veuve assurément lui plaisait beaucoup.

En la regardant marcher devant lui ce jour-là, il pensait:

«Allons, il faut que je me décide. Certes, je ne trouverai pas mieux.»

Ils suivirent un petit vallon en pente, descendant du village vers la falaise; et la falaise, au bout de ce vallon, dominait la mer de quatre-vingts mètres. Dans l'encadrement des côtes vertes, s'abaissant à droite et à gauche, un grand triangle d'eau, d'un bleu d'argent sous le soleil, apparaissait au loin, et une voile, à peine visible, avait l'air d'un insecte là-bas. Le ciel plein de lumière se mêlait tellement à l'eau qu'on ne distinguait point du tout où finissait l'un et où commençait l'autre; et les deux femmes, qui précédaient

"Yes," replied Beausire. "Indeed it is the place on all the coast where most are taken."

"Bugger! Let us go there after breakfast!"

As it happened it would be low tide at three o'clock, so it was settled that they should all spend the afternoon among the rocks, hunting prawns.

They made a light breakfast, as a precaution against the rush of blood to the head when they should have their feet in the water. They also wished to reserve an appetite for dinner, which had been ordered on a grand scale and to be ready at six o'clock when they came in.

Roland could not control his impatience. He wanted to buy the special apparatus for this kind of fishing, which resembles very much the nets used to catch butterflies in the fields.

Their name is lanets; they are netted bags on a circular wooden frame, at the end of a long pole. Alphonsine, still smiling, was happy to lend them. Then she helped the two ladies to make an impromptu change of toilet, so as not to spoil their dresses. She offered them skirts, coarse worsted stockings and hemp shoes. The men took off their socks and went to the shoemaker's to buy wooden shoes instead.

Then they set out, the lanets over their shoulders and creels on their backs. Mme Rosémilly was very sweet in this costume, with an unexpected, rustic, bold style of beauty.

The skirt which Alphonsine had lent her, coquettishly tucked up and firm-ly stitched so as to allow of her running and jumping fearlessly on the rocks, displayed her ankle and lower calf—the firm calf of a strong and agile little woman. Her dress was loose to give freedom to her movements, and to cover her head she had found an enormous garden hat of coarse yellow straw with an extravagantly broad brim; and to this, a bunch of tamarisk pinned in to cock it on one side, gave her the dauntless air of a dashing mousquetaire.

Jean, since receiving his legacy, had asked himself every day whether he should marry her or not. Each time he saw her he made up his mind to ask her to be his wife, and then, as soon as he was alone again, he considered that by waiting he would have time to reflect. She was now less rich than he, for she had only twelve thousand francs a year; but the principal was invested in real estate, in farms, and lots in Havre, on the docks, and this might, in time, be worth a large sum. Their fortunes were thus approxi-mately equal, and certainly the young widow attracted him greatly.

As he watched her walking in front of him that day, he thought:

"I must really decide; I cannot do better, I am sure."

They followed the slope of a little valley, descending from the village to the cliff, and the cliff at the end of this valley rose eighty metres above the sea. Framed by green banks descending to right and left of it, a spacious watery triangle, silvery blue in the sunlight, could be seen, and a scarcely percep-tible sail looked like an insect on its surface. The sky, filled with radiance, blended with the water so that the eye could not distinguish a dividing line,

les trois hommes, dessinaient sur cet horizon clair leurs tailles serrées dans leurs corsages.

Jean, l'œil allumé, regardait fuir devant lui la cheville mince, la jambe fine, la hanche souple et le grand chapeau provocant de Mme Rosémilly. Et cette fuite activait son désir, le poussait aux résolutions décisives que prennent brusquement les hésitants et les timides. L'air tiède, où se mêlait à l'odeur des côtes, des ajoncs, des trèfles et des herbes, la senteur marine des roches découvertes, l'animait encore en le grisant doucement, et il se décidait un peu plus à chaque pas, à chaque seconde, à chaque regard jeté sur la silhouette alerte de la jeune femme; il se décidait à ne plus hésiter, à lui dire qu'il l'aimait et qu'il désirait l'épouser. La pêche lui servirait, facilitant leur tête-à-tête; et ce serait en outre un joli cadre, un joli endroit pour parler d'amour, les pieds dans un bassin d'eau limpide, en regardant fuir sous les varechs les longues barbes des crevettes.

Quand ils arrivèrent au bout du vallon, au bord de l'abîme, ils aperçurent un petit sentier qui descendait le long de la falaise, et sous eux, entre la mer et le pied de la montagne, à mi-côte à peu près, un surprenant chaos de rochers énormes, écroulés, renversés, entassés les uns sur les autres dans une espèce de plaine herbeuse et mouvementée qui courait à perte de vue vers le sud, formée par les éboulements anciens. Sur cette longue bande de broussailles et de gazon secouée, eût-on dit, par des sursauts de volcan, les rocs tombés semblaient les ruines d'une grande cité disparue qui regardait autrefois l'Océan, dominée elle-même par la muraille blanche et sans fin de la falaise.

– Ça, c'est beau, dit en s'arrêtant Mme Rosémilly.

Jean l'avait rejointe, et, le cœur ému, lui offrait la main pour descendre l'étroit escalier taillé dans la roche.

Ils partirent en avant, tandis que Beausire, se raidissant sur ses courtes jambes, tendait son bras replié à Mme Roland étourdie par le vide.

Roland et Pierre venaient les derniers, et le docteur dut traîner son père, tellement troublé par le vertige qu'il se laissait glisser, de marche en marche, sur son derrière.

Les jeunes gens, qui dévalaient en tête, allaient vite, et soudain ils aperçurent à côté d'un banc de bois qui marquait un repos vers le milieu de la valleuse, un filet d'eau claire jaillissant d'un petit trou de la falaise. Il se répandait d'abord en un bassin grand comme une cuvette qu'il s'était creusé lui-même, puis tombant en cascade haute de deux pieds à peine, il s'enfuyait à travers le sentier, où avait poussé un tapis de cresson, puis disparaissait dans les ronces et les herbes, à travers la plaine soulevée où s'entassaient les éboulements.

– Oh! que j'ai soif! s'écria Mme Rosémilly.

Mais comment boire? Elle essayait de recueillir dans le fond de sa main l'eau qui lui fuyait à travers les doigts. Jean eut une idée, mit une pierre dans le chemin; et elle s'agenouilla dessus afin de puiser à la source même avec ses lèvres qui se trouvaient ainsi à la même hauteur.

and the two ladies, who walked in advance of the three men, cast on this clear horizon the outline of their figures in their tightly fitting corsages.

Jean, with a sparkle in his eye, watched the smart ankle, the neat leg, the supple waist, and the coquettish broad hat of Mme Rosémilly as they fled away from him. And this flight fired his desire, urging him on to the sudden determination which comes to hesitating and timid natures. The warm air, fragrant with sea-coast odours—the gorse, the clover, and the grasses, mingling with the salt smell of the rocks at low tide—excited him still more, mounting to his brain; and every moment he felt a little more determined, at every step, at every glance he cast at the alert figure of the young woman; he made up his mind to delay no longer, to tell her that he loved her and wanted to marry her. The prawn-fishing would favour him by rendering a tête-à-tête more easy; and it would be a pretty scene too, a pretty spot for words of love—their feet in a pool of limpid water while they watched the long feelers of the shrimps lurking under the wrack.

When they had reached the end of the comb and the edge of the cliff, they saw a little footpath slanting down the face of it; and below them, about half-way between the sea and the foot of the precipice, an amazing chaos of enormous boulders tumbled over and piled one above the other on a sort of grassy and undulating plain which extended as far as they could see to the south, formed by an ancient landslip. On this long shelf of brushwood and grass, disrupted, as it seemed, by the shocks of a volcano, the fallen rocks seemed the wreck of a great ruined city which had once looked out on the ocean, sheltered by the long white wall of the overhanging cliff.

"That is beautiful," said Mme Rosémilly, standing still.

Jean had come up with her, and with a beating heart offered his hand to help her down the narrow steps cut in the rock.

They went on in front, while Beausire, squaring himself on his little legs, gave his arm to Mme Roland, who felt giddy at the gulf before her.

Roland and Pierre came last, and the doctor had to drag his father down, for his brain reeled so that he could only slip down sitting, from step to step.

The two young people who led the way went fast till suddenly they saw, by the side of a wooden bench which afforded a resting-place about half-way down the slope, a thread of clear water, springing from a little crevice in the cliff. It fell into a hollow as large as a washing basin which it had worn in the stone; then, falling in a cascade, hardly two feet high, it trickled across the footpath which it had carpeted with cresses, and was lost among the briers and grass on the raised shelf where the boulders were piled.

"Oh, I am so thirsty!" cried Mme Rosémilly.

But how could she drink? She tried to catch the water in her hand, but it slipped away between her fingers. Jean had an idea; he placed a stone on the path and on this she knelt down to put her lips to the spring itself, which was thus on the same level.

Quand elle releva sa tête, couverte de gouttelettes brillantes semées par milliers sur la peau, sur les cheveux, sur les cils, sur le corsage, Jean penché vers elle murmura:

– Comme vous êtes jolie!

Elle répondit, sur le ton qu'on prend pour gronder un enfant:

– Voulez-vous bien vous taire?

C'étaient les premières paroles un peu galantes qu'ils échangeaient.

– Allons, dit Jean fort troublé, sauvons-nous avant qu'on nous rejoigne.

Il apercevait, en effet, tout près d'eux maintenant, le dos du capitaine Beausire qui descendait à reculons afin de soutenir par les deux mains Mme Roland, et, plus haut, plus loin, Roland se laissait toujours glisser, calé sur son fond de culotte en se traînant sur les pieds et sur les coudes avec une allure de tortue, tandis que Pierre le précédait en surveillant ses mouvements.

Le sentier moins escarpé devenait une sorte de chemin en pente contournant les blocs énormes tombés autrefois de la montagne. Mme Rosémilly et Jean se mirent à courir et furent bientôt sur le galet. Ils le traversèrent pour gagner les roches. Elles s'étendaient en une longue et plate surface couverte d'herbes marines et où brillaient d'innombrables flaques d'eau. La mer basse était là-bas, très loin, derrière cette plaine gluante de varechs, d'un vert luisant et noir.

Jean releva son pantalon jusqu'au-dessus du mollet et ses manches jusqu'au coude, afin de se mouiller sans crainte, puis il dit: «En avant!» et sauta avec résolution dans la première mare rencontrée.

Plus prudente, bien que décidée aussi à entrer dans l'eau tout à l'heure, la jeune femme tournait autour de l'étroit bassin, à pas craintifs, car elle glissait sur les plantes visqueuses.

– Voyez-vous quelque chose? disait-elle.

– Oui, je vois votre visage qui se reflète dans l'eau.

– Si vous ne voyez que cela, vous n'aurez pas une fameuse pêche.

Il murmura d'une voix tendre:

– Oh! de toutes les pêches c'est encore celle que je préférerais faire.

Elle riait:

– Essayez donc, vous allez voir comme il passera à travers votre filet.

– Pourtant... si vous vouliez?

– Je veux vous voir prendre des salicoques... et rien de plus... pour le moment.

– Vous êtes méchante. Allons plus loin, il n'y a rien ici.

Et il lui offrit la main pour marcher sur les rochers gras. Elle s'appuyait un peu craintive, et lui, tout à coup, se sentait envahi par l'amour, soulevé de désirs, affamé d'elle, comme si le mal qui germait en lui avait attendu ce jour-là pour éclore.

Ils arrivèrent bientôt auprès d'une crevasse plus profonde, où flottaient, sous l'eau frémissante et coulant vers la mer lointaine par une fissure invisible, des herbes longues, fines, bizarrement colorées, des chevelures roses et vertes, qui semblaient nager.

When she raised her head, covered with myriads of tiny drops, sprinkled all over her face, her hair, her eye-lashes, and her corsage, Jean bent over her and murmured:

"How pretty you are!"

She answered in the tone in which she might have scolded a child:

"Will you be quiet?"

These were the first words of flirtation they had ever exchanged.

"Come," said Jean, much agitated. "Let us go on before they come up with us."

For in fact they could see quite near them now Captain Beausire as he came down, backward, so as to give both hands to Mme Roland; and further up, further off, Roland still letting himself slip, lowering himself on his hams and clinging on with his feet and elbows at the speed of a tortoise, Pierre keeping in front of him to watch his movements.

The path, now less steep, was here almost a road, zigzagging between the huge rocks which had at some former time rolled from the hill-top. Mme Rosémilly and Jean set off at a run and they were soon on the beach. They crossed it and reached the rocks, which stretched in a long and flat expanse covered with sea-weed, and broken by endless gleaming pools. The ebbed waters lay beyond, very far away, across this plain of slimy weed, of a black and shining green.

Jean rolled up his trousers above his calf, and his sleeves to his elbows, that he might get wet without caring; then saying: "Forward!" he leaped boldly into the first tide-pool they came to.

The young woman, more cautious, though fully intending to go in too, presently, made her way round the little pond, stepping timidly, for she slipped on the grassy weed.

"Do you see anything?" she said.

"Yes, I see your face reflected in the water."

"If that is all you see, you will not have good fishing."

He murmured in a tender voice:

"Of all fishing it is that I should like best to succeed in."

She laughed:

"Try; you will see how it will slip through your net."

"But yet... if you will?"

"I will see you catch prawns... and nothing else... for the moment."

"You are cruel. Let us go a little farther, there are none here."

He gave her his hand to steady her on the slippery rocks. She leaned on him rather timidly, and he suddenly felt himself overpowered by love and insurgent with passion, as if the fever that had been incubating in him had waited till today to declare its presence.

They soon came to a deeper rift, in which long slender weeds, fantastically tinted, like floating green and rose-coloured hair, were swaying under the quivering water as it trickled off to the distant sea through some invisible crevice.

Mme Rosémilly s'écria:

– Tenez, tenez, j'en vois une, une grosse, une très grosse là-bas!

Il l'aperçut à son tour, et descendit dans le trou résolument, bien qu'il se mouillât jusqu'à la ceinture.

Mais la bête remuant ses longues moustaches reculait doucement devant le filet. Jean la poussait vers les varechs, sûr de l'y prendre. Quand elle se sentit bloquée, elle glissa d'un brusque élan par-dessus le lanet, traversa la mare et disparut.

La jeune femme qui regardait, toute palpitante, cette chasse, ne put retenir ce cri:

– Oh! maladroit!

Il fut vexé, et d'un mouvement irréfléchi traîna son filet dans un fond plein d'herbes. En le ramenant à la surface de l'eau, il vit dedans trois grosses salicoques transparentes, cueillies à l'aveuglette dans leur cachette invisible.

Il les présenta, triomphant, à Mme Rosémilly qui n'osait point les prendre, par peur de la pointe aiguë et dentelée dont leur tête fine est armée.

Elle s'y décida pourtant, et pinçant entre deux doigts le bout effilé de leur barbe, elle les mit, l'une après l'autre, dans sa hotte, avec un peu de varech qui les conserverait vivantes. Puis ayant trouvé une flaque d'eau moins creuse, elle y entra, à pas hésitants, un peu suffoquée par le froid qui lui saisissait les pieds, et elle se mit à pêcher elle-même. Elle était adroite et rusée, ayant la main souple et le flair de chasseur qu'il fallait. Presque à chaque coup, elle ramenait des bêtes trompées et surprises par la lenteur ingénieuse de sa poursuite.

Jean maintenant ne trouvait rien, mais il la suivait pas à pas, la frôlait, se penchait sur elle, simulait un grand désespoir de sa maladresse, voulait apprendre.

– Oh! montrez-moi, disait-il, montrez-moi!

Puis, comme leurs deux visages se reflétaient, l'un contre l'autre, dans l'eau si claire dont les plantes noires du fond faisaient une glace limpide, Jean souriait à cette tête voisine qui le regardait d'en bas, et parfois, du bout des doigts, lui jetait un baiser qui semblait tomber dessus.

– Ah! que vous êtes ennuyeux! disait la jeune femme; mon cher, il ne faut jamais faire deux choses à la fois.

Il répondit:

– Je n'en fais qu'une. Je vous aime.

Elle se redressa, et d'un ton sérieux:

– Voyons, qu'est-ce qui vous prend depuis dix minutes, avez-vous perdu la tête?

– Non, je n'ai pas perdu la tête. Je vous aime, et j'ose, enfin, vous le dire.

Ils étaient debout maintenant dans la mare salée qui les mouillait jusqu'aux mollets, et les mains ruisselantes appuyées sur leurs filets, ils se regardaient au fond des yeux.

Elle reprit, d'un ton plaisant et contrarié:

– Que vous êtes malavisé de me parler de ça en ce moment! Ne pouviez-vous attendre un autre jour et ne pas me gâter ma pêche?

Il murmura:

Mme Rosémilly cried out:

"Look, look, I see one, a big one. A very big one, just there!"

He saw it too, and stepped boldly into the pool, though he got wet up to the waist.

But the creature, waving its long whiskers, gently retired in front of the net. Jean drove it towards the sea-weed, making sure of his prey. When it found itself blockaded, it rose with a dart over the net, shot across the mere, and was gone.

The young woman, who was watching the chase in great excitement, could not help exclaiming:

"Oh! Clumsy!"

He was vexed, and without a moment's thought dragged his net over a hole full of weed. As he brought it to the surface again he saw in it three large transparent prawns, caught blindfold in their hiding-place.

He offered them in triumph to Mme Rosémilly, who was afraid to touch them, for fear of the sharp, serrated crest which arms their heads.

However, she made up her mind to it, and taking them up by the tip of their long whiskers she dropped them one by one into her creel, with a little seaweed to keep them alive. Then, having found a shallower pool of water, she stepped in with some hesitation, for the cold plunge of her feet took her breath away, and began to fish on her own account. She was dextrous and artful, with the light hand and the hunter's instinct which are indispensable. At almost every dip she brought up some prawns, beguiled and surprised by her ingeniously gentle pursuit.

Jean now caught nothing; but he followed her, step by step, touched her now and again, bent over her, pretended great distress at his own awkwardness, and besought her to teach him.

"Oh! show me," he kept saying. "Show me how!"

And then, as their two faces were reflected side by side in water so clear that the black weeds at the bottom made a limpid mirror, Jean smiled at the face which looked up at him from the depth, and now and then from his finger-tips blew it a kiss which seemed to light upon it.

"Ah! how tiresome you are!" the young woman said. "My dear, you should never do two things at once."

He replied:

" I am only doing one. I love you."

She drew herself up and said gravely:

"What has come over you these ten minutes; have you lost your head?"

"No, I have not lost my head. I love you, and at last I dare to tell you so."

They were at this moment both standing in the salt pool, wet half-way up to their knees and with dripping hands, holding their nets. They looked into each other's eyes.

She went on in a tone of amused annoyance:

"How very ill-advised to tell me here and now! Could you not wait till another day instead of spoiling my fishing?"

He murmured:

– Pardon, mais je ne pouvais plus me taire. Je vous aime depuis long-temps. Aujourd'hui vous m'avez grisé à me faire perdre la raison.

Alors, tout à coup, elle sembla en prendre son parti, se résigner à parler d'affaires et à renoncer aux plaisirs.

– Asseyons-nous sur ce rocher, dit-elle, nous pourrons causer tranquille-ment.

Ils grimpèrent sur un roc un peu haut, et lorsqu'ils y furent installés côte à côte, les pieds pendants, en plein soleil, elle reprit:

– Mon cher ami, vous n'êtes plus un enfant et je ne suis pas une jeune fille. Nous savons fort bien l'un et l'autre de quoi il s'agit, et nous pouvons peser toutes les conséquences de nos actes. Si vous vous décidez aujourd'hui à me déclarer votre amour, je suppose naturellement que vous désirez m'épouser.

Il ne s'attendait guère à cet exposé net de la situation, et il répondit niai-sement:

– Mais oui.

– En avez-vous parlé à votre père et à votre mère?

– Non, je voulais savoir si vous m'accepteriez.

Elle lui tendit sa main encore mouillée, et comme il y mettait la sienne avec élan:

– Moi, je veux bien, dit-elle. Je vous crois bon et loyal. Mais n'oubliez point que je ne voudrais pas déplaire à vos parents.

– Oh! pensez-vous que ma mère n'a rien prévu et qu'elle vous aimerait comme elle vous aime si elle ne désirait pas un mariage entre nous?

– C'est vrai, je suis un peu troublée.

Ils se turent. Et il s'étonnait, lui, au contraire, qu'elle fût si peu troublée, si raisonnable. Il s'attendait à des gentillesses galantes, à des refus qui disent oui, à toute une coquette comédie d'amour mêlée à la pêche, dans le clapo-tement de l'eau! Et c'était fini, il se sentait lié, marié, en vingt paroles. Ils n'avaient plus rien à se dire puisqu'ils étaient d'accord, et ils demeuraient maintenant un peu embarrassés tous deux de ce qui s'était passé, si vite, entre eux, un peu confus même, n'osant plus parler, n'osant plus pêcher, ne sachant que faire.

La voix de Roland les sauva:

– Par ici, par ici, les enfants! Venez voir Beausire. Il vide la mer, ce gaillard-là.

Le capitaine, en effet, faisait une pêche merveilleuse. Mouillé jusqu'aux reins, il allait de mare en mare, reconnaissant d'un seul coup d'œil les meilleures places, et fouillant, d'un mouvement lent et sûr de son lanet, tou-tes les cavités cachées sous les varechs.

Et les belles salicoques transparentes, d'un blond gris, frétillaient au fond de sa main quand il les prenait d'un geste sec pour les jeter dans sa hotte.

Mme Rosémilly surprise, ravie, ne le quitta plus, l'imitant de son mieux, oubliant presque sa promesse et Jean qui suivait, rêveur, pour se donner tout entière à cette joie enfantine de ramasser des bêtes sous les herbes flottantes.

"Forgive me, but I could not keep silence. I have loved you a long time. Today you have intoxicated me and I lost my reason."

Then suddenly she seemed to have resigned herself to talk business and think no more of pleasure.

"Let us sit down on that stone," she said, "we can talk quietly."

They scrambled up a rather high boulder, and when they had settled themselves side by side in the bright sunshine, their feet hanging down, she began again:

"My good friend, you are no longer a child, and I am not a young girl. We both know perfectly well what we are talking about, and we can weigh the consequences of our actions. If you decide today to declare your love to me, I suppose naturally you wish to marry me."

He was not prepared for this matter-of-fact statement of the case, and he answered blandly:

"Why, yes."

"Have you spoken to your father and mother?"

"No, I wanted to know whether you would accept me."

She held out her hand, which was still wet, and as he eagerly clasped it:

"I am willing," she said. "I believe you to be kind and loyal. But remember, I should not like to displease your parents."

"Oh, do you think that my mother has never foreseen it, or that she would not be as fond of you as she is if she did not hope that you and I should marry?"

"That is true. I am a little disturbed."

They said no more. He, for his part, was amazed at her being so little disturbed, so rational. He had expected pretty little flirting ways, refusals which meant yes, a whole coquettish comedy of love chequered by prawn-fishing in the splashing water! And it was all over; he was pledged, married with twenty words. They had no more to say about it since they were agreed, and they now sat, both somewhat embarrassed by what had so swiftly passed between them; a little perplexed, indeed, not daring to speak, not daring to fish, not knowing what to do.

Roland's voice rescued them:

"This way, this way, children! Come and watch Beausire. The fellow is positively clearing out the sea."

The captain had, in fact, had a wonderful haul. Wet above his hips, he waded from pool to pool, recognizing the likeliest spots at a glance, and searching all the hollows hidden under sea-weed, with a steady slow sweep of his net.

And the beautiful transparent, sandy-grey prawns skipped in his palm as he picked them out of the net with a dry jerk and put them into his creel.

Mme Rosémilly, surprised and delighted, remained at his side, imitating him as well as she could, almost forgetful of her promise to Jean, who followed them in a dream, giving herself up entirely to the childish enjoyment of pulling the creatures out from among the waving sea-grasses.

Roland s'écria tout à coup:

– Tiens, Mme Roland qui nous rejoint.

Elle était restée d'abord seule avec Pierre sur la plage, car ils n'avaient envie ni l'un ni l'autre de s'amuser à courir dans les roches et à barboter dans les flaques; et pourtant ils hésitaient à demeurer ensemble. Elle avait peur de lui, et son fils avait peur d'elle et de lui-même, peur de sa cruauté qu'il ne maîtrisait point.

Ils s'assirent donc, l'un près de l'autre, sur le galet.

Et tous deux, sous la chaleur du soleil calmée par l'air marin, devant le vaste et doux horizon d'eau bleue moirée d'argent, pensaient en même temps: «Comme il aurait fait bon ici, autrefois!»

Elle n'osait point parler à Pierre, sachant bien qu'il répondrait une dureté; et il n'osait pas parler à sa mère sachant aussi que, malgré lui, il le ferait avec violence.

Du bout de sa canne il tourmentait les galets ronds, les remuait et les battait. Elle, les yeux vagues, avait pris entre ses doigts trois ou quatre petits cailloux qu'elle faisait passer d'une main dans l'autre, d'un geste lent et machinal. Puis son regard indécis, qui errait devant elle, aperçut, au milieu des varechs, son fils Jean qui pêchait avec Mme Rosémilly. Alors elle les suivit, épiant leurs mouvements, comprenant confusément, avec son instinct de mère, qu'ils ne causaient point comme tous les jours. Elle les vit se pencher côte à côte quand ils se regardaient dans l'eau, demeurer debout face à face quand ils interrogeaient leurs cœurs, puis grimper et s'asseoir sur le rocher pour s'engager l'un envers l'autre.

Leurs silhouettes se détachaient bien nettes, semblaient seules au milieu de l'horizon, prenaient dans ce large espace de ciel, de mer, de falaises, quelque chose de grand et de symbolique.

Pierre aussi les regardait, et un rire sec sortit brusquement de ses lèvres.

Sans se tourner vers lui, Mme Roland lui dit:

– Qu'est-ce que tu as donc?

Il ricanait toujours:

– Je m'instruis. J'apprends comment on se prépare à être cocu.

Elle eut un sursaut de colère, de révolte, choquée du mot, exaspérée de ce qu'elle croyait comprendre.

– Pour qui dis-tu ça?

– Pour Jean, parbleu! C'est très comique de les voir ainsi!

Elle murmura, d'une voix basse, tremblante d'émotion:

– Oh! Pierre, que tu es cruel! Cette femme est la droiture même. Ton frère ne pourrait trouver mieux.

Il se mit à rire tout à fait, d'un rire voulu et saccadé:

– Ah! ah! ah! La droiture même! Toutes les femmes sont la droiture même... et tous leurs maris sont cocus. Ah! ah! ah!

Sans répondre elle se leva, descendit vivement la pente de galets, et, au risque de glisser, de tomber dans les trous cachés sous les herbes, de se cas-

Roland suddenly exclaimed:

"Ah, here comes Mme Roland to join us."

She had remained at first on the beach with Pierre, for they had neither of them any wish to play at running about among the rocks and paddling in the tide-pools; and yet they had felt doubtful about staying together. She was afraid of him, and her son was afraid of her and of himself; afraid of his own cruelty which he could not control.

But they sat down side by side on the stones.

And both of them, under the heat of the sun, mitigated by the sea-breeze, gazing at the wide, fair horizon of blue water streaked and shot with silver, thought at the same time: "How delightful this would have been, once upon a time!"

She did not venture to speak to Pierre, knowing that he would return some hard answer; and he dared not address his mother, knowing that in spite of himself he should speak rudely.

He sat twitching the water-worn pebbles with the end of his cane, switching them and turning them over. She, with a vague look in her eyes, had picked up three or four little stones and was slowly and mechanically dropping them from one hand into the other. Then her unsettled gaze, wandering over the scene before her, discerned, among the weedy rocks, her son Jean fishing with Mme Rosémilly. She looked at them, watching their movements, dimly understanding, with motherly instinct, that they were talking as they did not talk every day. She saw them leaning over side by side when they looked into the water, standing face to face when they questioned their hearts, then scrambled up the rock and seated themselves to come to an understanding.

Their figures stood out very sharply, looking as if they were alone in the middle of the horizon, and assuming a sort of symbolic dignity in that vast expanse of sky and sea and cliff.

Pierre, too, was looking at them, and a harsh laugh suddenly broke from his lips.

Without turning to him, Mme Roland said:

"What is it?"

He spoke with a sneer:

"I am learning. Learning how a man lays himself out to be a cuckold."

She gave a start of anger and revolt, shocked by the word he used, exasperated at what she took to be his meaning.

"For whom do you mean that?"

"For Jean, by Heaven! It is very funny to see those two!"

She murmured in a low voice, trembling with emotion:

"Oh! Pierre, how cruel you are! That woman is honesty itself. Your brother could not find better."

He laughed aloud, a hard, satirical laugh:

"Ha! Ha! Ha! Honesty itself! All wives are honesty itself... and all husbands are cuckolds. Ha! Ha! Ha!"

She made no reply, but rose, hastily went down the sloping beach, and at the risk of slipping, of tumbling into one of the rifts hidden by the sea-

ser la jambe ou le bras, elle s'en alla, courant presque, marchant à travers les mares, sans voir, tout droit devant elle, vers son autre fils.

En la voyant approcher, Jean lui cria:

– Eh bien? maman, tu te décides?

Sans répondre elle lui saisit le bras comme pour lui dire: «Sauve-moi, défends-moi.»

Il vit son trouble et, très surpris:

– Comme tu es pâle! Qu'est-ce que tu as?

Elle balbutia:

– J'ai failli tomber, j'ai eu peur sur ces rochers.

Alors Jean la guida, la soutint, lui expliquant la pêche pour qu'elle y prît intérêt. Mais comme elle ne l'écoutait guère, et comme il éprouvait un besoin violent de se confier à quelqu'un, il l'entraîna plus loin et, à voix basse:

– Devine ce que j'ai fait?

– Mais... mais... je ne sais pas.

– Devine.

– Je ne... je ne sais pas.

– Eh bien, j'ai dit à Mme Rosémilly que je désirais l'épouser.

Elle ne répondit rien, ayant la tête bourdonnante, l'esprit en détresse au point de ne plus comprendre qu'à peine. Elle répéta:

– L'épouser?

– Oui, ai-je bien fait? Elle est charmante, n'est-ce pas?

– Oui... charmante... tu as bien fait.

– Alors tu m'approuves?

– Oui... je t'approuve.

– Comme tu dis ça drôlement. On croirait que... que... tu n'es pas contente.

– Mais oui... je suis... contente.

– Bien vrai?

– Bien vrai.

Et pour le lui prouver, elle le saisit à pleins bras et l'embrassa à plein visage, par grands baisers de mère.

Puis, quand elle se fut essuyé les yeux, où des larmes étaient venues, elle aperçut là-bas sur la plage un corps étendu sur le ventre, comme un cadavre, la figure dans le galet: c'était l'autre, Pierre, qui songeait, désespéré.

Alors elle emmena son petit Jean plus loin encore, tout près du flot, et ils parlèrent longtemps de ce mariage où se rattachait son cœur.

La mer montant les chassa vers les pêcheurs qu'ils rejoignirent, puis tout le monde regagna la côte. On réveilla Pierre qui feignait de dormir; et le dîner fut très long, arrosé de beaucoup de vins.

weed, of breaking a leg or an arm, she hastened, almost running, plunging through the pools without looking, straight to her other son.

Seeing her approach, Jean called out:

"Well, mamma, have you made up your mind?"

Without a word she seized him by the arm, as if to say: "Save me, protect me."

He saw her agitation, and greatly surprised he said:

"How pale you are! What is the matter?"

She stammered out:

"I was nearly falling; I was frightened at the rocks."

So then Jean guided her, supported her, explained the sport to her that she might take an interest in it. But as she scarcely listened to him, and as he was bursting with the need to confide in some one, he led her away and in a low voice said to her:

"Guess what I have done!"

"But... but... I don't know."

"Guess."

"I don't... I don't know."

"Well, I have told Mme Rosémilly that I wish to marry her."

She did not answer, for her head was buzzing, her mind in such distress that she could scarcely take it in. She repeated:

"Marry her?"

"Yes. Have I done well? She is charming, don't you think?"

"Yes... charming... You have done well."

"Then you approve?"

"Yes... I approve."

"But how strangely you say so! I could fancy that... that... you were not glad."

"Well, yes... I am... glad."

"Really and truly?"

"Really and truly."

And to prove it she threw her arms round him and kissed him heartily, with warm motherly kisses.

Then, when she had wiped her eyes, which were full of tears, she saw upon the beach a body lying flat on its stomach, like a corpse, its face hidden against the stones; it was the other one, Pierre, sunk in thought and desperation.

At this she led her little Jean farther away, quite to the edge of the waves, and there they talked for a long time of this marriage on which he had set his heart.

The rising tide drove them back to rejoin the fishers, and then they all made their way to the shore. They roused Pierre, who pretended to be sleeping; and then came a long dinner, washed down with lots of wine.

VII

Dans le break, en revenant, tous les hommes, hormis Jean, sommeillèrent. Beausire et Roland s'abattaient, toutes les cinq minutes, sur une épaule voisine qui les repoussait d'une secousse. Ils se redressaient alors, cessaient de ronfler, ouvraient les yeux, murmuraient: «Bien beau temps», et retombaient, presque aussitôt, de l'autre côté.

Lorsqu'on entra dans Le Havre, leur engourdissement était si profond qu'ils eurent beaucoup de peine à le secouer, et Beausire refusa même de monter chez Jean où le thé les attendait. On dut le déposer devant sa porte.

Le jeune avocat, pour la première fois, allait coucher dans son logis nouveau; et une grande joie, un peu puérile, l'avait saisi tout à coup de montrer, justement ce soir-là, à sa fiancée, l'appartement qu'elle habiterait bientôt.

La bonne était partie, Mme Roland ayant déclaré qu'elle ferait chauffer l'eau et servirait elle-même, car elle n'aimait pas laisser veiller les domestiques, par crainte du feu.

Personne, autre qu'elle, son fils et les ouvriers, n'était encore entré, afin que la surprise fût complète quand on verrait combien c'était joli.

Dans le vestibule, Jean pria qu'on attendît. Il voulait allumer les bougies et les lampes, et il laissa dans l'obscurité Mme Rosémilly, son père et son frère, puis il cria: «Arrivez!» en ouvrant toute grande la porte à deux battants.

La galerie vitrée, éclairée par un lustre et des verres de couleur cachés dans les palmiers, les caoutchoucs et les fleurs, apparaissait d'abord pareille à un décor de théâtre. Il y eut une seconde d'étonnement. Roland, émerveillé de ce luxe, murmura: «Nom d'un chien,» saisi par l'envie de battre des mains comme devant les apothéoses.

Puis on pénétra dans le premier salon, petit, tendu avec une étoffe vieil or, pareille à celle des sièges. Le grand salon de consultation très simple, d'un rouge saumon pâle, avait grand air.

Jean s'assit dans le fauteuil devant son bureau chargé de livres, et d'une voix grave, un peu forcée:

– Oui, Madame, les textes de lois sont formels et me donnent, avec l'assentiment que je vous avais annoncé, l'absolue certitude qu'avant trois mois l'affaire dont nous nous sommes entretenus recevra une heureuse solution.

Il regardait Mme Rosémilly qui se mit à sourire en regardant Mme Roland; et Mme Roland, lui prenant la main, la serra.

Jean, radieux, fit une gambade de collégien et s'écria:

– Hein, comme la voix porte bien. Il serait excellent pour plaider, ce salon.

Il se mit à déclamer:

– Si l'humanité seule, si ce sentiment de bienveillance naturelle que nous éprouvons pour toute souffrance devait être le mobile de l'acquittement que nous sollicitons de vous, nous ferions appel à votre pitié, messieurs les jurés,

VII

In the carriage, on their way home, all the men dozed excepting Jean. Beausire and Roland dropped every five minutes on to a neighbour's shoulder which repelled them with a shove. Then they sat up, ceased to snore, opened their eyes, muttered, "A lovely evening!" and almost immediately fell over on the other side.

By the time they reached Havre their drowsiness was so heavy that they had great difficulty in shaking it off, and Beausire even refused to go to Jean's rooms where tea was waiting for them. He had to be set down at his own door.

The young lawyer was to sleep in his new abode for the first time; and he was full of rather puerile glee which had suddenly come over him, at being able, that very evening, to show his betrothed the rooms she was so soon to inhabit.

The maid had gone, Mme Roland having declared that she herself would boil the water and make the tea, for she did not like the servants to be kept up for fear of fire.

No one had yet been into the lodgings but herself, Jean, and the workmen, that the surprise might be the greater at their being so pretty.

Jean begged them all to wait a moment in the anteroom. He wanted to light the lamps and candles, and he left Mme Rosémilly in the dark with his father and brother; then he cried: "Come in!" opening the double door to its full width.

The glass gallery, lighted by a chandelier and little coloured lamps hidden among palms, India-rubber plants, and flowers, was first seen like a scene on the stage. There was a second of surprise. Roland, dazzled by such luxury, muttered: "I'll be damned!" and felt inclined to clap his hands as if it were a grand finale scene.

Then they went into the first drawing-room, a small room with hangings of old gold to match the chairs. The large room for the reception of clients was very simple, of pale salmon color, and had an air of elegant severity.

Jean sat down in his armchair in front of his desk, loaded with books, and in a solemn, rather stilted tone, he began:

"Yes, madame, the letter of the law is explicit, and, assuming the consent I promised you, it affords me absolute certainty that the matter we discussed will come to a happy conclusion within three months."

He looked at Mme Rosémilly, who began to smile and glanced at Mme Roland. Mme Roland took her hand and pressed it.

Jean, in high spirits, cut a caper like a school-boy, exclaiming:

"How well the voice carries! This room would be excellent to plead a case in."

And he declaimed:

"If humanity alone, if the instinct of natural benevolence which we feel towards all who suffer, were the motive of the acquittal we expect of you, I should appeal to your compassion, gentlemen of the jury, to your hearts as

à votre cœur de père et d'homme; mais nous avons pour nous le droit, et c'est la seule question du droit que nous allons soulever devant vous...

Pierre regardait ce logis qui aurait pu être le sien, et il s'irritait des gamineries de son frère, le jugeant, décidément, trop niais et pauvre d'esprit.

Mme Roland ouvrit une porte à droite.

– Voici la chambre à coucher, dit-elle.

Elle avait mis à la parer tout son amour de mère. La tenture était en cretonne de Rouen qui imitait la vieille toile normande. Un dessin Louis XV–une bergère dans un médaillon que fermaient les becs unis de deux colombes–donnait aux murs, aux rideaux, au lit, aux fauteuils un air galant et champêtre tout à fait gentil.

– Oh! c'est charmant, dit Mme Rosémilly, devenue un peu sérieuse, en entrant dans cette pièce.

– Cela vous plaît? demanda Jean.

– Énormément.

– Si vous saviez comme ça me fait plaisir.

Ils se regardèrent une seconde, avec beaucoup de tendresse confiante au fond des yeux.

Elle était gênée un peu cependant, un peu confuse dans cette chambre à coucher qui serait sa chambre nuptiale. Elle avait remarqué, en entrant, que la couche était très large, une vraie couche de ménage, choisie par Mme Roland qui avait prévu sans doute et désiré le prochain mariage de son fils; et cette précaution de mère lui faisait plaisir cependant, semblait lui dire qu'on l'attendait dans la famille.

Puis quand on fut rentré dans le salon, Jean ouvrit brusquement la porte de gauche et on aperçut la salle à manger ronde, percée de trois fenêtres, et décorée en lanterne japonaise. La mère et le fils avaient mis là toute la fantaisie dont ils étaient capables. Cette pièce à meubles de bambou, à magots, à potiches, à soieries pailletées d'or, à stores transparents où des perles de verre semblaient des gouttes d'eau, à éventails cloués aux murs pour maintenir les étoffes, avec ses écrans, ses sabres, ses masques, ses grues faites en plumes véritables, tous ses menus bibelots de porcelaine, de bois, de papier, d'ivoire, de nacre et de bronze avait l'aspect prétentieux et maniéré que donnent les mains inhabiles et les yeux ignorants aux choses qui exigent le plus de tact, de goût et d'éducation artiste. Ce fut celle cependant qu'on admira le plus. Pierre seul fit des réserves avec une ironie un peu amère dont son frère se sentit blessé.

Sur la table, les fruits se dressaient en pyramides, et les gâteaux s'élevaient en monuments.

On n'avait guère faim; on suça les fruits et on grignota les pâtisseries plutôt qu'on ne les mangea. Puis, au bout d'une heure, Mme Rosémilly demanda la permission de se retirer.

Il fut décidé que le père Roland l'accompagnerait à sa porte et partirait immédiatement avec elle, tandis que Mme Roland, en l'absence de la bonne, jetterait son coup d'œil de mère sur le logis afin que son fils ne manquât de rien.

– Faut-il revenir te chercher? demanda Roland.

fathers and as men; but we have law on our side, and it is the point of law only which we shall submit to your judgment..."

Pierre was looking at this home which might have been his, and he was restive under his brother's frolics, thinking him really too silly and witless.

Mme Roland opened a door on the right.

"This is the bedroom," she said.

She had devoted herself to its decoration with all her mother's love. The hangings were of Rouen cretonne imitating old Normandy chintz, and the Louis XV design—a shepherdess, in a medallion held in the beaks of a pair of doves—gave the walls, curtains, bed, and armchairs a festive, rustic style that was extremely pretty.

"Oh, how charming!" Mme Rosémilly said, becoming a little serious as they entered the room.

"Do you like it?" asked Jean.

"Immensely."

"You cannot imagine how glad I am."

They looked at each other for a second, with confiding tenderness in the depths of their eyes.

Still, she was slightly embarrassed, somewhat confused, in this sleeping room which was to be her nuptial chamber. She noticed as she went in that the bed was very large, quite a family bed, chosen by Mme Roland, who had no doubt foreseen and hoped that her son should soon marry; and this motherly foresight pleased her, for it seemed to tell her that she was expected in the family.

When they had returned to the drawing-room, Jean abruptly threw open the door to the left, showing the circular dining-room with three windows, and decorated to imitate a Japanese lantern. Mother and son had here lavished all the fancy of which they were capable, and the room, with its bamboo furniture, its mandarins, jars, silk hangings glistening with gold, transparent blinds threaded with beads looking like drops of water, fans nailed to the wall to drape the hangings on, screens, swords, masks, cranes made of real feathers, and a myriad trifles in china, wood, paper, ivory, mother-of-pearl, and bronze, had the pretentious and extravagant aspect which unpractised hands and uneducated eyes inevitably stamp on things which need the utmost tact, taste, and artistic education. Nevertheless it was the most admired; only Pierre made some observations with rather bitter irony which hurt his brother's feelings.

The table was decked with fruits in pyramids and cakes piled up in various forms.

No one was hungry; they picked at the fruit and nibbled at the cakes rather than ate them. Then, after the lapse of an hour, Mme Rosémilly begged to take leave.

It was decided that father Roland should accompany her home and set out with her forthwith; while Mme Roland, in the maid's absence, should cast a maternal eye over the house and see that her son had all he needed.

"Shall I come back for you?" asked Roland.

Elle hésita, puis répondit:

– Non, mon gros, couche-toi. Pierre me ramènera.

Dès qu'ils furent partis, elle souffla les bougies, serra les gâteaux, le sucre et les liqueurs dans un meuble dont la clef fut remise à Jean; puis elle passa dans la chambre à coucher, entrouvrit le lit, regarda si la carafe était remplie d'eau fraîche et la fenêtre bien fermée.

Pierre et Jean étaient demeurés dans le petit salon, celui-ci encore froissé de la critique faite sur son goût, et celui-là de plus en plus agacé de voir son frère dans ce logis.

Ils fumaient assis tous les deux, sans se parler. Pierre tout à coup se leva:

– Cristi! dit-il, la veuve avait l'air bien vanné ce soir, les excursions ne lui réussissent pas.

Jean se sentit soulevé soudain par une de ces promptes et furieuses colères de débonnaires blessés au cœur.

Le souffle lui manquait, tant son émotion était vive, et il balbutia:

– Je te défends désormais de dire «la veuve» quand tu parleras de Mme Rosémilly.

Pierre se tourna vers lui, hautain:

– Je crois que tu me donnes des ordres. Deviens-tu fou, par hasard?

Jean aussitôt s'était dressé:

– Je ne deviens pas fou, mais j'en ai assez de tes manières envers moi.

Pierre ricana:

– Envers toi? Est-ce que tu fais partie de Mme Rosémilly?

– Sache que Mme Rosémilly va devenir ma femme.

L'autre rit plus fort:

– Ah! ah! très bien. Je comprends maintenant pourquoi je ne devrai plus l'appeler «la veuve». Mais tu as pris une drôle de manière pour m'annoncer ton mariage.

– Je te défends de plaisanter... tu entends... je te le défends.

Jean s'était approché, pâle, la voix tremblante, exaspéré de cette ironie poursuivant la femme qu'il aimait et qu'il avait choisie.

Mais Pierre soudain devint aussi furieux. Tout ce qui s'amassait eu lui de colères impuissantes, de rancunes écrasées, de révoltes domptées depuis quelque temps et de désespoir silencieux, lui montant à la tête, l'étourdit comme un coup de sang.

– Tu oses?... Tu oses?... Et moi je t'ordonne de te taire, tu entends, je te l'ordonne!

Jean, surpris de cette violence, se tut quelques secondes, cherchant, dans ce trouble d'esprit où nous jette la fureur, la chose, la phrase, le mot qui pourrait blesser son frère jusqu'au cœur.

Il reprit, en s'efforçant de se maîtriser pour bien frapper, de ralentir sa parole pour la rendre plus aiguë:

– Voilà longtemps que je te sais jaloux de moi, depuis le jour où tu as commencé à dire «la veuve» parce que tu as compris que cela me faisait mal.

She hesitated a moment and then said:

"No, my dear, go to bed. Pierre will see me home."

As soon as they were gone she blew out the candles, locked up the cakes, the sugar, and liqueurs in a cupboard of which she gave the key to Jean; then she went into the bedroom, turned down the bed, saw that there was fresh water in the carafe, and that the window was properly closed.

Pierre and Jean had remained in the little drawing-room; the younger still sore under the criticism passed on his taste, and the elder chafing more and more at seeing his brother in this abode.

They both sat smoking without a word. Pierre suddenly started to his feet:

"Cristi!" he said. "The widow looked very jaded this evening. Long excursions do not improve her."

Jean felt his spirit rising with one of those sudden and furious rages which boil up in easy-going natures when they are wounded to the quick.

He could hardly find breath to speak, so fierce was his emotion, and he stammered out:

"I forbid you ever again to say 'the widow' when you speak of Mme Rosémilly."

Pierre turned on him haughtily:

"You are giving me an order, I believe. Are you gone mad by any chance?"

Jean had pulled himself up:

"I am not gone mad, but I have had enough of your manners to me."

Pierre sneered:

"To you? And are you any part of Mme Rosémilly?"

"You are to know that Mme Rosémilly is about to become my wife."

Pierre laughed the louder:

"Ha! ha! very good. I understand now why I should no longer speak of her as 'the widow.' But you have taken a strange way of announcing your marriage to me."

"I forbid any jesting about it... Do you hear?... I forbid it."

Jean had come close up to him, pale, and his voice quivering with exasperation at this irony levelled at the woman he loved and had chosen.

But suddenly Pierre turned equally furious. All the accumulation of impotent rage, of suppressed malignity, of rebellion choked down for so long past, all his silent despair mounted to his head, bewildering it like a fit.

"How dare you?... How dare you?... I order you to hold your tongue—do you hear? I order you!"

Jean, startled by this violence, was silent for a few seconds, trying in the confusion of mind which comes of rage to hit on the thing, the phrase, the word, which might stab his brother to the heart.

He went on, with an effort to control himself that he might aim true, and to speak slowly that the words might hit more keenly:

"I have known for a long time that you were jealous of me, ever since the day when you first began to talk of 'the widow' because you knew it annoyed me."

Pierre poussa un de ces rires stridents et méprisants qui lui étaient familiers:

– Ah! ah! mon Dieu! Jaloux de toi!... moi?... moi?... moi?... et de quoi?... de quoi, mon Dieu? de ta figure ou de ton esprit?...

Mais Jean sentit bien qu'il avait touché la plaie de cette âme:

– Oui, tu es jaloux de moi, et jaloux depuis l'enfance; et tu es devenu furieux quand tu as vu que cette femme me préférait et qu'elle ne voulait pas de toi.

Pierre bégayait, exaspéré de cette supposition:

– Moi... moi... jaloux de toi? à cause de cette cruche, de cette dinde, de cette oie grasse?...

Jean qui voyait porter ses coups reprit:

– Et le jour où tu as essayé de ramer plus fort que moi, dans la *Perle*? Et tout ce que tu dis devant elle pour te faire valoir? Mais tu crèves de jalousie! Et quand cette fortune m'est arrivée, tu es devenu enragé, et tu m'as détesté, et tu l'as montré de toutes les manières, et tu as fait souffrir tout le monde, et tu n'es pas une heure sans cracher la bile qui t'étouffe.

Pierre ferma ses poings de fureur avec une envie irrésistible de sauter sur son frère et de le prendre à la gorge:

– Ah! tais-toi, cette fois, ne parle point de cette fortune!

Jean se récria:

– Mais la jalousie te suinte de la peau. Tu ne dis pas un mot à mon père, à ma mère ou à moi, où elle n'éclate. Tu feins de me mépriser parce que tu es jaloux! tu cherches querelle à tout le monde parce que tu es jaloux. Et maintenant que je suis riche, tu ne te contiens plus, tu es devenu venimeux, tu tortures notre mère comme si c'était sa faute!...

Pierre avait reculé jusqu'à la cheminée, la bouche entrouverte, l'œil dilaté, en proie à une de ces folies de rage qui font commettre des crimes.

Il répéta d'une voix plus basse, mais haletante:

– Tais-toi, tais-toi donc!

– Non. Voilà longtemps que je voulais te dire ma pensée entière; tu m'en donnes l'occasion, tant pis pour toi. J'aime une femme! Tu le sais et tu la railles devant moi, tu me pousses à bout; tant pis pour toi. Mais je casserai tes dents de vipère, moi! Je te forcerai à me respecter.

– Te respecter, toi?

– Oui, moi!

– Te respecter... toi... qui nous as tous déshonorés, par ta cupidité!

– Tu dis? Répète... répète?...

– Je dis qu'on n'accepte pas la fortune d'un homme quand on passe pour le fils d'un autre.

Jean demeurait immobile, ne comprenant pas, effaré devant l'insinuation qu'il pressentait:

– Comment? Tu dis... répète encore?

Pierre broke into one of those strident and scornful laughs which were common with him:

"Ha! ha! my God! Jealous of you!... I?... I?... I?... and of what?... of what, my God? of your looks or your mind?..."

But Jean knew well that he had touched the wound in his soul:

"Yes, jealous of me—jealous from your childhood up. And it became fury when you saw that this woman liked me best and would have nothing to say to you."

Pierre, stung to the quick by this assumption, stuttered out:

"I... I... jealous of you? for the sake of that goose, that gaby, that simpleton?..."

Jean, seeing that he was aiming true, went on:

"And how about the day when you tried to row harder than me in the *Pearl*? And all you said in her presence to show off? Why, you are bursting with jealousy! And when this fortune was left to me, you were maddened, you hated me, you showed it in every possible way, and made every one suffer for it; not an hour passes that you do not spit out the bile that is choking you."

Pierre closed his fists in rage, and in an irresistible longing to rush at his brother and seize him by the throat:

"Ah! hold your tongue for once! Say nothing about that fortune!"

Jean cried:

"Why, your jealousy oozes out at every pore. You never say a word to my father, my mother, or me that does not declare it plainly. You pretend to despise me because you are jealous! You try to pick a quarrel with every one because you are jealous. And now that I am rich, you can no longer contain yourself; you have become venomous, you torture our mother as if she were to blame!..."

Pierre had retreated to the fireplace, his mouth half open, his eyes glaring, a prey to one of those mad fits of passion in which a crime is committed.

He said again in a lower tone, gasping for breath:

"Hold your tongue, I say, hold your tongue!"

"No. For a long time I have been wanting to give you my whole mind. You have given me an opening—so much the worse for you. I love a certain woman! You know it, and ridicule her in my presence; you drive me to extremity; so much the worse for you. But I will break your viper's fangs, I tell you! I will make you respect me."

"Respect you? You?"

"Yes, me!"

"Respect you... you... who have brought shame on us all by your greed!"

"What do you say? Say it again... Say it again..."

"I say one does not accept the fortune of one man when one passes for the son of another."

Jean stood rigid, not understanding, dazed by the insinuation he scented:

"What? Repeat that once more..."

– Je dis ce que tout le monde chuchote, ce que tout le monde colporte, que tu es le fils de l'homme qui t'a laissé sa fortune. Eh bien! un garçon propre n'accepte pas l'argent qui déshonore sa mère.

– Pierre... Pierre... Pierre... y songes-tu?... Toi... c'est toi... toi... qui prononces cette infamie?

– Oui... moi... c'est moi. Tu ne vois donc point que j'en crève de chagrin depuis un mois, que je passe mes nuits sans dormir et mes jours à me cacher comme une bête, que je ne sais plus ce que je dis ni ce que je fais, ni ce que je deviendrai tant je souffre, tant je suis affolé de honte et de douleur, car j'ai deviné d'abord et je sais maintenant.

– Pierre... Tais-toi... Maman est dans la chambre à côté! Songe qu'elle peut nous entendre... qu'elle nous entend.

Mais il fallait qu'il vidât son cœur! et il dit tout, ses soupçons, ses raisonnements, ses luttes, sa certitude, et l'histoire du portrait encore une fois disparu.

Il parlait par phrases courtes, hachées, presque sans suite, des phrases d'halluciné.

Il semblait maintenant avoir oublié Jean et sa mère dans la pièce voisine. Il parlait comme si personne ne l'écoutait, parce qu'il devait parler, parce qu'il avait trop souffert, trop comprimé et refermé sa plaie. Elle avait grossi comme une tumeur, et cette tumeur venait de crever, éclaboussant tout le monde. Il s'était mis à marcher comme il faisait presque toujours; et les yeux fixes devant lui, gesticulant, dans une frénésie de désespoir, avec des sanglots dans la gorge, des retours de haine contre lui-même, il parlait comme s'il eût confessé sa misère et la misère des siens, comme s'il eût jeté sa peine à l'air invisible et sourd où s'envolaient ses paroles.

Jean éperdu, et presque convaincu soudain par l'énergie aveugle de son frère, s'était adossé contre la porte derrière laquelle il devinait que leur mère les avait entendus.

Elle ne pouvait point sortir; il fallait passer par le salon. Elle n'était point revenue; donc elle n'avait pas osé.

Pierre tout à coup, frappant du pied, cria:

– Tiens, je suis un cochon d'avoir dit ça!

Et il s'enfuit, nu-tête, dans l'escalier.

Le bruit de la grande porte de la rue, retombant avec fracas, réveilla Jean de la torpeur profonde où il était tombé. Quelques secondes s'étaient écoulées, plus longues que des heures, et son âme s'était engourdie dans un hébétement d'idiot. Il sentait bien qu'il lui faudrait penser tout à l'heure, et agir, mais il attendait, ne voulant même plus comprendre, savoir, se rappeler, par peur, par faiblesse, par lâcheté. Il était de la race des temporiseurs qui remettent toujours au lendemain; et quand il lui fallait, sur-le-champ, prendre une résolution, il cherchait encore, par instinct, à gagner quelques moments.

Mais le silence profond qui l'entourait maintenant, après les vociférations de Pierre, ce silence subit des murs, des meubles, avec cette lumière vive des six bougies et des deux lampes, l'effraya si fort tout à coup qu'il eut envie de se sauver aussi.

"I say—what everybody is muttering, what every gossip is blabbing—that you are the son of the man who left you his fortune. Well, then! a decent man does not take the money which brings dishonour on his mother."

"Pierre... Pierre... Pierre... Think what you are saying... You... Is it you... you... who utter such an infamy?"

"Yes... I... It is I. Don't you see that I am dying of grief for a month; that I pass my nights without sleeping, and my days in hiding myself like a wild beast; that I do not know what I am saying or doing, nor what will become of me, so wretched am I, so crazed with shame and grief? For first I guessed—and now I know it."

"Pierre... Be silent... Mamma is in the next room! Remember she may hear us... she does hear us."

But he had to pour out his heart! He told everything, his suspicions, his arguments, his struggles, his assurance, and the history of the portrait—which had again disappeared.

He spoke in short broken sentences, almost without coherence, like a hallucinating man.

He seemed to have quite forgotten Jean, and his mother in the adjoining room. He talked as if no one were listening, because he must talk, because he had suffered too much and smothered and closed the wound too tightly. It had festered like an abscess and the abscess had burst, splashing every one. He was pacing the room in the way he almost always did, his eyes staring straight ahead, gesticulating in a frenzy of despair, his voice choked with sobs and revulsions of self-loathing; he spoke as if he were making a confession of his own misery and that of his nearest kin, as if he were casting his woes to the deaf, invisible winds which bore away his words.

Jean, distracted and almost convinced suddenly by his brother's blind vehemence, was leaning against the door behind which, as he guessed, their mother had heard them.

She could not get out, she must come through his room. She had not come; then it was because she dare not.

Suddenly Pierre stamped his foot and cried:

"I am a brute to have told you this!"

And he fled, bareheaded, down the stairs.

The noise of the front-door closing with a slam roused Jean from the deep stupor into which he had fallen. Some seconds had elapsed, longer than hours, and his soul had sunk into the numb torpor of idiocy. He was conscious, indeed, that he must presently think and act, but he would wait, refusing to understand, to know, to remember, out of fear, weakness, cowardice. He was one of those procrastinators who put everything off till to-morrow; and when he was compelled to come to a decision then and there, still he instinctively tried to gain a few moments.

But the profound silence which now surrounded him, after Pierre's vociferations, the sudden silence of walls and furniture, with the bright light of six candles and two lamps, terrified him so greatly that he suddenly longed to make his escape too.

Alors il secoua sa pensée, il secoua son cœur, et il essaya de réfléchir.

Jamais il n'avait rencontré une difficulté dans sa vie. Il est des hommes qui se laissent aller comme l'eau qui coule. Il avait fait ses classes avec soin, pour n'être pas puni, et terminé ses études de droit avec régularité parce que son existence était calme. Toutes les choses du monde lui paraissaient naturelles sans éveiller autrement son attention. Il aimait l'ordre, la sagesse, le repos par tempérament, n'ayant point de replis dans l'esprit; et il demeurait, devant cette catastrophe, comme un homme qui tombe à l'eau sans avoir jamais nagé.

Il essaya de douter d'abord. Son frère avait menti par haine et par jalousie?

Et pourtant, comment aurait-il été assez misérable pour dire de leur mère une chose pareille s'il n'avait pas été lui-même égaré par le désespoir? Et puis Jean gardait dans l'oreille, dans le regard, dans les nerfs, jusque dans le fond de la chair, certaines paroles, certains cris de souffrance, des intonations et des gestes de Pierre, si douloureux qu'ils étaient irrésistibles, aussi irrécusables que la certitude.

Il demeurait trop écrasé pour faire un mouvement ou pour avoir une volonté. Sa détresse devenait intolérable; et il sentait que, derrière la porte, sa mère était là qui avait tout entendu et qui attendait.

Que faisait-elle? Pas un mouvement, pas un frisson, pas un souffle, pas un soupir ne révélait la présence d'un être derrière cette planche. Se serait-elle sauvée? Mais par où? Si elle s'était sauvée... elle avait donc sauté de la fenêtre dans la rue!

Un sursaut de frayeur le souleva, si prompt et si dominateur qu'il enfonça plutôt qu'il n'ouvrit la porte et se jeta dans sa chambre.

Elle semblait vide. Une seule bougie l'éclairait, posée sur la commode.

Jean s'élança vers la fenêtre, elle était fermée, avec des volets clos. Il se retourna, fouillant les coins noirs de son regard anxieux, et il s'aperçut que les rideaux du lit avaient été tirés. Il y courut et les ouvrit. Sa mère était étendue sur sa couche, la figure enfouie dans l'oreiller qu'elle avait ramené de ses deux mains crispées sur sa tête, pour ne plus entendre.

Il la crut d'abord étouffée. Puis, l'ayant saisie par les épaules, il la retourna sans qu'elle lâchât l'oreiller qui lui cachait le visage et qu'elle mordait pour ne pas crier.

Mais le contact de ce corps raidi, de ces bras crispés, lui communiqua la secousse de son indicible torture. L'énergie et la force dont elle retenait avec ses doigts et avec ses dents la toile gonflée de plumes, sur sa bouche, sur ses yeux et sur ses oreilles pour qu'il ne la vît point et ne lui parlât pas, lui fit deviner, par la commotion qu'il reçut, jusqu'à quel point on peut souffrir. Et son cœur, son simple cœur, fut déchiré de pitié. Il n'était pas un juge, lui, même un juge miséricordieux, il était un homme plein de faiblesse et un fils plein de tendresse. Il ne se rappela rien de ce que l'autre lui avait dit, il ne raisonna pas et ne discuta point, il toucha seulement de ses deux mains le corps inerte de sa mère, et ne pouvant arracher l'oreiller de sa figure, il cria, en baisant sa robe:

Then he roused his brain, roused his heart, and tried to reflect.

Never in his life had he had to face a difficulty. There are men who let themselves glide onward like running water. He had been duteous over his tasks for fear of punishment, and had got through his legal studies with credit because his existence was tranquil. Everything in the world seemed to him quite natural and never aroused his particular attention. He loved order, steadiness, and peace by temperament, his nature having no complications; and face to face with this catastrophe, he found himself like a man who has fallen into the water and cannot swim.

At first he tried to be incredulous. His brother had told a lie, out of hatred and jealousy.

But yet, how could he have been so vile as to say such a thing of their mother if he had not himself been distraught by despair? Besides, stamped on Jean's ear, on his sight, on his nerves, on the inmost fibres of his flesh, were certain words, certain tones of anguish, certain intonations and gestures of Pierre's, so full of suffering that they were irresistibly convincing; as incontrovertible as certainty itself.

He was too much crushed to stir or even to will. His distress became unbearable; and he felt that behind the door was his mother who had heard everything and was waiting.

What was she doing? Not a movement, not a shudder, not a breath, not a sigh revealed the presence of a living creature behind that panel. Could she have run away? But how? If she had run away... she must have jumped out of the window into the street!

A shock of terror roused him, so violent and imperious that he burst open the door rather than opened it, and flung himself into the bedroom.

It was apparently empty, lighted by a single candle standing on the chest of drawers.

Jean flew to the window; it was shut and the shutters bolted. He looked about him, peering into the dark corners with anxious eyes, and he then noticed that the bed-curtains were drawn. He ran forward and opened them. His mother was lying on the bed, her face buried in the pillow which she drew over her ears in order to hear no more.

At first he thought she had smothered herself. Then, taking her by the shoulders, he turned her over without her leaving go of the pillow, which hid her face, and which she bit to keep from crying aloud.

But the touch of this stiffened body, of those arms clasping the pillow, communicated to him the shock of her unspeakable torture. The energy and force with which she clutched the linen case full of feathers with her hands and teeth, over her mouth and eyes and ears, that he might neither see her nor speak to her, gave him an idea, by the turmoil it roused in him, of the pitch suffering may rise to. And his heart, his simple heart, was torn with pity. He was no judge, not he; not even a merciful judge; he was a man full of weakness and a son full of tenderness. He remembered nothing of what his brother had told him; he neither reasoned nor argued, he merely laid his two hands on his mother's inert body, and not being able to pull the pillow away, he exclaimed, kissing her dress:

– Maman, maman, ma pauvre maman, regarde-moi!

Elle aurait semblé morte si tous ses membres n'eussent été parcourus d'un frémissement presque insensible, d'une vibration de corde tendue. Il répétait:

– Maman, maman, écoute-moi. Ça n'est pas vrai. Je sais bien que ça n'est pas vrai.

Elle eut un spasme, une suffocation, puis tout à coup elle sanglota dans l'oreiller. Alors tous ses nerfs se détendirent, ses muscles raidis s'amollirent, ses doigts s'entrouvrant lâchèrent la toile; et il lui découvrit la face.

Elle était toute pâle, toute blanche, et de ses paupières fermées on voyait couler des gouttes d'eau. L'ayant enlacée par le cou, il lui baisa les yeux, lentement, par grands baisers désolés qui se mouillaient à ses larmes, et il disait toujours:

– Maman, ma chère maman, je sais bien que ça n'est pas vrai. Ne pleure pas, je le sais! Ça n'est pas vrai!

Elle se souleva, s'assit, le regarda, et avec un de ces efforts de courage qu'il faut, en certains cas, pour se tuer, elle lui dit:

– Non, c'est vrai, mon enfant.

Et ils restèrent sans paroles, l'un devant l'autre. Pendant quelques instants encore elle suffoqua, tendant la gorge, en renversant la tête pour respirer, puis elle se vainquit de nouveau et reprit:

– C'est vrai, mon enfant. Pourquoi mentir? C'est vrai. Tu ne me croirais pas, si je mentais.

Elle avait l'air d'une folle. Saisi de terreur, il tomba à genoux près du lit en murmurant:

– Tais-toi, maman, tais-toi.

Elle s'était levée, avec une résolution et une énergie effrayantes:

– Mais je n'ai plus rien à te dire, mon enfant, adieu.

Et elle marcha vers la porte.

Il la saisit à pleins bras, criant:

– Qu'est-ce que tu fais, maman, où vas-tu?

– Je ne sais pas... est-ce que je sais... je n'ai plus rien à faire... puisque je suis toute seule.

Elle se débattait pour s'échapper. La retenant, il ne trouvait qu'un mot à lui répéter:

– Maman... maman... maman...

Et elle disait dans ses efforts pour rompre cette étreinte:

– Mais non, mais non, je ne suis plus ta mère maintenant, je ne suis plus rien pour toi, pour personne, plus rien, plus rien! Tu n'as plus ni père ni mère, mon pauvre enfant... adieu.

Il comprit brusquement que s'il la laissait partir il ne la reverrait jamais, et, l'enlevant, il la porta sur un fauteuil, l'assit de force, puis s'agenouillant et formant une chaîne de ses bras:

– Tu ne sortiras point d'ici, maman; moi je t'aime et je te garde. Je te garde toujours, tu es à moi.

Elle murmura d'une voix accablée:

"Mamma, mamma, my poor mamma, look at me!"

She would have seemed to be dead but that an almost imperceptible shudder ran through all her limbs, the vibration of a strained cord. He repeated:

"Mamma, mamma, listen to me. It is not true. I know that it is not true."

A spasm came over her, a fit of suffocation; then she suddenly began to sob into the pillow. Then all her nerves relaxed, her rigid muscles yielded, her fingers gave way and left go of the linen; and he uncovered her face.

She was very pale, very white; and from under her closed lids tears were stealing. He threw his arms round her neck and kissed her eyes, slowly, with long heart-broken kisses, wet with her tears; and he said again and again:

"Mamma, my dear mamma, I know it is not true. Do not cry; I know it! It is not true!"

She rose and sat up; she looked at him, and with an effort of courage such as it must cost in some cases to kill one's self, she said to him:

"No, it is true, my child."

And they remained in silence, face to face. For some moments she seemed again to be suffocating, craning her throat and throwing back her head to get breath; then she once more mastered herself and went on:

"It is true, my child. Why lie about it? It is true. You would not believe me if I did lie."

She looked like a madwoman. Overcome by terror, he fell on his knees by the bedside, murmuring:

"Be silent, mamma, be silent."

She stood up with frightening determination and energy:

"I have nothing more to tell you, my child. Good-bye."

And she went towards the door.

He seized her with both arms, crying:

"What are you doing, mamma; where are you going?"

"I don't know... How should I know... There is nothing left for me to do... now that I am alone."

She struggled to escape. Holding her, he could find only one word to say, over and over again:

"Mamma... mamma... mamma..."

And through all her efforts to free herself she was saying:

"No, no, I am no more your mother, I am nothing more to you, nor to any one, nothing more, nothing more! You have no longer father or mother, my poor child... Farewell."

It struck him clearly that if he let her go now he should never see her again; lifting her up in his arms, he carried her to an armchair, forced her into it, and then, kneeling, and forming a chain around her with his arms:

"You shall not leave here, mamma; I love you and will keep you with me. I will keep you always, you are mine."

She murmured in a dejected tone:

– Non, mon pauvre garçon, ça n'est plus possible. Ce soir tu pleures, et demain tu me jetterais dehors. Tu ne me pardonnerais pas non plus.

Il répondit avec un si grand élan de si sincère amour:–Oh! moi? moi? Comme tu me connais peu!–qu'elle poussa un cri, lui prit la tête par les cheveux, à pleines mains, l'attira avec violence et le baisa éperdument à travers la figure.

Puis elle demeura immobile, la joue contre la joue de son fils, sentant, à travers sa barbe, la chaleur de sa chair; et elle lui dit, tout bas, dans l'oreille:

– Non, mon petit Jean. Tu ne me pardonnerais pas demain. Tu le crois et tu te trompes. Tu m'as pardonné ce soir, et ce pardon-là m'a sauvé la vie; mais il ne faut plus que tu me voies.

Il répéta, en l'étreignant:

– Maman, ne dis pas ça!

– Si, mon petit, il faut que je m'en aille. Je ne sais pas où, ni comment je m'y prendrai, ni ce que je dirai, mais il le faut. Je n'oserais plus te regarder, ni t'embrasser, comprends-tu?

Alors, à son tour, il lui dit, tout bas, dans l'oreille:

– Ma petite mère, tu resteras, parce que je le veux, parce que j'ai besoin de toi. Et tu vas me jurer de m'obéir, tout de suite.

– Non, mon enfant.

– Oh! maman, il le faut, tu entends. Il le faut.

– Non, mon enfant, c'est impossible. Ce serait nous condamner tous à l'enfer. Je sais ce que c'est, moi, que ce supplice-là, depuis un mois. Tu es attendri, mais quand ce sera passé, quand tu me regarderas comme me regarde Pierre, quand tu te rappelleras ce que je t'ai dit!... Oh!... mon petit Jean, songe... songe que je suis ta mère!...

– Je ne veux pas que tu me quittes, maman, je n'ai que toi.

– Mais pense, mon fils, que nous ne pourrons plus nous voir sans rougir tous les deux, sans que je me sente mourir de honte et sans que tes yeux fassent baisser les miens.

– Ça n'est pas vrai, maman.

– Oui, oui, oui, c'est vrai! Oh! j'ai compris, va, toutes les luttes de ton pauvre frère, toutes, depuis le premier jour. Maintenant, lorsque je devine son pas dans la maison, mon cœur saute à briser ma poitrine, lorsque j'entends sa voix, je sens que je vais m'évanouir. Je t'avais encore, toi! Maintenant, je ne t'ai plus. Oh! mon petit Jean, crois-tu que je pourrais vivre entre vous deux?

– Oui, maman. Je t'aimerai tant que tu n'y penseras plus.

– Oh! oh! comme si c'était possible!

– Oui, c'est possible.

– Comment veux-tu que je n'y pense plus entre ton frère et toi? Est-ce que vous n'y penserez plus, vous?

– Moi. Je te le jure!

– Mais tu y penseras à toutes les heures du jour.

– Non, je te le jure. Et puis, écoute: si tu pars, je m'engage et je me fais tuer.

"No, my poor boy, it is impossible. You weep tonight, but tomorrow you would turn me out of the house. You would not pardon me, either."

He replied: "Oh! I? I? How little you know me!" with such a burst of genuine affection that, with a cry, she seized his head by the hair with both hands, and dragging him violently to her kissed him distractedly all over his face.

Then she sat still, her cheek against her son's cheek, feeling the warmth of his skin through his beard, and she said, low in his ear:

"No, my little Jean, you would not forgive me tomorrow. You think so, but you deceive yourself. You have forgiven me this evening, and that forgiveness has saved my life; but you must never see me again."

And he repeated, clasping her in his arms:

"Mamma, do not say that!"

"Yes, my child, I must go away. I do not know where, nor how I shall set about it, nor what I shall say; but it must be done. I could never look at you, nor kiss you, do you understand?"

Then in his turn he said, low in her ear:

"My little mother, you are to stay, because I insist, because I need you. And you must swear to obey me, at once."

"No, my child."

"Oh! mamma, you must; do you hear? You must."

"No, my child, it is impossible. It would be condemning us all to hell. I know what that torment is; I have known it this month past. You are softened at this moment, but when that is over, when you look at me as Pierre does, when you remember what I have told you!... Oh!... my little Jean, think... think—I am your mother!..."

"I will not let you leave me, mamma. I have no one but you."

"But think, my son, we can never see each other again without both of us blushing, without my feeling that I must die of shame, without my eyes falling before yours."

"That is not true, mamma."

"Yes, yes, yes, it is true! Oh, I understand all the struggles of your poor brother, all of them, from the first day. Now, when I hear his step in the house, my heart leaps as if it would burst my breast; when I hear his voice, I feel as if I would faint. I had you still! You! Now I have you no longer. Oh, my little Jean, do you think I could live between you two?"

"Yes, mamma. I should love you so much that you would cease to think of it."

"Oh! oh! as if that were possible!"

"Yes, it is possible."

"How do you suppose I can forget it, with you and your brother here? Will neither of you think of it?"

"I will not, I swear!"

"You would think of it at every hour of the day."

"No, I swear it. Besides, listen, if you go away, I will enlist and get killed."

Elle fut bouleversée par cette menace puérile et étreignit Jean en le caressant avec une tendresse passionnée. Il reprit:

– Je t'aime plus que tu ne crois, va, bien plus, bien plus. Voyons, sois raisonnable. Essaye de rester seulement huit jours. Veux-tu me promettre huit jours? Tu ne peux pas me refuser ça?

Elle posa ses deux mains sur les épaules de Jean, et le tenant à la longueur de ses bras:

– Mon enfant... tâchons d'être calmes et de ne pas nous attendrir. Laisse-moi te parler d'abord. Si je devais une seule fois entendre sur tes lèvres ce que j'entends depuis un mois dans la bouche de ton frère, si je devais une seule fois voir dans tes yeux ce que je lis dans les siens, si je devais deviner rien que par un mot ou par un regard que je te suis odieuse comme à lui... une heure après, tu entends, une heure après... je serais partie pour toujours.

– Maman, je te le jure...

– Laisse-moi parler... Depuis un mois j'ai souffert tout ce qu'une créature peut souffrir. A partir du moment où j'ai compris que ton frère, que mon autre fils me soupçonnait, et qu'il devinait, minute par minute, la vérité, tous les instants de ma vie ont été un martyre qu'il est impossible de t'exprimer.

Elle avait une voix si douloureuse que la contagion de sa torture emplit de larmes les yeux de Jean.

Il voulut l'embrasser, mais elle le repoussa:

– Laisse-moi... écoute... j'ai encore tant de choses à te dire pour que tu comprennes... mais tu ne comprendras pas... c'est que... si je devais rester... il faudrait... Non, je ne peux pas!...

– Dis, maman, dis.

– Eh bien, oui. Au moins je ne t'aurai pas trompé... Tu veux que je reste avec toi, n'est-ce pas? Pour cela, pour que nous puissions nous voir encore, nous parler, nous rencontrer toute la journée dans la maison, car je n'ose plus ouvrir une porte dans la peur de trouver ton frère derrière elle, pour cela il faut, non pas que tu me pardonnes,–rien ne fait plus de mal qu'un pardon,–mais que tu ne m'en veuilles pas de ce que j'ai fait... Il faut que tu te sentes assez fort, assez différent de tout le monde pour te dire que tu n'es pas le fils de Roland, sans rougir de cela et sans me mépriser!... Moi j'ai assez souffert... j'ai trop souffert, je ne peux plus, non, je ne peux plus! Et ce n'est pas d'hier, va, c'est de longtemps... Mais tu ne pourras jamais comprendre ça, toi! Pour que nous puissions encore vivre ensemble, et nous embrasser, mon petit Jean, dis-toi bien que si j'ai été la maîtresse de ton père, j'ai été encore plus sa femme, sa vraie femme, que je n'en ai pas honte au fond du cœur, que je ne regrette rien, que je l'aime encore tout mort qu'il est, que je l'aimerai toujours, que je n'ai aimé que lui, qu'il a été toute ma vie, toute ma joie, tout mon espoir, toute ma consolation, tout, tout, tout pour moi, pendant si longtemps! Écoute, mon petit: devant Dieu qui m'entend, je n'aurais jamais rien eu de bon dans l'existence, si je ne l'avais pas rencontré, jamais rien, pas une tendresse, pas une douceur, pas une de ces heures qui nous font tant regretter de vieillir, rien! Je lui dois tout! Je n'ai eu que lui au monde, et puis vous deux, ton frère et toi. Sans vous ce serait vide, noir et vide comme la nuit. Je n'aurais jamais aimé rien, rien connu, rien désiré, je

This boyish threat quite overcame her; she clasped Jean fondly, as she caressed him with passionate tenderness. He went on:

"I love you more than you think—ah, much more, much more. Come, be reasonable. Try to stay for only one week. Will you promise me one week? You cannot refuse me that?"

She laid her two hands on Jean's shoulders, and holding him at arm's length:

"My child... let us try and be calm and not give way to emotions. First, listen to me. If I were ever to hear from your lips what I have heard for this month past from your brother, if I were once to see in your eyes what I read in his, if I could fancy from a word or a look that I was as odious to you as I am to him... within one hour, mark me, within one hour... I should be gone forever."

"Mamma, I swear to you..."

"Let me speak... For a month past I have suffered all that any creature can suffer. From the moment when I perceived that your brother, my other son, suspected me, that as the minutes went by, he guessed the truth, every moment of my life has been a martyrdom which no words could tell you."

Her voice was so full of woe that the contagion of her misery brought the tears to Jean's eyes.

He tried to kiss her, but she held him off:

"Leave me... listen... I still have so much to say to make you understand... but you never can understand... you see... if I stayed... I must... No, I cannot!..."

"Speak on, mother, speak."

"Yes, indeed, for at least I shall not have deceived you... You want me to stay with you? For what—for us to be able to see each other, speak to each other, meet at any hour of the day at home, for I no longer dare open a door for fear of finding your brother behind it. If we are to do that, you must not forgive me—nothing is so wounding as forgiveness—but you must owe me no grudge for what I have done... You must feel yourself strong enough, and so far unlike the rest of the world, as to be able to say to yourself that you are not Roland's son without blushing for the fact or despising me!... I have suffered enough... I have suffered too much; I can bear no more, no indeed, no more! And it is not a thing of yesterday, mind you, but of long, long years... But you could never understand that; how should you! If you and I are to live together and kiss each other, my little Jean, you must believe that though I was your father's mistress I was yet more truly his wife, his real wife; that, at the bottom of my heart, I cannot be ashamed of it; that I have no regrets; that I love him still even in death; that I shall always love him and never loved any other man; that he was my life, my joy, my hope, my comfort, everything—everything in the world to me for so long! Listen, my boy, before God, who hears me, I should never have had a joy in my existence if I had not met him; never anything—not a touch of tenderness or kindness, not one of those hours which make us regret growing old—nothing! I owe everything to him! I had but him in the world, and you two boys, your brother and you. But for you, all would have been empty, dark, and void as the night.

n'aurais pas seulement pleuré, car j'ai pleuré, mon petit Jean. Oh! oui, j'ai pleuré, depuis que nous sommes venus ici. Je m'étais donnée à lui tout entière, corps et âme, pour toujours, avec bonheur, et pendant plus de dix ans j'ai été sa femme comme il a été mon mari devant Dieu qui nous avait faits l'un pour l'autre. Et puis, j'ai compris qu'il m'aimait moins. Il était toujours bon et prévenant, mais je n'étais plus pour lui ce que j'avais été. C'était fini! Oh! que j'ai pleuré!... Comme c'est misérable et trompeur, la vie!.. Il n'y a rien qui dure... Et nous sommes arrivés ici; et jamais je ne l'ai plus revu, jamais il n'est venu... Il promettait dans toutes ses lettres!... Je l'attendais toujours!... et je ne l'ai plus revu!... et voilà qu'il est mort!... Mais il nous aimait encore puisqu'il a pensé à toi. Moi je l'aimerai jusqu'à mon dernier soupir, et je ne le renierai jamais, et je t'aime parce que tu es son enfant, et je ne pourrais pas avoir honte de lui devant toi! Comprends-tu? je ne pourrais pas! Si tu veux que je reste, il faut que tu acceptes d'être son fils et que nous parlions de lui quelquefois, et que tu l'aimes un peu, et que nous pensions à lui quand nous nous regarderons. Si tu ne veux pas, si tu ne peux pas, adieu, mon petit, il est impossible que nous restions ensemble maintenant! Je ferai ce que tu décideras.

Jean répondit d'une voix douce:

– Reste, maman.

Elle le serra dans ses bras et se remit à pleurer; puis elle reprit, la joue contre sa joue:

– Oui, mais Pierre? Qu'allons-nous devenir avec lui!

Jean murmura:

– Nous trouverons quelque chose. Tu ne peux plus vivre auprès de lui.

Au souvenir de l'aîné elle fut crispée d'angoisse:

– Non, je ne puis plus, non! non!

Et se jetant sur le cœur de Jean, elle s'écria, l'âme en détresse:

– Sauve-moi de lui, toi, mon petit, sauve-moi, fais quelque chose, je ne sais pas... trouve... sauve-moi!

– Oui, maman, je chercherai.

– Tout de suite... il faut... Tout de suite... ne me quitte pas! J'ai si peur de lui... si peur!

– Oui, je trouverai. Je te promets.

– Oh! mais vite, vite! Tu ne comprends pas ce qui se passe en moi quand je le vois.

Puis elle lui murmura tout bas, dans l'oreille:

– Garde-moi ici, chez toi.

Il hésita, réfléchit et comprit, avec son bon sens positif, le danger de cette combinaison.

Mais il dut raisonner longtemps, discuter, combattre avec des arguments précis son affolement et sa terreur.

– Seulement ce soir, disait-elle, seulement cette nuit. Tu feras dire demain à Roland que je me suis trouvée malade.

– Ce n'est pas possible, puisque Pierre est rentré. Voyons, aie du courage. J'arrangerai tout, je te le promets, dès demain. Je serai à neuf heures à la maison. Voyons, mets ton chapeau. Je vais te reconduire.

I should never have loved, or known, or cared for anything—I should not even have wept—for I have wept, my little Jean; oh, yes, I have wept, since we came here. I gladly gave myself to him, body and soul, forever; and for more than ten years I was his wife, as he was my husband before God, who made us for each other. And then I began to see that he loved me less. He was always kind and courteous, but I was not what I had been to him. It was all over! Oh, how I have cried!... How dreadful and delusive life is!... Nothing lasts... Then we came here; I never saw him again; he never came... He promised it in every letter!... I was always expecting him!... and I never saw him again!... and now he is dead!... But he still loved us, for he thought of you. I shall love him to my last breath, and I will never deny him, and I love you because you are his child, and I could never be ashamed of him before you! Do you understand? I could not! So if you wish me to stay, you must accept the fact that you are his son, and we will talk of him sometimes; and you must love him a little, and we must think of him when we look at each other. If you will not, if you cannot do this—then good-bye, my child; it is impossible for us to remain together now! I will do as you decide."

Jean replied gently:

"Stay, mamma."

She clasped him in her arms, and began to weep afresh; then, cheek pressed to cheek, she resumed:

"Yes, but Pierre? What can we do with him?"

Jean murmured:

"We will find something. You cannot live with him any longer."

At the thought of her elder son she was convulsed with terror:

"No, I cannot; no, no!"

And throwing herself on Jean's chest, she cried in distress of soul:

"Save me from him, you, my little one. Save me; do something, I don't know what... think of something... Save me!"

"Yes, mamma, I will think of something."

"And at once... you must... At once... do not leave me! I am so afraid of him... so afraid!"

"Yes, I will find something. I promise you."

"Oh! but quickly, quickly! You do not know how I feel when I see him."

Then she murmured softly in his ear:

"Keep me here, with you."

He hesitated, reflected, and with his positive good sense comprehended the danger of such an arrangement.

But he had to reason with her for a long time, and to discuss and combat with definite arguments her terror and distraction.

"Only for tonight," she said. "Only for tonight. And tomorrow you can send word to Roland that I was taken ill."

"That is not possible, as Pierre went home. Come, take courage. I will arrange everything, I promise you, tomorrow. I will be at the house at nine o'clock. Come, put on your bonnet. I will take you home."

– Je ferai ce que tu voudras, dit-elle avec un abandon enfantin, craintif et reconnaissant.

Elle essaya de se lever; mais la secousse avait été trop forte; elle ne pouvait encore se tenir sur ses jambes.

Alors il lui fit boire de l'eau sucrée, respirer de l'alcali, et il lui lava les tempes avec du vinaigre. Elle se laissait faire, brisée et soulagée comme après un accouchement.

Elle put enfin marcher et prit son bras. Trois heures sonnaient quand ils passèrent à l'hôtel de ville.

Devant la porte de leur logis il l'embrassa et lui dit: «Adieu, maman, bon courage.»

Elle monta, à pas furtifs, l'escalier silencieux, entra dans sa chambre, se dévêtit bien vite, et se glissa, avec l'émotion retrouvée des adultères anciens, auprès de Roland qui ronflait.

Seul dans la maison, Pierre ne dormait pas et l'avait entendue revenir.

VIII

Quand il fut rentré dans son appartement, Jean s'affaissa sur un divan, car les chagrins et les soucis qui donnaient à son frère des envies de courir et de fuir comme une bête chassée, agissant diversement sur sa nature somnolente, lui cassaient les jambes et les bras. Il se sentait mou à ne plus faire un mouvement, à ne pouvoir gagner son lit, mou de corps et d'esprit, écrasé et désolé. Il n'était point frappé, comme l'avait été Pierre, dans la pureté de son amour filial, dans cette dignité secrète qui est l'enveloppe des cœurs fiers, mais accablé par un coup du destin qui menaçait en même temps ses intérêts les plus chers.

Quand son âme enfin se fut calmée, quand sa pensée se fut éclaircie ainsi qu'une eau battue et remuée, il envisagea la situation qu'on venait de lui révéler. S'il eût appris de toute autre manière le secret de sa naissance, il se serait assurément indigné et aurait ressenti un profond chagrin; mais après sa querelle avec son frère, après cette délation violente et brutale ébranlant ses nerfs, l'émotion poignante de la confession de sa mère le laissa sans énergie pour se révolter. Le choc reçu par sa sensibilité avait été assez fort pour emporter, dans un irrésistible attendrissement, tous les préjugés et toutes les saintes susceptibilités de la morale naturelle. D'ailleurs, il n'était pas un homme de résistance. Il n'aimait lutter contre personne et encore moins contre lui-même; il se résigna donc, et par un penchant instinctif, par un amour inné du repos, de la vie douce et tranquille, il s'inquiéta aussitôt des perturbations qui allaient surgir autour de lui et l'atteindre du même coup. Il les pressentait inévitables, et, pour les écarter, il se décida à des efforts surhumains d'énergie et d'activité. Il fallait que tout de suite, dès le lendemain, la difficulté fût tranchée, car il avait aussi par instants ce besoin impérieux des solutions immédiates qui constitue toute la force des faibles, incapables de vouloir longtemps. Son esprit d'avocat, habitué d'ailleurs à démêler et à étudier les situations compliquées, les questions d'ordre inti-

"I will do as you wish," she said, with childish resignation, in timid gratitude.

She tried to rise, but the shock had been too much for her; she could not yet stand up.

He gave her some water to drink and some salts to smell, and bathed her temples with vinegar. She let him do what he would, exhausted, but comforted, as after the pains of childbirth.

At last she could walk, and she took his arm. Three o'clock was striking when they passed the town hall.

At the door of their dwelling he kissed her and said: "Adieu, mamma, keep up your courage."

With furtive steps she mounted the silent stairs, entered her room, undressed rapidly, and, with the revived emotions of bygone adulteries, slipped into the bed where Roland was snoring.

Pierre alone in the house was not asleep, and heard her return.

VIII

When he got back to his lodgings, Jean dropped on a sofa; for the sorrows and anxieties which made his brother long to be moving, and to flee like a hunted prey, acted differently on his torpid nature and broke the strength of his arms and legs. He felt too limp to stir a finger, even to get to bed; limp body and soul, crushed and heart-broken. He had not been hit, as Pierre had been, in the purity of filial love, in the secret dignity which is the refuge of a proud heart; he was overwhelmed by a stroke of fate which, at the same time, threatened his own nearest interests.

When at last his soul grew calm, when his thoughts had settled like water that has been stirred and lashed, he could contemplate the situation which had come before him. If he had learned the secret of his birth through any other channel, he would assuredly have been very wroth and deeply pained, but after his quarrel with his brother, after the violent and brutal betrayal which had shaken his nerves, the agonizing emotion of his mother's confession had so bereft him of energy that he could not rebel. The shock to his feeling had been so great as to sweep away in an irresistible tide of pathos, all prejudice, and all the sacred delicacy of natural morality. Besides, he was not a man made for resistance. He did not like contending against any one, least of all against himself, so he resigned himself at once; and by instinctive tendency, a congenital love of peace, and of an easy and tranquil life, he began to anticipate the agitations which must surge up around him and at once be his ruin. He foresaw that they were inevitable, and to avert them he made up his mind to superhuman efforts of energy and activity. It was necessary that the difficulty should be met at once, the very next day; for even he had fits of that imperious demand for a swift solution which is the only strength of weak natures, incapable of a prolonged effort of will. His lawyer's mind, accustomed as it was to disentangling and studying complicated

me, dans les familles troublées, découvrit immédiatement toutes les conséquences prochaines de l'état d'âme de son frère. Malgré lui il en envisageait
les suites à un point de vue presque professionnel, comme s'il eût réglé les
relations futures de clients après une catastrophe d'ordre moral. Certes un
contact continuel avec Pierre lui devenait impossible. Il l'éviterait facile-
ment en restant chez lui, mais il était encore inadmissible que leur mère
continuât à demeurer sous le même toit que son fils aîné.

Et longtemps il médita, immobile sur les coussins, imaginant et rejetant
des combinaisons sans trouver rien qui pût le satisfaire.

Mais une idée soudaine l'assaillit:–Cette fortune qu'il avait reçue, un honnête homme la garderait-il?

Il se répondit: «Non» d'abord, et se décida à la donner aux pauvres. C'était
dur, tant pis, il vendrait son mobilier et travaillerait comme un autre, comme travaillent tous ceux qui débutent. Cette résolution virile et douloureuse
fouettant son courage, il se leva et vint poser son front contre les vitres. Il
avait été pauvre, il redeviendrait pauvre. Il n'en mourrait pas, après tout.
Ses yeux regardaient le bec de gaz qui brûlait en face de lui de l'autre côté
de la rue. Or, comme une femme attardée passait sur le trottoir, il songea
brusquement à Mme Rosémilly, et il reçut au cœur la secousse des émotions
profondes nées en nous d'une pensée cruelle. Toutes les conséquences dé-
sespérantes de sa décision lui apparurent en même temps. Il devrait renoncer à épouser cette femme, renoncer au bonheur, renoncer à tout. Pouvait-il
agir ainsi, maintenant qu'il s'était engagé vis-à-vis d'elle? Elle l'avait accepté
le sachant riche. Pauvre, elle l'accepterait encore; mais avait-il le droit de
lui demander, de lui imposer ce sacrifice? Ne valait-il pas mieux garder cet
argent comme un dépôt qu'il restituerait plus tard aux indigents?

Et dans son âme où l'égoïsme prenait des masques honnêtes, tous les intérêts déguisés luttaient et se combattaient. Les scrupules premiers cédaient
la place aux raisonnements ingénieux, puis reparaissaient, puis s'effaçaient
de nouveau.

Il revint s'asseoir, cherchant un motif décisif, un prétexte tout-puissant
pour fixer ses hésitations et convaincre sa droiture native. Vingt fois déjà
il s'était posé cette question: «Puisque je suis le fils de cet homme, que je
le sais et que je l'accepte, n'est-il pas naturel que j'accepte aussi son héritage?» Mais cet argument ne pouvait empêcher le «non» murmuré par la
conscience intime.

Soudain il songea: «Puisque je ne suis pas le fils de celui que j'avais cru
être mon père, je ne puis plus rien accepter de lui, ni de son vivant, ni après
sa mort. Ce ne serait ni digne ni équitable. Ce serait voler mon frère.»

Cette nouvelle manière de voir l'ayant soulagé, ayant apaisé sa conscience,
il retourna vers la fenêtre.

«Oui, se disait-il, il faut que je renonce à l'héritage de ma famille, que je
le laisse à Pierre tout entier, puisque je ne suis pas l'enfant de son père. Cela
est juste. Alors n'est-il pas juste aussi que je garde l'argent de mon père à
moi?»

situations and questions of domestic order in disturbed households, at once foresaw the more immediate consequences of his brother's state of mind. In spite of himself, he looked at the issue from an almost professional point of view, as though he had to arrange for the future relations of certain clients after a moral disaster. Constant contact with Pierre had certainly become impossible. He could easily evade it, no doubt, by living in his own lodgings; but even then it was not possible that their mother should live under the same roof with her elder son.

For a long time he sat meditating, motionless, on the cushions, devising and rejecting various possibilities, and finding nothing that satisfied him.

Then suddenly an idea struck him: could an honourable man keep the fortune he had received?

He was at first impelled to say, "No," and resolved to give it to the poor. It was hard, but it could not be helped. He would sell his furniture and work like any other man, like any other beginner. This manful and painful resolution spurred his courage; he rose and went to the window, leaning his forehead against the pane. He had been poor; he could become poor again. After all he should not die of it. His eyes were fixed on the gas lamp opposite, on the other side of the street. A woman, much belated, passed by on the sidewalk; suddenly he thought of Mme Rosémilly with a pang at his heart, the shock of deep feeling which comes of a cruel thought. All the dire consequences of his decision rose up before him together. He would have to renounce his marriage with her, renounce happiness, renounce everything. Could he do such a thing after having pledged himself to her? She had accepted him knowing him to be rich. If he were poor, she would still accept him; but was he justified in asking her, in compelling her to this sacrifice? Would it not be better to keep this money in trust, to be restored to the poor at some future date?

And in his soul, where selfishness put on a guise of honesty, all these specious interests were struggling and contending. His first scruples yielded to ingenious reasoning, then came to the top again, and again disappeared.

He sat down again, seeking some decisive motive, some all-sufficient pretext to solve his hesitancy and convince his natural rectitude. Twenty times over had he asked himself this question: "Since I am this man's son, since I know and acknowledge it, is it not natural that I should also accept the inheritance?" But this argument could not suppress the "No" murmured by his inmost conscience.

Then he suddenly thought: "Since I am not the son of the man I always believed to be my father, I can take nothing from him, neither during his lifetime nor after his death. It would be neither dignified nor equitable. It would be robbing my brother."

This new view of the matter having relieved him and quieted his conscience, he went to the window again.

"Yes," he said to himself, "I must renounce the inheritance of my family, I must let Pierre have the whole of it, since I am not his father's son. That is but just. Then is it not just that I should keep my father's money?"

Ayant reconnu qu'il ne pouvait profiter de la fortune de Roland, s'étant décidé à l'abandonner intégralement, il consentit donc et se résigna à garder celle de Maréchal, car en repoussant l'une et l'autre, il se trouverait réduit à la pure mendicité.

Cette affaire délicate une fois réglée, il revint à la question de la présence de Pierre dans la famille. Comment l'écarter? Il désespérait de découvrir une solution pratique, quand le sifflet d'un vapeur entrant au port sembla lui jeter une réponse en lui suggérant une idée.

Alors il s'étendit tout habillé sur son lit et rêvassa jusqu'au jour.

Vers neuf heures il sortit pour s'assurer si l'exécution de son projet était possible. Puis, après quelques démarches et quelques visites, il se rendit à la maison de ses parents. Sa mère l'attendait enfermée dans sa chambre.

– Si tu n'étais pas venu, dit-elle, je n'aurais jamais osé descendre.

On entendit aussitôt Roland qui criait dans l'escalier:

– On ne mange donc point aujourd'hui, nom d'un chien!

On ne répondit pas, et il hurla:

– Joséphine, nom de Dieu! qu'est-ce que vous faites?

La voix de la bonne sortit des profondeurs du sous-sol:

– V'la, M'sieu, qué qui faut?

– Où est Madame?

– Madame est en haut avec M'sieu Jean.

Alors il vociféra en levant la tête vers l'étage supérieur:

– Louise?

Mme Roland entrouvrit la porte et répondit:

– Quoi? mon ami.

– On ne mange donc pas, nom d'un chien!

– Voilà, mon ami, nous venons.

Et elle descendit, suivie de Jean.

Roland s'écria en apercevant le jeune homme:

– Tiens, te voilà, toi! Tu t'embêtes déjà dans ton logis?

– Non, père, mais j'avais à causer avec maman ce matin.

Jean s'avança, la main ouverte, et quand il sentit se refermer sur ses doigts l'étreinte paternelle du vieillard, une émotion bizarre et imprévue le crispa, l'émotion des séparations et des adieux sans espoir de retour.

Mme Roland demanda:

– Pierre n'est pas arrivé?

Son mari haussa les épaules:

– Non, mais tant pis, il est toujours en retard. Commençons sans lui.

Elle se tourna vers Jean:

– Tu devrais aller le chercher, mon enfant; ça le blesse quand on ne l'attend pas.

– Oui, maman, j'y vais.

Et le jeune homme sortit.

Il monta l'escalier, avec la résolution fiévreuse d'un craintif qui va se battre.

Quand il eut heurté la porte, Pierre répondit:

Recognising the fact that he could take nothing of Roland's fortune, having decided on giving up the whole of this money, he agreed; he resigned himself to keeping Maréchal's; for if he rejected both he would find himself reduced to beggary.

This delicate question being thus disposed of, he came back to that of Pierre's presence in the family. How could he get rid of him? He was giving up his search for any practical solution when the whistle of a steam-vessel coming into port seemed to blow him an answer by suggesting an idea.

With this thought he stretched himself upon his bed without undressing and dozed till daylight.

About nine o'clock he went out to ascertain whether he could carry out his project. Then, after making some inquiries and calls, he went to the house of his parents. His mother was waiting for him in her room.

"If you had not come," she said, "I should never have dared to go down."

In a minute Roland's voice was heard on the stairs:

"Are we to have nothing to eat today, hang it all?"

There was no answer, and he roared out:

"Josephine, what the devil are you about?"

The girl's voice came up from the depths of the basement:

"Yes, M'sieu—what is it?"

"Where is your mistress?"

"Madame is upstairs with M'sieu Jean."

Then he shouted, looking up at the higher floor:

"Louise?"

Mme Roland half opened her door and answered:

"What is it, my dear?"

"Are we to have nothing to eat, hang it all?"

"Yes, my dear, we are coming."

And she went down, followed by Jean.

Roland, when he saw the young man, cried:

"Ah, there you are! Sick of your home already?"

"No, father, but I wanted to chat with mamma this morning."

Jean went forward holding out his hand, and when he felt his fingers in the old man's fatherly clasp, a strange, unforeseen emotion thrilled through him, the emotion of separations and farewells with no hope of return.

Mme Roland asked:

"Has not Pierre come?"

Her husband shrugged his shoulders:

"No, but never mind; he is always late. Let us begin without him."

She turned to Jean:

"You had better go to call him, my child; it hurts his feelings if we do not wait for him."

"Yes, mamma, I will go."

And the young man left the room.

He mounted the stairs with the feverish resolution of a timid man facing a fight.

When he knocked at the door, Pierre replied:

– Entrez.

Il entra.

L'autre écrivait, penché sur sa table.

– Bonjour, dit Jean.

Pierre se leva:

– Bonjour.

Et ils se tendirent la main comme si rien ne s'était passé.

– Tu ne descends pas déjeuner?

– Mais... c'est que... j'ai beaucoup à travailler.

La voix de l'aîné tremblait, et son œil anxieux demandait au cadet ce qu'il allait faire.

– On t'attend.

– Ah! est-ce que... est-ce que notre mère est en bas?...

– Oui, c'est même elle qui m'a envoyé te chercher.

– Ah! alors... je descends.

Devant la porte de la salle il hésita à se montrer le premier; puis il l'ouvrit d'un geste saccadé, et il aperçut son père et sa mère assis à table, face à face.

Il s'approcha d'elle d'abord sans lever les yeux, sans prononcer un mot, et s'étant penché il lui tendit son front à baiser comme il faisait depuis quelque temps, au lieu de l'embrasser sur les joues comme jadis. Il devina qu'elle approchait sa bouche, mais il ne sentit point les lèvres sur sa peau, et il se redressa, le cœur battant, après ce simulacre de caresse.

Il se demandait: «Que se sont-ils dit, après mon départ?»

Jean répétait avec tendresse «mère» et «chère maman», prenait soin d'elle, la servait et lui versait à boire. Pierre alors comprit qu'ils avaient pleuré ensemble, mais il ne put pénétrer leur pensée! Jean croyait-il sa mère coupable ou son frère un misérable?

Et tous les reproches qu'il s'était faits d'avoir dit l'horrible chose l'assaillirent de nouveau, lui serrant la gorge et lui fermant la bouche, l'empêchant de manger et de parler.

Il était envahi maintenant par un besoin de fuir intolérable, de quitter cette maison qui n'était plus sienne, ces gens qui ne tenaient plus à lui que par d'imperceptibles liens. Et il aurait voulu partir sur l'heure, n'importe où, sentant que c'était fini, qu'il ne pouvait plus rester près d'eux, qu'il les torturerait toujours malgré lui, rien que par sa présence, et qu'ils lui feraient souffrir sans cesse un insoutenable supplice.

Jean parlait, causait avec Roland. Pierre, n'écoutant pas, n'entendait point. Il crut sentir cependant une intention dans la voix de son frère et prit garde au sens des paroles.

Jean disait:

– Ce sera, paraît-il, le plus beau bâtiment de leur flotte. On parle de six mille cinq cents tonneaux. Il fera son premier voyage le mois prochain.

Roland s'étonnait:

– Déjà! Je croyais qu'il ne serait pas en état de prendre la mer cet été.

"Come in."

He went in.

The elder was writing, leaning over his table.

"Good-morning," said Jean.

Pierre rose:

"Good-morning."

And they shook hands as if nothing had occurred.

"Are you not coming down to breakfast?"

"Well... you see... I have a good deal to do."

The elder brother's voice trembled, and his anxious eye asked his younger brother what he meant to do.

"They are waiting for you."

"Ah! is... is our mother down there?..."

"Yes, it was she who sent me to fetch you."

"Ah, very well... then I will come down."

At the door of the dining-room he paused, doubtful about going in first; then he abruptly opened the door and saw his father and mother seated at the table opposite each other.

He went up to her without raising his eyes or pronouncing a word, and bending over her, offered his forehead for her to kiss, as he had done for some time past, instead of kissing her on both cheeks as of old. He supposed that she put her lips near but he did not feel them on his forehead, and he straightened himself with a throbbing heart after this feint of a caress.

He wondered: "What did they say to each other after I had left?"

Jean affectionately repeated the words "mother" and "dear mamma," took care of her, waited on her, and poured out her wine. Then Pierre understood that they had wept together, but he could not read their minds! Did Jean believe in his mother's guilt, or think his brother a base wretch?

And all his self-reproach for having uttered the horrible thing came upon him again, choking his throat, closing his mouth, and preventing him from eating or speaking.

He was now a prey to an intolerable desire to flee, to leave the house which was his home no longer, and these persons who were bound to him by such imperceptible ties. He would have liked to go away at once, no matter where; for he felt that it was all over, that he could no longer remain among them, that he would torture them always, in spite of himself, by his mere presence, and that they would cause him endless, intolerable suffering.

Jean was talking, chatting with Roland. Pierre, as he did not listen, did not hear. But he presently was aware of a pointed tone in his brother's voice and paid more attention to his words.

Jean was saying:

"She will be the finest ship in their fleet. They say she is of 6,500 tons. She is to make her first trip next month."

Roland was amazed:

"So soon! I thought she was not to be ready for sea this summer."

– Pardon; on a poussé les travaux avec ardeur pour que la première traversée ait lieu avant l'automne. J'ai passé ce matin aux bureaux de la Compagnie et j'ai causé avec un des administrateurs.

– Ah! ah! lequel?

– M. Marchand, l'ami particulier du président du conseil d'administration.

– Tiens, tu le connais?

– Oui. Et puis j'avais un petit service à lui demander.

– Ah! alors tu me feras visiter en grand détail la *Lorraine* dès qu'elle entrera dans le port, n'est-ce pas?

– Certainement, c'est très facile!

Jean paraissait hésiter, chercher ses phrases, poursuivre une introuvable transition. Il reprit:

– En somme, c'est une vie très acceptable qu'on mène sur ces grands transatlantiques. On passe plus de la moitié des mois à terre dans deux villes superbes, New-York et Le Havre, et le reste en mer avec des gens charmants. On peut même faire là des connaissances très agréables et très utiles pour plus tard, oui, très utiles, parmi les passagers. Songe que le capitaine, avec les économies sur le charbon, peut arriver à vingt-cinq mille francs par an, sinon plus...

Roland fit un «bigre!» suivi d'un sifflement, qui témoignaient d'un profond respect pour la somme et pour le capitaine.

Jean reprit:

– Le commissaire de bord peut atteindre dix mille, et le médecin a cinq mille de traitement fixe, avec logement, nourriture, éclairage, chauffage, service, etc., etc. Ce qui équivaut à dix mille au moins, c'est très beau.

Pierre, qui avait levé les yeux, rencontra ceux de son frère, et le comprit.

Alors, après une hésitation, il demanda:

– Est-ce très difficile à obtenir, les places de médecin sur un transatlantique?

– Oui et non. Tout dépend des circonstances et des protections.

Il y eut un long silence, puis le docteur reprit:

– C'est le mois prochain que part la *Lorraine*?

– Oui, le sept.

Et ils se turent.

Pierre songeait. Certes ce serait une solution s'il pouvait s'embarquer comme médecin sur ce paquebot. Plus tard on verrait; il le quitterait peut-être. En attendant il y gagnerait sa vie sans demander rien à sa famille. Il avait dû, l'avant-veille, vendre sa montre, car maintenant il ne tendait plus la main devant sa mère! Il n'avait donc aucune ressource, hors celle-là, aucun moyen de manger d'autre pain que le pain de la maison inhabitable, de dormir dans un autre lit, sous un autre toit. Il dit alors, en hésitant un peu:

– Si je pouvais, je partirais volontiers là-dessus, moi.

Jean demanda:

– Pourquoi ne pourrais-tu pas?

– Parce que je ne connais personne à la Compagnie transatlantique.

Roland demeurait stupéfait:

"Well, the work has been pushed forward very vigorously, to get her through her first voyage before the autumn. I looked in at the Company's office this morning, and was talking to one of the managers."

"Ah! ah! Which of them?"

"M. Marchand, who is a great friend of the chairman of the board."

"Oh! Do you know him?"

"Yes. And I wanted to ask him a little favour."

"Ah! then you will get me leave to go over every part of the *Lorraine* as soon as she comes into port?"

"Certainly, nothing could be easier!"

Jean seemed to hesitate, pick his phrases, and change his subjects inexplicably. He went on:

"In brief, life on board these great Transatlantic steamers is very pleasant. More than half the time is spent on shore in two splendid cities—New York and Havre; and the remainder at sea with delightful people. Very agreeable acquaintances can be made there, and very useful ones, too very useful later on among the passengers. Only think, the captain, with his perquisites on coal, can make as much as twenty-five thousand francs a year or more..."

"Bugger!" exclaimed Roland, with a whistle that bore witness to a profound respect for the sum and the captain.

Jean went on:

"The purser may make ten thousand, and the doctor has a fixed salary of five thousand, with lodgings, keep, light, firing, service, and everything, which makes it up to ten thousand at least. That is very good pay."

Pierre raising his eyes met his brother's and understood.

Then, after some hesitation, he asked:

"Is it very hard to get a place as doctor on board a Transatlantic liner?"

"Yes and no. It all depends on circumstances and recommendation."

There was a long pause; then the doctor began again:

"Next month, you say, the *Lorraine* is to sail?"

"Yes. On the 7th."

And they said nothing more.

Pierre was thinking. It certainly would be a way out of many difficulties if he could embark as a doctor on board the steamship. By-and-by he could see; he might perhaps give it up. Meanwhile he would be gaining a living, and asking for nothing from his parents. Only two days since he had been forced to sell his watch, for he would no longer hold out his hand to beg of his mother! So he had no other resource left, no opening to enable him to eat the bread of any house but this which had become uninhabitable, or sleep in any other bed, or under any other roof. So he said, hesitating a little:

"If I could, I would very gladly sail in her."

Jean asked:

"Why cannot you?"

"Because I know no one in the Transatlantic Company."

Roland was astounded:

– Et tous tes beaux projets de réussite, que deviennent-ils?

Pierre murmura:

– Il y a des jours où il faut savoir tout sacrifier, et renoncer aux meilleurs espoirs. D'ailleurs, ce n'est qu'un début, un moyen d'amasser quelques milliers de francs pour m'établir ensuite.

Son père, aussitôt, fut convaincu:

– Ça, c'est vrai. En deux ans tu peux mettre de côté six ou sept mille francs, qui bien employés te mèneront loin. Qu'en penses-tu, Louise?

Elle répondit d'une voix basse, presque inintelligible:

– Je pense que Pierre a raison.

Roland s'écria:

– Mais je vais en parler à M. Poulin, que je connais beaucoup! Il est juge au tribunal de commerce et il s'occupe des affaires de la Compagnie. J'ai aussi M. Lenient, l'armateur, qui est intime avec un des vice-présidents.

Jean demanda à son frère:

– Veux-tu que je tâte aujourd'hui même M. Marchand?

– Oui, je veux bien.

Pierre reprit, après avoir songé quelques instants:

– Le meilleur moyen serait peut-être encore d'écrire à mes maîtres de l'École de médecine qui m'avaient en grande estime. On embarque souvent sur ces bateaux-là des sujets médiocres. Des lettres très chaudes des professeurs Mas-Roussel, Rémusot, Flache et Borriquel enlèveraient la chose en une heure mieux que toutes les recommandations douteuses. Il suffirait de faire présenter ces lettres par ton ami M. Marchand au conseil d'administration.

Jean approuvait tout à fait:

– Ton idée est excellente, excellente!

Et il souriait, rassuré, presque content, sûr du succès, étant incapable de s'affliger longtemps.

– Tu vas leur écrire aujourd'hui même, dit-il.

– Tout à l'heure, tout de suite. J'y vais. Je ne prendrai pas de café ce matin, je suis trop nerveux.

Il se leva et sortit.

Alors Jean se tourna vers sa mère:

– Toi, maman, qu'est-ce que tu fais?

– Rien... Je ne sais pas.

– Veux-tu venir avec moi jusque chez Mme Rosémilly?

– Mais... oui... oui...

– Tu sais... il est indispensable que j'y aille aujourd'hui.

– Oui... oui... C'est vrai.

– Pourquoi ça, indispensable? demanda Roland, habitué d'ailleurs à ne jamais comprendre ce qu'on disait devant lui.

– Parce que je lui ai promis d'y aller.

– Ah! très bien. C'est différent, alors.

"And all your fine projects of success, what is to become of them?"

Pierre murmured:

"There are times when we must bring ourselves to sacrifice everything and renounce our fondest hopes. And after all, it is only to make a beginning, a way of saving a few thousand francs to start fair with afterward."

His father was promptly convinced:

"That is true. In a couple of years you can put by six or seven thousand francs, and that, well laid out, will go a long way. What do you think, Louise?"

She replied in a soft, almost inaudible voice:

"I think Pierre is right."

Roland exclaimed:

"I will go and talk it over with M. Poulin: I know him very well! He is the judge of the tribunal of commerce, and is acquainted with the affairs of the Company. I know also Monsieur Lenient, the shipowner, who is a great friend of one of the vice-presidents."

Jean asked his brother:

"Would you like me to sound Monsieur Marchand today?"

"Yes, I would."

After thinking a few minutes Pierre added:

"The best thing I can do, perhaps, will be to write to my professors at the college of medicine, who had a great regard for me. The doctors of these steamboats are often second class. Letters of strong recommendation from such professors as Mas-Roussel, Rémusot, Flache, and Borriquel would do more for me in an hour than all the doubtful recommendations in the world. It would be only necessary to present these letters through your friend M. Marchand to the board of directors."

Jean approved heartily:

"Your idea is excellent, excellent!"

And he smiled, reassured, almost happy, sure of success and incapable of allowing himself to be unhappy for long.

"You will write to them today?" he said.

"At once, immediately. I will go and do so. I won't take any coffee this morning; I am too nervous."

He rose and left the room.

Then Jean turned to his mother:

"And you, mamma, what are you going to do?"

"Nothing... I do not know."

"Will you come with me to call on Mme Rosémilly?"

"Why... yes... yes..."

"You know... I must positively go to see her today."

"Yes... yes... That is true."

"Why must you positively?" asked Roland, whose habit it was never to understand what was said in his presence.

"Because I promised her I would."

"Ah! very well. That makes a difference."

Et il se mit à bourrer sa pipe, tandis que la mère et le fils montaient l'escalier pour prendre leurs chapeaux.

Quand ils furent dans la rue, Jean lui demanda:

– Veux-tu mon bras, maman?

Il ne le lui offrait jamais, car ils avaient l'habitude de marcher côte à côte. Elle accepta et s'appuya sur lui.

Ils ne parlèrent point pendant quelque temps, puis il lui dit:

– Tu vois que Pierre consent parfaitement à s'en aller.

Elle murmura:

– Le pauvre garçon!

– Pourquoi ça, le pauvre garçon? Il ne sera pas malheureux du tout sur la *Lorraine*.

– Non... je sais bien, mais je pense à tant de choses.

Longtemps elle songea, la tête baissée, marchant du même pas que son fils, puis avec cette voix bizarre qu'on prend par moments pour conclure une longue et secrète pensée:

– C'est vilain, la vie! Si on y trouve une fois un peu de douceur, on est coupable de s'y abandonner et on le paie bien cher plus tard.

Il dit, très bas:

– Ne parle plus de ça, maman.

– Est-ce possible? j'y pense tout le temps.

– Tu oublieras.

Elle se tut encore, puis, avec un regret profond:

– Ah! comme j'aurais pu être heureuse en épousant un autre homme!

A présent, elle s'exaspérait contre Roland, rejetant sur sa laideur, sur sa bêtise, sur sa gaucherie, sur la pesanteur de son esprit et l'aspect commun de sa personne toute la responsabilité de sa faute et de son malheur. C'était à cela, à la vulgarité de cet homme, qu'elle devait de l'avoir trompé, d'avoir désespéré un de ses fils et fait à l'autre la plus douloureuse confession dont pût saigner le cœur d'une mère.

Elle murmura: «C'est si affreux pour une jeune fille d'épouser un mari comme le mien.» Jean ne répondait pas. Il pensait à celui dont il avait cru être jusqu'ici le fils, et peut-être la notion confuse qu'il portait depuis longtemps de la médiocrité paternelle, l'ironie constante de son frère, l'indifférence dédaigneuse des autres et jusqu'au mépris de la bonne pour Roland avaient-ils préparé son âme à l'aveu terrible de sa mère. Il lui en coûtait moins d'être le fils d'un autre; et après la grande secousse d'émotion de la veille, s'il n'avait pas eu le contrecoup de révolte, d'indignation et de colère redouté par Mme Roland, c'est que depuis bien longtemps il souffrait inconsciemment de se sentir l'enfant de ce lourdaud bonasse.

Ils étaient arrivés devant la maison de Mme Rosémilly.

Elle habitait, sur la route de Sainte-Adresse, le deuxième étage d'une grande construction qui lui appartenait. De ses fenêtres on découvrait toute la rade du Havre.

And he began to fill his pipe, while the mother and son went upstairs to get their hats.

When they were in the street, Jean asked her:

"Will you take my arm, mamma?"

He was not in the habit of offering it to her, for they were in the habit of walking side by side. She accepted and leaned on him.

For some time they did not speak; then he said:

"You see that Pierre is quite ready and willing to go away."

She murmured:

"Poor boy!"

"But why 'poor boy'? He will not be in the least unhappy on the *Lorraine*."

"No... I know. But I was thinking of so many things."

She thought for a long time, her head bent, accommodating her step to her son's; then, in the peculiar voice in which we sometimes give utterance to the conclusion of a long and secret thought:

"How horrible life is! If by any chance we come across any sweetness in it, we sin in letting ourselves be happy, and pay dearly for it afterward."

He said very gently:

"Do not speak of that any more, mamma."

"Is that possible? I am thinking of it all the time."

"You will forget it."

Again she was silent; then, with deep regret:

"Ah! how happy I might have been, married to another man!"

Now she was exasperated against Roland, and attributed to his homeliness, his stupidity, his awkwardness, his lack of intellect, to his vulgar appearance, all the responsibility for her mistake and her unhappiness. It was this, the vulgarity of the man, that caused her to be untrue to him, that made her drive one of her sons to despair, and that obliged her to make to the other the most painful confession that could be wrung from a mother's heart.

She murmured: "It is so frightful for a young girl to marry such a husband as mine." Jean made no reply. He was thinking of the man whose son he had hitherto believed he was; and possibly the vague notion he had long since conceived, of that father's mediocrity, with his brother's constant irony, the scornful indifference of others, and the very maid-servant's contempt for Roland, had somewhat prepared his soul for his mother's terrible avowal. He did not mind so much being the son of another man; and after the terrible shock of emotion of the day before, if he did not display the revolt, the indignation, and the anger which Madame Roland dreaded, the reason was that for a long time he had been unconsciously suffering from the feeling of being the child of this good-natured fool.

They were now in front of the house of Mme Rosémilly.

She lived on the road to Saint-Adresse, on the second floor of a large house that belonged to her. The windows looked out on the whole roadstead of Havre.

En apercevant Mme Roland qui entrait la première, au lieu de lui tendre les mains comme toujours, elle ouvrit les bras et l'embrassa, car elle devinait l'intention de sa démarche.

Le mobilier du salon, en velours frappé, était toujours recouvert de housses. Les murs, tapissés de papier à fleurs, portaient quatre gravures achetées par le premier mari, le capitaine. Elles représentaient des scènes maritimes et sentimentales. On voyait sur la première la femme d'un pêcheur agitant un mouchoir sur une côte, tandis que disparaît à l'horizon la voile, qui emporte son homme. Sur la seconde, la même femme, à genoux sur la même côte, se tord les bras en regardant au loin, sous un ciel plein d'éclairs, sur une mer de vagues invraisemblables, la barque de l'époux qui va sombrer.

Les deux autres gravures représentaient des scènes analogues dans une classe supérieure de la société.

Une jeune femme blonde rêve, accoudée sur le bordage d'un grand paquebot qui s'en va. Elle regarde la côte déjà lointaine d'un œil mouillé de larmes et de regrets.

Qui a-t-elle laissé derrière elle?

Puis, la même jeune femme assise près d'une fenêtre ouverte sur l'Océan est évanouie dans un fauteuil. Une lettre vient de tomber de ses genoux sur le tapis.

Il est donc mort, quel désespoir!

Les visiteurs, généralement, étaient émus et séduits par la tristesse banale de ces sujets transparents et poétiques. On comprenait tout de suite, sans explication et sans recherche, et on plaignait les pauvres femmes, bien qu'on ne sût pas au juste la nature du chagrin de la plus distinguée. Mais ce doute même aidait à la rêverie. Elle avait dû perdre son fiancé! L'œil, dès l'entrée, était attiré invinciblement vers ces quatre sujets et retenu comme par une fascination. Il ne s'en écartait que pour y revenir toujours, et toujours contempler les quatre expressions des deux femmes qui se ressemblaient comme deux sœurs. Il se dégageait surtout du dessin net, bien fini, soigné, distingué à la façon d'une gravure de mode, ainsi que du cadre bien luisant, une sensation de propreté et de rectitude qu'accentuait encore le reste de l'ameublement.

Les sièges demeuraient rangés suivant un ordre invariable, les uns contre la muraille, les autres autour du guéridon. Les rideaux blancs, immaculés, avaient des plis si droits et si réguliers qu'on avait envie de les friper un peu; et jamais un grain de poussière ne ternissait le globe où la pendule dorée, de style Empire, une mappemonde portée par un Atlas agenouillé, semblait mûrir comme un melon d'appartement.

Les deux femmes, en s'asseyant, modifièrent un peu la place normale de leurs chaises.

– Vous n'êtes pas sortie aujourd'hui? demandait Mme Roland.

– Non. Je vous avoue que je suis un peu fatiguée.

Et elle rappela, comme pour en remercier Jean et sa mère, tout le plaisir qu'elle avait pris à cette excursion et à cette pêche.

On seeing Mme Roland, who entered first, instead of merely holding out her hands as usual, she put her arms round her and kissed her, for she divined the purpose of her visit.

The furniture of this drawing-room, all in stamped velvet, was always shrouded in chair-covers. The walls, hung with flowered paper, were graced by four engravings, the purchase of her late husband, the captain. They represented marine and sentimental scenes. In the first a fisherman's wife was seen, waving a handkerchief on shore, while the vessel which bore away her husband vanished on the horizon. In the second the same woman, on her knees on the same shore, under a sky shot with lightning, wrung her arms as she gazed into the distance at her husband's boat which was going to the bottom amid impossible waves.

The others represented similar scenes in a higher rank of society.

A young lady with fair hair, resting her elbows on the ledge of a large steamship quitting the shore, gazed at the already distant coast with eyes full of tears and regret.

Whom has she left behind?

Then the same young lady sitting by an open widow with a view of the ocean, had fainted in an armchair; a letter she had dropped lay at her feet.

So he is dead! What despair!

Visitors were generally much moved and charmed by the commonplace pathos of these obvious and poetic subjects. They were at once intelligible without question or explanation, and the poor women were to be pitied, though the nature of the grief of the more elegant of the two was not precisely known. But this very doubt contributed to the sentiment. She had, no doubt, lost her betrothed! On entering the room the eye was immediately attracted to these four pictures, and riveted as if fascinated. If it wandered it was only to return and contemplate the four expressions on the faces of the two women, who were as like each other as two sisters. And the very style of these works, in their shining frames, crisp, sharp, and highly finished, with the elegance of a fashion plate, suggested a sense of cleanliness and propriety which was confirmed by the rest of the fittings.

The seats were always in precisely the same order, some against the wall and some round the circular centre-table. The immaculately white curtains hung in such straight and regular pleats that one longed to crumple them a little; and never did a grain of dust rest on the shade under which the gilt clock, in the taste of the first empire—a terrestrial globe supported by Atlas on his knees—looked like a melon left there to ripen.

The two women as they sat down somewhat altered the normal position of their chairs.

"You have not been out this morning?" asked Mme Roland.

"No. I confess I am rather tired."

And she spoke as if in gratitude to Jean and his mother, of all the pleasure she had derived from the expedition and the prawn-fishing.

– Vous savez, disait-elle, que j'ai mangé ce matin mes salicoques. Elles étaient délicieuses. Si vous voulez, nous recommencerons un jour ou l'autre cette partie-là...

Le jeune homme l'interrompit:

– Avant d'en commencer une seconde, si nous terminions la première?

– Comment ça? Mais il me semble qu'elle est finie.

– Oh! Madame, j'ai fait, de mon côté, dans ce rocher de Saint-Jouin, une pêche que je veux aussi rapporter chez moi.

Elle prit un air naïf et malin:

– Vous? Quoi donc? Qu'est-ce que vous avez trouvé?

– Une femme! Et nous venons, maman et moi, vous demander si elle n'a pas changé d'avis ce matin.

Elle se mit à sourire:

– Non, Monsieur, je ne change jamais d'avis, moi.

Ce fut lui qui lui tendit alors sa main toute grande, où elle fit tomber la sienne d'un geste vif et résolu. Et il demanda:

– Le plus tôt possible, n'est-ce pas?

– Quand vous voudrez.

– Six semaines?

– Je n'ai pas d'opinion. Qu'en pense ma future belle-mère?

Mme Roland répondit avec un sourire un peu mélancolique:

– Oh! moi, je ne pense rien. Je vous remercie seulement d'avoir bien voulu Jean, car vous le rendrez très heureux.

– On fera ce qu'on pourra, maman.

Un peu attendrie, pour la première fois, Mme Rosémilly se leva et, prenant à pleins bras Mme Roland, l'embrassa longtemps comme un enfant; et sous cette caresse nouvelle une émotion puissante gonfla le cœur malade de la pauvre femme. Elle n'aurait pu dire ce qu'elle éprouvait. C'était triste et doux en même temps. Elle avait perdu un fils, un grand fils, et on lui rendait à la place une fille, une grande fille.

Quand elles se retrouvèrent face à face, sur leurs sièges, elles se prirent les mains et restèrent ainsi, se regardant et se souriant, tandis que Jean semblait presque oublié d'elles.

Puis elles parlèrent d'un tas de choses auxquelles il fallait songer pour ce prochain mariage, et quand tout fut décidé, réglé, Mme Rosémilly parut soudain se souvenir d'un détail et demanda:

– Vous avez consulté M. Roland, n'est-ce pas?

La même rougeur couvrit soudain les joues de la mère et du fils. Ce fut la mère qui répondit:

– Oh! non, c'est inutile!

Puis elle hésita, sentant qu'une explication était nécessaire, et elle reprit:

– Nous faisons tout sans lui rien dire. Il suffit de lui annoncer ce que nous avons décidé.

Mme Rosémilly, nullement surprise, souriait, jugeant cela bien naturel, car le bonhomme comptait si peu.

Quand Mme Roland se retrouva dans la rue avec son fils:

– Si nous allions chez toi, dit-elle. Je voudrais bien me reposer.

"You know, I ate my prawns this morning," she said, "and they were delicious. If you like, we will repeat that excursion some other day..."

The young man interrupted her:
"Before commencing a second, had we not better finish the first?"
"How do you mean? It seems to me quite finished."
"Oh, madame, for my part, I landed a fish on the rocks of Saint-Jouin, which I want to take home."
She put on an innocent and knowing look:
"You? What is it? What did you catch?"
"A wife! And we have come, mamma and myself, to ask if she has not changed her mind this morning."
She smiled:
"No, monsieur, I never change my mind."
And then he held out his hand, wide open, and she put hers into it with a quick, determined movement. Then he asked:
"As soon as possible, I hope?"
"As soon as you like."
"Six weeks?"
"I have no opinion. What does my future mother-in-law think?"
Mme Roland replied with a rather melancholy smile:
"Oh, I don't think anything. I can only thank you for having accepted Jean, for you will make him very happy."
"We will do our best, mamma."
Somewhat overcome, for the first time, Mme Rosémilly rose, and, flinging both arms around Madame Roland, she gave her a long embrace as though she were a child; and under the pressure of this new caress a powerful emotion filled the aching heart of the poor woman. She could not have expressed the feeling; it was at once sad and sweet. She had lost her son, her big boy, but in return she had found a daughter, a grown-up daughter.
When they had taken their seats again and were face to face, they took each other's hand and remained thus looking at each other, and smiling, while Jean seemed to be almost forgotten by them.
Then they talked of a number of things which had to be thought about for the approaching marriage, and when all was arranged and decided, Mme Rosémilly seemed suddenly to remember a further detail and asked:
"You have consulted M. Roland, I suppose?"
The same blush at once covered the cheeks of mother and son. It was the mother who replied:
"Oh, no, it is quite unnecessary!"
Then she hesitated, feeling that some explanation was needed, and added:
"We do everything without saying anything to him. It is enough to tell him what we have decided on."
Mme Rosémilly smiled; she was by no means surprised, for it seemed quite natural as the old gentleman was of little account.
When Mme Roland was in the street again with her son, she said:
"Suppose we go to your rooms. I should like to rest a while."

Elle se sentait sans abri, sans refuge, ayant l'épouvante de sa maison.

Ils entrèrent chez Jean.

Dès qu'elle sentit la porte fermée derrière elle, elle poussa un gros soupir comme si cette serrure l'avait mise en sûreté; puis, au lieu de se reposer, comme elle l'avait dit, elle commença à ouvrir les armoires, à vérifier les piles de linge, le nombre des mouchoirs et des chaussettes. Elle changeait l'ordre établi pour chercher des arrangements plus harmonieux, qui plaisaient davantage à son œil de ménagère; et quand elle eut disposé les choses à son gré, aligné les serviettes, les caleçons et les chemises sur leurs tablettes spéciales, divisé tout le linge en trois classes principales, linge de corps, linge de maison et linge de table, elle se recula pour contempler son œuvre, et elle dit:

– Jean, viens donc voir comme c'est joli.

Il se leva et admira pour lui faire plaisir.

Soudain, comme il s'était rassis, elle s'approcha de son fauteuil à pas légers, par derrière, et, lui enlaçant le cou de son bras droit, elle l'embrassa en posant sur la cheminée un petit objet enveloppé dans un papier blanc, qu'elle tenait de l'autre main.

Il demanda:

– Qu'est-ce que c'est?

Comme elle ne répondait pas, il comprit, en reconnaissant la forme du cadre:

– Donne! dit-il.

Mais elle feignit de ne pas entendre, et retourna vers ses armoires. Il se leva, prit vivement cette relique douloureuse et, traversant l'appartement, alla l'enfermer à double tour, dans le tiroir de son bureau. Alors elle essuya du bout de ses doigts une larme au bord de ses yeux, puis elle dit, d'une voix un peu chevrotante:

– Maintenant, je vais voir si ta nouvelle bonne tient bien ta cuisine. Comme elle est sortie en ce moment, je pourrai tout inspecter pour me rendre compte.

IX

Les lettres de recommandation des professeurs Mas-Roussel, Rémusot, Flache et Borriquel, écrites dans les termes les plus flatteurs pour le docteur Pierre Roland, leur élève, avaient été soumises par M. Marchand au conseil de la Compagnie transatlantique, appuyées par MM. Poulin, juge au tribunal de commerce, Lenient, gros armateur, et Marival, adjoint au maire du Havre, ami particulier du capitaine Beausire.

Il se trouvait que le médecin de la *Lorraine* n'était pas encore désigné, et Pierre eut la chance d'être nommé en quelques jours.

Le pli qui l'en prévenait lui fut remis par la bonne Joséphine, un matin, comme il finissait sa toilette.

Sa première émotion fut celle du condamné à mort à qui on annonce sa peine commuée; et il sentit immédiatement sa souffrance adoucie un peu

She felt herself without shelter, without refuge, and with a horror of her home.

They went into Jean's apartments.

As soon as the door was closed upon her, she heaved a deep sigh, as if that bolt had placed her in safety, but then, instead of resting as she had said, she began to open the cupboards, to count the piles of linen, the handkerchiefs, and socks. She changed the arrangement to place them in more harmonious order, more pleasing to her housekeeper's eye; and when she had put everything to her mind, laying out the towels, the pants and the shirts on their special shelves and dividing all the linen into three principal classes, body-linen, household-linen, and table-linen, she drew back to contemplate her work, and said:

"Come here, Jean, and see how nice it looks."

He rose and admired it to please her.

Suddenly, when he had sat down again, she came softly up behind his armchair, and putting her right arm round his neck she kissed him, while she laid on the chimney-shelf a small object wrapped in white paper which she held in the other hand.

He asked:

"What is that?"

As she made no reply, he understood, recognising the shape of the frame:

"Give it to me!" he said.

She pretended not to hear him, and went back to the cupboards. He got up, hastily took the melancholy relic, and going across the room, double-locked it in a drawer of his desk. She wiped away a tear from her eyes with the tip of her finger, and said in a rather quavering voice:

"Now I am going to see whether your new servant keeps the kitchen in good order. As she is out, I can look into everything and make sure."

IX

Letters of recommendation from Professors Mas-Roussel, Rémusot, Flache, and Borriquel, written in the most flattering terms with regard to Dr. Pierre Roland, their pupil, had been submitted by M. Marchand to the directors of the Transatlantic Company, seconded by M. Poulin, judge of the chamber of commerce, M. Lenient, a big shipowner, and Mr. Marival, deputy to the mayor of Havre, and a particular friend of Captain Beausire's.

It happened that no doctor had yet been appointed to the *Lorraine*, and Pierre was lucky enough to be nominated within a few days.

The letter announcing it was handed to him one morning by the maid Josephine, as he was finishing his toilet.

His first emotion was that of a prisoner under sentence of death who receives a commutation of his sentence; and he at once felt his suffering

par la pensée de ce départ et de cette vie calme, toujours bercée par l'eau qui roule, toujours errante, toujours fuyante.

Il vivait maintenant dans la maison paternelle en étranger muet et réservé. Depuis le soir où il avait laissé s'échapper devant son frère l'infâme secret découvert par lui, il sentait qu'il avait brisé les dernières attaches avec les siens. Un remords le harcelait d'avoir dit cette chose à Jean. Il se jugeait odieux, malpropre, méchant, et cependant il était soulagé d'avoir parlé.

Jamais il ne rencontrait plus le regard de sa mère ou le regard de son frère. Leurs yeux pour s'éviter avaient pris une mobilité surprenante et des ruses d'ennemis qui redoutent de se croiser. Toujours il se demandait: «Qu'a-t-elle pu dire à Jean? A-t-elle avoué ou a-t-elle nié? Que croit mon frère? Que pense-t-il d'elle, que pense-t-il de moi?» Il ne devinait pas et s'en exaspérait. Il ne leur parlait presque plus d'ailleurs, sauf devant Roland, afin d'éviter ses questions.

Quand il eut reçu la lettre lui annonçant sa nomination, il la présenta, le jour même, à sa famille. Son père, qui avait une grande tendance à se réjouir de tout, battit des mains. Jean répondit d'un ton sérieux, mais l'âme pleine de joie:

– Je te félicite de tout mon cœur, car je sais qu'il y avait beaucoup de concurrents. Tu dois cela certainement aux lettres de tes professeurs.

Et sa mère baissa la tête en murmurant:

– Je suis bien heureuse que tu aies réussi.

Il alla, après le déjeuner, aux bureaux de la Compagnie, afin de se renseigner sur mille choses; et il demanda le nom du médecin de la *Picardie* qui devait partir le lendemain, pour s'informer près de lui de tous les détails de sa vie nouvelle et des particularités qu'il y devait rencontrer.

Le Dr Pirette étant à bord, il s'y rendit, et il fut reçu dans une petite chambre de paquebot par un jeune homme à barbe blonde qui ressemblait à son frère. Ils causèrent longtemps.

On entendait dans les profondeurs sonores de l'immense bâtiment une grande agitation confuse et continue, où la chute des marchandises entassées dans les cales se mêlait aux pas, aux voix, au mouvement des machines chargeant les caisses, aux sifflets des contremaîtres et à la rumeur des chaînes traînées ou enroulées sur les treuils par l'haleine rauque de la vapeur qui faisait vibrer un peu le corps entier du gros navire.

Mais lorsque Pierre eut quitté son collègue et se retrouva dans la rue, une tristesse nouvelle s'abattit sur lui, et l'enveloppa comme ces brumes qui courent sur la mer, venues du bout du monde et qui portent dans leur épaisseur insaisissable quelque chose de mystérieux et d'impur comme le souffle pestilentiel de terres malfaisantes et lointaines.

En ses heures de plus grande souffrance il ne s'était jamais senti plongé ainsi dans un cloaque de misère. C'est que la dernière déchirure était faite; il ne tenait plus à rien. En arrachant de son cœur les racines de toutes ses tendresses, il n'avait pas éprouvé encore cette détresse de chien perdu qui venait soudain de le saisir.

assuaged somewhat by the thought of his departure, and of his calm life, rocked by the rolling waves, always roaming, always wandering.

His life under his father's roof was now that of a stranger, silent and reserved. Ever since the evening when he allowed the shameful secret he had discovered to escape him in his brother's presence, he had felt that the last ties to his kindred were broken. He was harassed by remorse for having told this thing to Jean. He felt that it was odious, indecent, and brutal, and yet it was a relief to him to have uttered it.

He never met the eyes either of his mother or his brother; to avoid his gaze theirs had become surprisingly alert, with the cunning of foes who fear to cross each other. He was always wondering: "What can she have said to Jean? Did she confess or deny it? What does my brother believe? What does he think of her—what does he think of me?" He could not guess, and it drove him to frenzy. And he scarcely ever spoke to them, excepting when Roland was by, to avoid his questioning.

As soon as he received the letter announcing his appointment, he showed it at once to his family. His father, who was prone to rejoicing over everything, clapped his hands. Jean spoke seriously, though his soul was full of gladness:

"I congratulate you with all my heart, for I know there were many candidates. You certainly owe it to your professors' letters."

His mother bent her head and murmured:

"I am very glad you have been successful."

After breakfast he went to the Company's offices to obtain information about many matters, and he asked the name of the doctor on board the *Picardie*, which was to sail next day, to inquire of him as to the details of his new life and the special conditions that he would have to meet.

As Dr. Pirette was on board, he went to the ship, where he was received in a small cabin by a young man with a fair beard, who looked like his brother. They had a long conversation.

In the hollow depths of the huge ship they could hear a confused and continuous commotion; the noise of bales and cases pitched down into the hold mingling with footsteps, voices, the creaking of the machinery lowering the freight, the boatswain's whistle, and the clatter of chains dragged or wound on to capstans by the snorting and panting engine which sent a slight vibration from end to end of the great vessel.

But when Pierre had left his colleague and found himself in the street once more, a new form of melancholy came down on him, enveloping him like the fogs which roll over the sea, coming up from the ends of the world and holding in their intangible density something mysteriously impure, as it were the pestilential breath of a far-away, unhealthy land.

In his hours of greatest suffering he had never felt himself so sunk in a foul pit of misery. It was as though he had given the last wrench; there was no fibre of attachment left. In tearing from his heart the roots of all his affections, he had not until now felt that distress as of a lost dog which suddenly seized him.

Ce n'était plus une douleur morale et torturante, mais l'affolement d'une bête sans abri, une angoisse matérielle d'être errant qui n'a plus de toit et que la pluie, le vent, l'orage, toutes les forces brutales du monde vont assaillir. En mettant le pied sur ce paquebot, en entrant dans cette chambrette balancée sur les vagues, la chair de l'homme qui a toujours dormi dans un lit immobile et tranquille s'était révoltée contre l'insécurité de tous les lendemains futurs. Jusqu'alors elle s'était sentie protégée, cette chair, par le mur solide enfoncé dans la terre qui le tient, et par la certitude du repos à la même place, sous le toit qui résiste au vent. Maintenant, tout ce qu'on aime braver dans la chaleur du logis fermé deviendrait un danger et une constante souffrance.

Plus de sol sous les pas, mais la mer qui roule, qui gronde et engloutit. Plus d'espace autour de soi pour se promener, courir, se perdre par les chemins, mais quelques mètres de planches pour marcher comme un condamné au milieu d'autres prisonniers. Plus d'arbres, de jardins, de rues, de maisons, rien que de l'eau et des nuages. Et sans cesse il sentirait remuer ce navire sous ses pieds. Les jours d'orage il faudrait s'appuyer aux cloisons, s'accrocher aux portes, se cramponner aux bords de la couchette étroite pour ne point rouler par terre. Les jours de calme il entendrait la trépidation ronflante de l'hélice et sentirait fuir ce bateau qui le porte, d'une fuite continue, régulière, exaspérante.

Et il se trouvait condamné à cette vie de forçat vagabond, uniquement parce que sa mère s'était livrée aux caresses d'un homme.

Il allait devant lui, défaillant à présent sous la mélancolie désolée des gens qui vont s'expatrier.

Il ne se sentait plus au cœur ce mépris hautain, cette haine dédaigneuse pour les inconnus qui passent, mais une triste envie de leur parler, de leur dire qu'il allait quitter la France, d'être écouté et consolé. C'était, au fond de lui, un besoin honteux de pauvre qui va tendre la main, un besoin timide et fort de sentir quelqu'un souffrir de son départ.

Il songea à Marowsko. Seul le vieux Polonais l'aimait assez pour ressentir une vraie et poignante émotion; et le docteur se décida tout de suite à l'aller voir.

Quand il entra dans la boutique, le pharmacien, qui pilait des poudres au fond d'un mortier de marbre, eut un petit tressaillement et quitta sa besogne:

– On ne vous aperçoit plus jamais? dit-il.

Le jeune homme expliqua qu'il avait eu à entreprendre des démarches nombreuses, sans en dévoiler le motif, et il s'assit en demandant:

– Eh bien! les affaires vont-elles?

Elles n'allaient pas, les affaires. La concurrence était terrible, le malade rare et pauvre dans ce quartier travailleur. On n'y pouvait vendre que des médicaments à bon marché; et les médecins n'y ordonnaient point ces remèdes rares et compliqués sur lesquels on gagne cinq cents pour cent. Le bonhomme conclut:

It was no longer a torturing mortal pain, but the frenzy of a forlorn and homeless animal, the physical anguish of a vagabond creature without a roof for shelter, lashed by the rain, the wind, the storm, all the brutal forces of the world. As he set foot on the vessel, as he went into the cabin rocked by the waves, the very flesh of the man, who had always slept in a motionless and steady bed, had risen up against the insecurity henceforth of all his morrows. Till now that flesh had been protected by a solid wall built into the earth which held it, by the certainty of resting in the same spot, under a roof which could resist the gale. Now all that, which it was a pleasure to defy in the warmth of home, must become a peril and a constant discomfort.

No ground beneath his feet; only the sea that heaves, and roars, and engulfs. No space around for walking, running, losing the way, only a few yards of planks to pace like a convict among other prisoners. No trees, no gardens, no streets, no houses; nothing but water and clouds. And the ceaseless motion of the ship beneath his feet. On stormy days he must lean against the wainscot, hold on to the doors, cling to the edge of the narrow berth to save himself from rolling out. On calm days he would hear the snorting throb of the screw, and feel the swift flight of the ship, bearing him on in its unpausing, regular, exasperating race.

And he was condemned to this vagabond convict's life solely because his mother had yielded to a man's caresses.

He walked on, his heart sinking with the despairing sorrow of those who are doomed to exile.

He no longer felt a haughty disdain and scornful hatred of the strangers he met, but a woeful impulse to speak to them, to tell them all that he had to quit France, to be listened to and comforted. There was in the very depths of his heart the shame-faced need of a beggar who would fain hold out his hand—a timid but urgent need to feel that some one would grieve at his departing.

He thought of Marowsko. The old Pole was the only person who loved him well enough to feel true and keen emotion, and the doctor at once decided to go and see him.

When he entered the shop, the druggist, who was pounding powders in a marble mortar, gave a slight start and left his work:

"You are never to be seen nowadays," he said.

The young man explained that he had had a great many serious matters to attend to, but without giving the reason, and he took a seat, asking:

"Well, and how is business doing?"

Business was not doing at all. Competition was terrible, sick folks scarce and poor in that working-man's quarter. Nothing would sell but cheap drugs, and the doctors did not prescribe those rare and complex remedies that give a profit of five hundred per cent. The old fellow concluded:

– Si ça dure encore trois mois comme ça, il faudra fermer boutique. Si je ne comptais pas sur vous, mon bon docteur, je me serais déjà mis à cirer des bottes.

Pierre sentit son cœur se serrer, et il se décida brusquement à porter le coup, puisqu'il le fallait:

– Oh! moi... moi... je ne pourrai plus vous être d'aucun secours. Je quitte Le Havre au commencement du mois prochain.

Marowsko ôta ses lunettes, tant son émotion fut vive:

– Vous... vous... qu'est-ce que vous dites là?

– Je dis que je m'en vais, mon pauvre ami.

Le vieux demeurait atterré, sentant crouler son dernier espoir, et il se révolta soudain contre cet homme qu'il avait suivi, qu'il aimait, en qui il avait eu tant de confiance, et qui l'abandonnait ainsi.

Il bredouilla:

– Mais vous n'allez pas me trahir à votre tour, vous?

Pierre se sentait tellement attendri qu'il avait envie de l'embrasser:

– Mais je ne vous trahis pas. Je n'ai point trouvé à me caser ici et je pars comme médecin sur un paquebot transatlantique.

– Oh! monsieur Pierre! Vous m'aviez si bien promis de m'aider à vivre!

– Que voulez-vous! Il faut que je vive moi-même. Je n'ai pas un sou de fortune.

Marowsko répétait:

– C'est mal, c'est mal, ce que vous faites. Je n'ai plus qu'à mourir de faim, moi. À mon âge, c'est fini. C'est mal. Vous abandonnez un pauvre vieux qui est venu pour vous suivre. C'est mal.

Pierre voulait s'expliquer, protester, donner ses raisons, prouver qu'il n'avait pu faire autrement; le Polonais n'écoutait point, révolté de cette désertion, et il finit par dire, faisant allusion sans doute à des événements politiques:

– Vous autres Français, vous ne tenez pas vos promesses.

Alors Pierre se leva, froissé à son tour, et le prenant d'un peu haut:

– Vous êtes injuste, père Marowsko. Pour se décider à ce que j'ai fait, il faut de puissants motifs; et vous devriez le comprendre. Au revoir. J'espère que je vous retrouverai plus raisonnable.

Et il sortit.

– Allons, pensait-il, personne n'aura pour moi un regret sincère.

Sa pensée cherchait, allant à tous ceux qu'il connaissait, ou qu'il avait connus, et elle retrouva, au milieu de tous les visages défilant dans son souvenir, celui de la fille de brasserie qui lui avait fait soupçonner sa mère.

Il hésita, gardant contre elle une rancune instinctive, puis soudain, se décidant, il pensa: «Elle avait raison, après tout.» Et il s'orienta pour retrouver sa rue.

La brasserie était, par hasard, remplie de monde et remplie aussi de fumée. Les consommateurs, bourgeois et ouvriers, car c'était un jour de fête, appelaient, riaient, criaient, et le patron lui-même servait, courant de table

"If it lasts three months longer like this, I must shut up shop. If I did not count on you, my dear doctor, I should have turned shoe-black by this time."

Pierre felt his heart contract, and he decided to deal the blow at once, since it must be done:

"Oh! I... I... I cannot be of any use to you. I am leaving Havre early next month."

Marowsko took off his glasses, so great was his emotion:

"You... you... what are you saying?"

"I say that I am going away, my poor friend."

The old man was stunned, feeling his last hope slipping from under him, and he suddenly turned against this man, whom he had followed, whom he loved, in whom he had had such confidence, and who deserted him in this way.

He stammered out:

"You are not going to betray me in your turn, are you?"

Pierre felt himself so moved that he longed to embrace him:

"I am not betraying you. I could not find a good place to establish a practice here, and I am going as a doctor on a transatlantic steamer."

"Oh! monsieur Pierre! And you always promised you would help me to make a living!"

"What would you have? I must make my own living. I have not a sou."

Marowsko repeated:

"It is wrong; what you are doing is wrong. There is nothing for me but to die of hunger. At my age this is the end. It is wrong. You abandon a poor old man who came here to be with you. It is wrong."

Pierre wished to explain, to protest, to give his reasons, to prove that he could not have done otherwise; the Pole, enraged by his desertion, would not listen to him, and he ended by saying, with an allusion no doubt to political events:

"You French—you never keep your word."

At this Pierre rose, offended on his part, and taking rather a high tone:

"You are unjust, père Marowsko. A man must have very strong motives to act as I have done, and you ought to understand that. Au revoir. I hope that next time I shall find you more reasonable."

And he went away.

"Well," he thought, "not a soul will feel a sincere regret for me."

His mind sought through all the people he knew or had known, and among the faces which crossed his memory he saw that of the girl at the tavern who had led him to doubt his mother.

He hesitated, having still an instinctive grudge against her, then suddenly reflected on the other hand: "After all, she was right." And he looked about him to find the street.

The beer-shop, as it happened, was full of people, and also full of smoke. The customers, tradesmen, and labourers, for it was a holiday, were shouting, calling, laughing, and the landlord himself was waiting on them, run-

en table, emportant des bocks vides et les rapportant pleins de mousse.

Quand Pierre eut trouvé une place, non loin du comptoir, il attendit, espérant que la bonne le verrait et le reconnaîtrait.

Mais elle passait et repassait devant lui, sans un coup d'œil, trottant menu sous ses jupes avec un petit dandinement gentil.

Il finit par frapper la table d'une pièce d'argent. Elle accourut:

– Que désirez-vous, Monsieur?

Elle ne le regardait pas, l'esprit perdu dans le calcul des consommations servies.

– Eh bien! fit-il, c'est comme ça qu'on dit bonjour à ses amis?

Elle fixa ses yeux sur lui, et d'une voix pressée:

– Ah! c'est vous. Vous allez bien. Mais je n'ai pas le temps aujourd'hui. C'est un bock que vous voulez?

– Oui, un bock.

Quand elle l'apporta, il reprit:

– Je viens te faire mes adieux. Je pars.

Elle répondit avec indifférence:

– Ah bah! Où allez-vous?

– En Amérique.

– On dit que c'est un beau pays.

Et rien de plus. Vraiment il fallait être bien malavisé pour lui parler ce jour-là. Il y avait trop de monde au café!

Et Pierre s'en alla vers la mer. En arrivant sur la jetée, il vit la *Perle* qui rentrait portant son père et le capitaine Beausire. Le matelot Papagris ramait; et les deux hommes, assis à l'arrière, fumaient leur pipe avec un air de parfait bonheur. Le docteur songea en les voyant passer: «Bienheureux les simples d'esprit.»

Et il s'assit sur un des bancs du brise-lames pour tâcher de s'engourdir dans une somnolence de brute.

Quand il rentra, le soir, à la maison, sa mère lui dit, sans oser lever les yeux sur lui:

– Il va te falloir un tas d'affaires pour partir, et je suis un peu embarrassée. Je t'ai commandé tantôt ton linge de corps et j'ai passé chez le tailleur pour les habits; mais n'as-tu besoin de rien d'autre, de choses que je ne connais pas, peut-être?

Il ouvrit la bouche pour dire: «Non, de rien.» Mais il songea qu'il lui fallait au moins accepter de quoi se vêtir décemment, et ce fut d'un ton très calme qu'il répondit:

– Je ne sais pas encore, moi; je m'informerai à la Compagnie.

Il s'informa, et on lui remit la liste des objets indispensables. Sa mère, en la recevant de ses mains, le regarda pour la première fois depuis bien longtemps, et elle avait au fond des yeux l'expression si humble, si douce, si triste, si suppliante des pauvres chiens battus qui demandent grâce.

Le 1er octobre, la *Lorraine*, venant de Saint-Nazaire, entra au port du Havre, pour en repartir le 7 du même mois à destination de New-York; et

ning from table to table, carrying away empty glasses and returning them crowned with froth.

When Pierre had found a seat not far from the desk, he waited, hoping that the girl would see him and recognise him.

She, however, passed and repassed in front of him, without a glance, trotting about with a little coquettish swing of her skirts.

At last he rapped a coin on the table. She hurried up:

"What will you take, sir?"

She did not look at him; her mind was absorbed in calculations of the liquor she had served.

"Well," he said, "is that the way to say 'Good-day' to one's friends?"

She turned her eyes on him, and said hurriedly:

"Ah! it is you. You look well. But I have no time today. A bock did you wish for?"

"Yes, a bock."

When she brought it, he said:

"I have come to say good-bye. I am going away."

She replied indifferently:

"Indeed! Where are you going?"

"To America."

"A very fine country, they say."

And that was all. Really, he was very ill-advised to address her on such a busy day. There were too many people in the café!

Pierre went down to the sea. As he reached the jetty, he saw the *Pearl* coming in, with his father and Captain Beausire on board. The sailor Papagris was pulling, and the two men, seated in the stern, smoked their pipes with a look of perfect happiness. As they went past, the doctor thought: "Blessed are the simple-minded."

And he sat down on one of the benches on the breakwater, to try to lull himself in animal drowsiness.

When he returned home in the evening, his mother, without daring to raise her eyes to him, said:

"You will need to get a great many things before you start, and I am rather perplexed. I ordered your body linen, and have seen the tailor about your clothes; but is there nothing else you need, things I do hot know about, perhaps?"

He opened his lips to say, "No, nothing." But he reflected that he must accept the means of getting a decent outfit, and he replied in a very calm voice:

"I hardly know myself, yet. I will make inquiries at the office."

He inquired, and they gave him a list of indispensable articles. His mother, as she took it from his hand, looked up at him for the first time for very long, and in the depths of her eyes there was the humble expression, gentle, sad, and beseeching, of a poor dog that has been beaten and begs forgiveness.

On the 1st of October the *Lorraine*, sailing from Saint-Nazaire, came into the port of Havre to sail on the 7th of the same month, bound for New York,

Pierre Roland dut prendre possession de la petite cabine flottante où serait désormais emprisonnée sa vie.

Le lendemain, comme il sortait, il rencontra dans l'escalier sa mère qui l'attendait et qui murmura d'une voix à peine intelligible:

– Tu ne veux pas que je t'aide à t'installer sur ce bateau?

– Non, merci, tout est fini.

Elle murmura:

– Je désire tant voir ta chambrette.

– Ce n'est pas la peine. C'est très laid et très petit.

Il passa, la laissant atterrée, appuyée au mur, et la face blême.

Or Roland, qui visita la *Lorraine* ce jour-là même, ne parla pendant le dîner que de ce magnifique navire et s'étonna beaucoup que sa femme n'eût aucune envie de le connaître puisque leur fils allait s'embarquer dessus.

Pierre ne vécut guère dans sa famille pendant les jours qui suivirent. Il était nerveux, irritable, dur, et sa parole brutale semblait fouetter tout le monde. Mais la veille de son départ il parut soudain très changé, très adouci. Il demanda, au moment d'embrasser ses parents avant d'aller coucher à bord pour la première fois:

– Vous viendrez me dire adieu, demain sur le bateau?

Roland s'écria:

– Mais oui, mais oui, parbleu. N'est-ce pas, Louise?

– Mais certainement, dit-elle tout bas.

Pierre reprit:

– Nous partons à onze heures juste. Il faut être là-bas à neuf heures et demie au plus tard.

– Tiens! s'écria son père, une idée. En te quittant nous courrons bien vite nous embarquer sur la *Perle* afin de t'attendre hors des jetées et de te voir encore une fois. N'est-ce pas, Louise?

– Oui, certainement.

Roland reprit:

– De cette façon, tu ne nous confondras pas avec la foule qui encombre le môle quand partent les transatlantiques. On ne peut jamais reconnaître les siens dans le tas. Ça te va?

– Mais oui, ça me va. C'est entendu.

Une heure plus tard il était étendu dans son petit lit marin, étroit et long comme un cercueil. Il y resta longtemps, les yeux ouverts, songeant à tout ce qui s'était passé depuis deux mois dans sa vie, et surtout dans son âme. À force d'avoir souffert et fait souffrir les autres, sa douleur agressive et vengeresse s'était fatiguée, comme une lame émoussée. Il n'avait presque plus le courage d'en vouloir à quelqu'un et de quoi que ce fût, et il laissait aller sa révolte à vau-l'eau à la façon de son existence. Il se sentait tellement las de lutter, las de frapper, las de détester, las de tout, qu'il n'en pouvait plus et tâchait d'engourdir son cœur dans l'oubli, comme on tombe dans le sommeil. Il entendait vaguement autour de lui les bruits nouveaux du navire, bruits légers, à peine perceptibles en cette nuit calme du port; et de sa blessure

and Pierre Roland was to take possession of the little floating cabin in which henceforth his life was to be confined.

The following day as he was going out he met his mother on the stairs; she was waiting for him, and said in an almost unintelligible voice:

"Do you not want me to help you in arranging your room on the boat?"

"No, thank you. Everything is done."

She murmured:

"I want so much to see your cabin."

"There is nothing to see. It is very small and very ugly."

He went on, leaving her stunned, leaning against the wall, with her face deathly pale.

Now, Roland, who had visited the *Lorraine* that very same day, talked during dinner of nothing but that magnificent ship, and was much astonished that his wife had no desire to see it, since their son was to sail in it.

Pierre was scarcely at home at all for the next few days. He was nervous, irritable, hard, and his rough speech seemed to lash every one indiscriminately. But on the evening before his departure he suddenly appeared very much changed and softened. As he embraced his parents before going to sleep on board for the first time, he asked:

"You will come to say good-bye to me on board, will you not?"

Roland exclaimed:

"Yes, yes, by Jove! Won't we, Louise?"

"Certainly, certainly," she said in a low voice.

Pierre went on:

"We sail at eleven precisely. You must be there by half-past nine at the latest."

"Hah!" cried his father. "An idea! When we leave you, we will run as fast as we can and go aboard the *Pearl*, and wait for you outside the harbour, and get another sight of you. Shall we do that, Louise?"

"Yes, certainly."

Roland went on:

"In this way you will not lose sight of us in the crowd that covers the pier when the transatlantic liners sail. One can never find one's friends in the throng. Does that suit you?"

"Yes, of course; that is settled."

An hour later he was stretched on his little sailor's bed, long and narrow as a coffin. He lay a long time with his eyes open, thinking of all that had passed during the last two months in his life, and, above all, in his soul. Through having suffered and made others suffer, his aggressive and vengeful grief had worn itself out, like a foaming wave. He had scarcely the courage to be angry with any one, for any cause whatever; he let his indignation drift, like his life. He felt so weary of struggling, weary of smiting, weary of hating, weary of everything, that he could bear it no longer, and he sought to numb his heart into forgetfulness, as when one falls asleep. He heard, vaguely, around him the strange sounds of the ship, slight sounds, scarcely perceptible in that calm night in the port and in the wound in his

jusque-là si cruelle il ne sentait plus aussi que les tiraillements douloureux des plaies qui se cicatrisent.

Il avait dormi profondément quand le mouvement des matelots le tira de son repos. Il faisait jour, le train de marée arrivait au quai amenant les voyageurs de Paris.

Alors il erra sur le navire au milieu de ces gens affairés, inquiets, cherchant leurs cabines, s'appelant, se questionnant et se répondant au hasard, dans l'effarement du voyage commencé. Après qu'il eut salué le capitaine et serré la main de son compagnon le commissaire du bord, il entra dans le salon où quelques Anglais sommeillaient déjà dans les coins. La grande pièce aux murs de marbre blanc encadrés de filets d'or prolongeait indéfiniment dans les glaces la perspective de ses longues tables flanquées de deux lignes illimitées de sièges tournants, en velours grenat. C'était bien là le vaste hall flottant et cosmopolite où devaient manger en commun les gens riches de tous les continents. Son luxe opulent était celui des grands hôtels, des théâtres, des lieux publics, le luxe imposant et banal qui satisfait l'œil des millionnaires. Le docteur allait passer dans la partie du navire réservée à la seconde classe, quand il se souvint qu'on avait embarqué la veille au soir un grand troupeau d'émigrants, et il descendit dans l'entrepont. En y pénétrant, il fut saisi par une odeur nauséabonde d'humanité pauvre et malpropre, puanteur de chair nue plus écœurante que celle du poil ou de la laine des bêtes. Alors, dans une sorte de souterrain obscur et bas, pareil aux galeries des mines, Pierre aperçut des centaines d'hommes, de femmes et d'enfants étendus sur des planches superposées ou grouillant par tas sur le sol. Il ne distinguait point les visages mais voyait vaguement cette foule sordide en haillons, cette foule de misérables vaincus par la vie, épuisés, écrasés, partant avec une femme maigre et des enfants exténués pour une terre inconnue, où ils espéraient ne point mourir de faim, peut-être.

Et songeant au travail passé, au travail perdu, aux efforts stériles, à la lutte acharnée, reprise chaque jour en vain, à l'énergie dépensée par ces gueux, qui allaient recommencer encore, sans savoir où, cette existence d'abominable misère, le docteur eut envie de leur crier: «Mais foutez-vous donc à l'eau avec vos femelles et vos petits!» Et son cœur fut tellement étreint par la pitié qu'il s'en alla, ne pouvant supporter leur vue.

Son père, sa mère, son frère et Mme Rosémilly l'attendaient déjà dans sa cabine.

– Si tôt, dit-il.

– Oui, répondit Mme Roland d'une voix tremblante, nous voulions avoir le temps de te voir un peu.

Il la regarda. Elle était en noir, comme si elle eût porté un deuil, et il s'aperçut brusquement que ses cheveux, encore gris le mois dernier, devenaient tout blancs à présent.

Il eut grand-peine à faire asseoir les quatre personnes dans sa petite demeure, et il sauta sur son lit. Par la porte restée ouverte on voyait passer une foule nombreuse comme celle d'une rue un jour de fête, car tous les amis des embarqués et une armée de simples curieux avaient envahi l'immense

heart hitherto so agonizing he felt only a painful tingling as of a scar that was healing.

He had been sleeping soundly when the stir of the crew roused him. It was day; the tidal train had come down to the pier bringing the passengers from Paris.

Then he wandered about the vessel among all these busy, bustling folks inquiring for their cabins, questioning and answering each other at random, in all the bewilderment of the beginning of a voyage. After greeting the Captain and shaking hands with his comrade the purser, he went into the saloon where some Englishmen were already asleep in the corners. The large room, with its white marble panels framed in gilt beading, was furnished with mirrors, which prolonged, in endless perspective, the long tables, flanked by pivot-seats covered with crimson velvet. It was fit, indeed, to be the vast floating cosmopolitan dining-hall, where the rich natives of every continent might eat in common. Its opulent luxury was that of great hotels, and theatres, and public rooms; the imposing and commonplace luxury which appeals to the eye of the millionaire. The doctor was about to go on into the part of the vessel reserved for second class when he remembered that a large horde of emigrants had come on board the night before, and he went down to the lower deck. When he entered there, he was met by a sickening smell of dirty, poverty-stricken humanity, an atmosphere of naked flesh, more sickening than that of the hair or wool of beasts. There, in a sort of basement, low and dark, like a gallery in a mine, Pierre saw hundreds of men, women, and children, stretched on shelves fixed one above another, or lying on the floor in heaps. He could not see their faces, but could dimly make out this squalid, ragged crowd of wretches, beaten in the struggle for life, worn out and crushed, setting forth, each with a starving wife and weakly children, for an unknown land where they hoped, perhaps, not to die of hunger.

As he thought of the past toil, the wasted toil, the barren efforts, the bitter strife renewed each day in vain, the energy spent by these beggars who were going to begin again, they did not know where, this existence of horrible wretchedness, the doctor felt a desire to cry out to them: "Dump yourselves into the sea, with your women and your little ones!" And his heart was so wrung by pity that he walked away, unable to bear the sight.

His father, his mother, his brother, and Mme Rosémilly were already waiting for him in his cabin.

"So early," he said.

"Yes," replied Mme Roland in a trembling voice. "We wished to have time to see you a little."

He looked at her. She was in black as if in mourning, and he suddenly perceived that her hair, that was merely grey the month before, had now become quite white.

He could with difficulty seat the four visitors in his little cabin, and he himself got up on his bunk. Through the open door they saw a crowd as numerous as that in the streets on a holiday; for all the friends of the passengers, and an army of mere sightseers, had invaded the huge liner. They

paquebot. On se promenait dans les couloirs, dans les salons, partout, et des têtes s'avançaient jusque dans la chambre tandis que des voix murmuraient au dehors: «C'est l'appartement du docteur.»

Alors Pierre poussa la porte; mais dès qu'il se sentit enfermé avec les siens, il eut envie de la rouvrir, car l'agitation du navire trompait leur gêne et leur silence.

Mme Rosémilly voulut enfin parler:

– Il vient bien peu d'air par ces petites fenêtres, dit-elle.

– C'est un hublot, répondit Pierre.

Il en montra l'épaisseur qui rendait le verre capable de résister aux chocs les plus violents, puis il expliqua longuement le système de fermeture. Roland à son tour demanda:

– Tu as ici même la pharmacie?

Le docteur ouvrit une armoire et fit voir une bibliothèque de fioles qui portaient des noms latins sur des carrés de papier blanc.

Il en prit une pour énumérer les propriétés de la matière qu'elle contenait, puis une seconde, puis une troisième, et il fit un vrai cours de thérapeutique qu'on semblait écouter avec grande attention.

Roland répétait en remuant la tête:

– Est-ce intéressant cela!

On frappa doucement contre la porte.

– Entrez! cria Pierre.

Et le capitaine Beausire parut.

Il dit, en tendant la main:

– Je viens tard parce que je n'ai pas voulu gêner vos épanchements.

Il dut aussi s'asseoir sur le lit. Et le silence recommença.

Mais, tout à coup, le capitaine prêta l'oreille. Des commandements lui parvenaient à travers la cloison, et il annonça:

– Il est temps de nous en aller si nous voulons embarquer dans la *Perle* pour vous voir encore à la sortie, et vous dire adieu en pleine mer.

Roland père y tenait beaucoup, afin d'impressionner les voyageurs de la *Lorraine* sans doute, et il se leva avec empressement:

– Allons, adieu, mon garçon.

Il embrassa Pierre sur ses favoris, puis rouvrit la porte.

Mme Roland ne bougeait point et demeurait les yeux baissés, très pâle.

Son mari lui toucha le bras:

– Allons, dépêchons-nous, nous n'avons pas une minute à perdre.

Elle se dressa, fit un pas vers son fils et lui tendit, l'une après l'autre, deux joues de cire blanche, qu'il baisa sans dire un mot. Puis il serra la main de Mme Rosémilly, et celle de son frère en lui demandant:

– À quand ton mariage?

– Je ne sais pas encore au juste. Nous le ferons coïncider avec un de tes voyages.

Tout le monde enfin sortit de la chambre et remonta sur le pont encombré de public, de porteurs de paquets et de marins.

La vapeur ronflait dans le ventre énorme du navire qui semblait frémir d'impatience.

walked along the corridors, through the saloons, everywhere, and some heads were poked into the room, while voices outside muttered: "That's the doctor's room."

Then Pierre shut the door; but no sooner was he shut in with his own party than he longed to open it again, for the movement on the ship concealed their constraint and their silence.

Mme Rosémilly at last felt she must speak:

"Very little air comes in through those little windows," she said.

"It is a port-hole," replied Pierre.

He showed her how thick the glass was, to enable it to resist the most violent shocks, and took a long time explaining the fastening. Roland next asked:

"And you have your doctor's shop here?"

The doctor opened a cupboard and displayed an array of phials ticketed with Latin names on white paper labels.

He took one out and enumerated the properties of its contents; then a second and a third, and delivered a lecture on therapeutics which seemed to be listened to with great attention.

Roland shook his head, repeating:

"How very interesting!"

A gentle knock at the door was heard.

"Come in!" cried Pierre.

And Captain Beausire appeared.

He said, as he held out his hand:

"I am late, because I did not want to be in the way."

He, too, had to sit on the bunk. And the silence recommenced.

Suddenly, however, the Captain pricked up his ears. Some order had reached him through the partition, and he announced:

"It is time for us to be off if we mean to get on board the *Pearl* to see you once more outside, and bid you good-bye out on the open sea."

Father Roland was very eager about this, to impress the voyagers on board the *Lorraine*, no doubt, and he rose in haste:

"Well, good-bye, my boy."

He kissed Pierre on the whiskers and then opened the door.

Mme Roland had not stirred, but sat with downcast eyes, very pale.

Her husband touched her arm:

"Come, we must make haste, we have not a minute to spare."

She pulled herself up, went to her son and offered him first one and then another cheek of white wax which he kissed without saying a word. Then he shook hands with Mme Rosémilly and his brother, asking him:

"And when is your wedding to be?"

"I do not know yet exactly. We will make it fit in with one of your voyages."

At last they were all out of the cabin, and up on deck among the crowd of visitors, porters, and sailors.

The steam was snorting in the huge belly of the vessel, which seemed to quiver with impatience.

– Adieu, dit Roland toujours pressé.

– Adieu, répondit Pierre debout au bord d'un des petits ponts de bois qui faisaient communiquer la *Lorraine* avec le quai.

Il serra de nouveau toutes les mains et sa famille s'éloigna.

– Vite, vite, en voiture! criait le père.

Un fiacre les attendait qui les conduisit à l'avant-port où Papagris tenait la *Perle* toute prête à prendre le large.

Il n'y avait aucun souffle d'air; c'était un de ces jours secs et calmes d'automne, où la mer polie semble froide et dure comme de l'acier.

Jean saisit un aviron, le matelot borda l'autre et ils se mirent à ramer. Sur le brise-lames, sur les jetées, jusque sur les parapets de granit, une foule innombrable, remuante et bruyante, attendait la *Lorraine*.

La *Perle* passa entre ces deux vagues humaines et fut bientôt hors du môle.

Le capitaine Beausire, assis entre les deux femmes, tenait la barre et il disait:

– Vous allez voir que nous nous trouverons juste sur sa route, mais là, juste.

Et les deux rameurs tiraient de toute leur force pour aller le plus loin possible. Tout à coup Roland s'écria:

– La voilà. J'aperçois sa mâture et ses deux cheminées. Elle sort du bassin.

– Hardi! les enfants, répétait Beausire.

Mme Roland prit son mouchoir dans sa poche et le posa sur ses yeux.

Roland était debout, cramponné au mât; il annonçait:

– En ce moment elle évolue dans l'avant-port... Elle ne bouge plus... Elle se remet en mouvement... Elle a dû prendre son remorqueur... Elle marche... bravo!... Elle s'engage dans les jetées!... Entendez-vous la foule qui crie... bravo!... c'est le *Neptune* qui la tire... je vois son avant maintenant... la voilà, la voilà... Nom de Dieu, quel bateau! Nom de Dieu! regardez donc!...

Mme Rosémilly et Beausire se retournèrent; les deux hommes cessèrent de ramer; seule Mme Roland ne remua point.

L'immense paquebot, traîné par un puissant remorqueur qui avait l'air, devant lui, d'une chenille, sortait lentement et royalement du port. Et le peuple havrais massé sur les môles, sur la plage, aux fenêtres, emporté soudain par un élan patriotique se mit à crier: «Vive la *Lorraine*!» acclamant et applaudissant ce départ magnifique, cet enfantement d'une grande ville maritime qui donnait à la mer sa plus belle fille.

Mais elle, dès qu'elle eut franchi l'étroit passage enfermé entre deux murs de granit, se sentant libre enfin, abandonna son remorqueur, et elle partit toute seule comme un énorme monstre courant sur l'eau.

– La voilà... la voilà!... criait toujours Roland. Elle vient droit sur nous.

"Good-bye," said Roland in a great bustle.

"Good-bye," replied Pierre, standing on one of the landing-planks lying between the deck of the *Lorraine* and the quay.

He again shook all their hands, and his family departed.

"Quick, quick, into the carriage!" cried the father.

A cab was waiting for them and took them to the outer harbour, where Papagris had the *Pearl* in readiness to put out to sea.

There was not a breath of air; it was one of those dry, calm autumn days, when the smooth sea seems cold and hard as steel.

Jean seized an oar, the sailor flung the other into the rowlocks, and they began to row. On the breakwaters, the piers, even on the granite breast-works, there was an innumerable crowd, jostling and noisy, waiting for the *Lorraine* to pass by.

The *Pearl* rowed out between these two billows of humanity, and was soon outside the dock.

Captain Beausire, seated between the two women, held the tiller, and he said:

"You will see that we shall be directly in her course, down there."

And the two oarsmen pulled with all their might to get out as far as possible. Suddenly Roland cried out:

"Here she comes! I see her rigging and her two funnels. She is coming out of the basin."

"Pull, boys," repeated Beausire.

Madame Roland took her handkerchief from her pocket and held it to her eyes.

Roland stood up, clinging to the mast, and announced:

"At this moment she is working round in the outer harbour... She is standing still... Now she moves again... She has to take a tug... There she goes... bravo!... She is between the piers!... Do you hear the crowd shouting?... bravo!... the *Neptune* has her in tow... now I see her bows... here she comes, here she is... Gracious Heavens, what a ship! Gracious Heavens! Just look at her!..."

Mme Rosémilly and Beausire turned round, the two men ceased to row; only Mme Roland did not stir.

The immense steamship, towed by a powerful tug, which, in front of her, looked like a caterpillar, came slowly and majestically out of the harbour. And the good people of Havre, who crowded the piers, the beach, and the windows, carried away by a burst of patriotic enthusiasm, cried: "Vive la *Lorraine*!" with acclamations and applause for this magnificent departure, this birth of the beautiful daughter given to the sea by the great maritime town.

But she, as soon as she had passed beyond the narrow channel between the two granite walls, feeling herself free at last, cast off the tow-ropes and went off alone, like some huge monster racing across the water.

"Here she is... here she is!..." Roland kept shouting. "She is coming straight toward us."

Et Beausire, radieux, répétait:

– Qu'est-ce que je vous avais promis, hein? Est-ce que je connais leur route?

Jean, tout bas, dit à sa mère:

– Regarde, maman, elle approche.

Et Mme Roland découvrit ses yeux aveuglés par les larmes.

La *Lorraine* arrivait, lancée à toute vitesse dès sa sortie du port, par ce beau temps clair, calme. Beausire, la lunette braquée, annonça:

– Attention! M. Pierre est à l'arrière, tout seul, bien en vue. Attention!

Haut comme une montagne et rapide comme un train, le navire, maintenant, passait presque à toucher la *Perle*. Et Mme Roland, éperdue, affolée, tendit les bras vers lui, et elle vit son fils, son fils Pierre, coiffé de sa casquette galonnée, qui lui jetait à deux mains des baisers d'adieu. Mais il s'en allait, il fuyait, disparaissait, devenu déjà tout petit, effacé comme une tache imperceptible sur le gigantesque bâtiment. Elle s'efforçait de le reconnaître encore et ne le distinguait plus.

Jean lui avait pris la main.

– Tu as vu? dit-il.

– Oui, j'ai vu. Comme il est bon!

Et on retourna vers la ville.

– Cristi! ça va vite, déclarait Roland avec une conviction enthousiaste.

Le paquebot, en effet, diminuait de seconde en seconde comme s'il eût fondu dans l'Océan. Mme Roland tournée vers lui le regardait s'enfoncer à l'horizon vers une terre inconnue, à l'autre bout du monde. Sur ce bateau que rien ne pouvait arrêter, sur ce bateau qu'elle n'apercevrait plus tout à l'heure, était son fils, son pauvre fils. Et il lui semblait que la moitié de son cœur s'en allait avec lui, il lui semblait aussi que sa vie était finie, il lui semblait encore qu'elle ne reverrait jamais plus son enfant.

– Pourquoi pleures-tu, demanda son mari, puisqu'il sera de retour avant un mois?

Elle balbutia:

– Je ne sais pas. Je pleure parce que j'ai mal.

Lorsqu'ils furent revenus à terre, Beausire les quitta tout de suite pour aller déjeuner chez un ami. Alors Jean partit en avant avec Mme Rosémilly, et Roland dit à sa femme:

– Il a une belle tournure, tout de même, notre Jean.

– Oui, répondit la mère.

Et comme elle avait l'âme trop troublée pour songer à ce qu'elle disait, elle ajouta:

– Je suis bien heureuse qu'il épouse Mme Rosémilly.

Le bonhomme fut stupéfait:

– Ah bah! Comment? Il va épouser Mme Rosémilly?

– Mais oui. Nous comptions te demander ton avis aujourd'hui même.

– Tiens! tiens! Y a-t-il longtemps qu'il est question de cette affaire-là?

And Beausire, beaming, repeated:

"What did I promise you, eh? Do I know the way?"

Jean, in a low tone, said to his mother:

"Look, mother, she is coming."

And Mme Roland uncovered her eyes, blinded with tears.

The *Lorraine* came on, still under the impetus of her swift exit from the harbour, in the brilliant, calm weather. Beausire, with his glass to his eye, called out:

"Attention! M. Pierre is at the stern, all alone, plainly to be seen. Attention!"

The ship was almost touching the *Pearl* now, as tall as a mountain and as swift as a train. And Mme Roland, distraught and desperate, held out her arms towards it; and she saw her son, her son Pierre, with his gold-laced cap on, throwing farewell kisses to her with both hands. But he was going away, flying, vanishing, a tiny speck already, no more than an imperceptible spot on the enormous vessel. She tried still to distinguish him, but she could not.

Jean took her hand.

"You saw?" he said.

"Yes, I saw. How good he is!"

And they turned to go to the town.

"Cristi! How fast she goes!" exclaimed Roland with enthusiastic conviction.

The steamer, in fact, was shrinking every second, as though she were melting away in the ocean. Mme Roland, turning back to look at her, watched her disappearing on the horizon, on her way to an unknown land at the other side of the world. In that vessel which nothing could stop, that vessel which she soon would see no more, was her son, her poor son. And she felt as though half her heart had gone with him; she felt, too, as if her life were ended; and she felt as though she would never see her child again.

"Why are you crying?" asked her husband. "He will be back in less than a month."

She stammered out:

"I don't know. I cry because I am not well."

When they returned to land, Beausire at once took leave of them to go to breakfast with a friend. Then Jean led the way with Mme Rosémilly, and Roland said to his wife:

"He has a good figure, all the same, our Jean."

"Yes," replied the mother.

And her soul being too much troubled to think of what she was saying, she added:

"I am very glad that he is to marry Mme Rosémilly."

The worthy man was astounded:

"Eh? What? He is to marry Mme Rosémilly?"

"Yes, we meant to ask your opinion about it this very day."

"Well, well! Is it long since this affair has been on hand?"

– Oh! non. Depuis quelques jours seulement. Jean voulait être sûr d'être agréé par elle avant de te consulter.

Roland se frottait les mains:

– Très bien, très bien. C'est parfait. Moi je l'approuve absolument.

Comme ils allaient quitter le quai et prendre le boulevard François-Ier, sa femme se retourna encore une fois pour jeter un dernier regard sur la haute mer; mais elle ne vit plus rien qu'une petite fumée grise, si lointaine, si légère qu'elle avait l'air d'un peu de brume.

Fin

"Oh, no! Only a very few days. Jean wished to make sure that she would accept him before consulting you."

Roland rubbed his hands:

"Very good. Very good. It is capital. I entirely approve."

As they were about to turn off from the quay down the Boulevard Francois I, his wife once more looked back to cast a last look at the high seas, but she could see nothing now but a puff of grey smoke, so far away, so faint that it looked like a wreath of mist.

The End